A RUPTURA DE LUCAS

LIVRO 2, SÉRIE THE BEAUTIFULLY BROKEN

AMANDA KAITLYN

Tradução por
JULIANA CHIAVAGATTI GRADE

KAELYN

$\mathcal{E}$le era tudo para mim.

Todos os meus dias e todas as noites.

Todos os meus sonhos e todas as minhas esperanças. E então ele se foi.

Alguém uma vez me disse que o amor não conhece limites. Ele ultrapassa tempo, distância ou ódio.

Isso era verdade?

Só seis anos depois do dia em que Lucas saiu de nossa vida é que percebi como isso era verdade. Ele voltou para a minha vida e eu estava impotente para parar o amor que ainda havia dentro da minha alma por ele.

Agora que ele está de volta, não sei como

posso proteger meu coração da ira que ele trará.

Mesmo depois de tudo que perdemos, podemos encontrar o amor que uma vez compartilhamos, mais uma vez?

"Fui um idiota, Kaelyn. não há um dia que tenha passado que eu

não deseje ter ficado com você."

A Ruptura de Lucas é o segundo livro da série The Beautifully Broken e foi feito para ser lido de forma a proporcionar a melhor experiência de leitura.

Aos que lutam com esta doença e às famílias e amigos ainda mais fortes daqueles que a combatem.
Vocês são os verdadeiros heróis.

"Continue lutando, cara. Nós estamos com você. Até que o maldito relógio pare de bater, juro que vou lutar ao seu lado."

PRÓLOGO

PASSADO

*O*s dedos delicados que estavam entre os meus pareciam muito leves, muito parecidos com nada. Obriguei-me a não praguejar enquanto ouvia sua respiração; lenta e superficial. Os sons do quarto de hospital eram as únicas coisas que podiam me distrair das lufadas de ar que ela deixava escapar de seus lábios a cada segundo.

Por que tinha que ser assim? Por que ela recebeu esta fatia do inferno na terra, por que não milhões de outras pessoas neste mundo? Por que minha mãe...?

Meus pensamentos invadiram uma parte

profunda de mim e não pude evitar a raiva não filtrada que me inundou. Ela era a cola, droga! Empurrei meu assento para trás com tanta força que tive certeza de que as pernas estavam quebradas.

Desde que eu conseguia me lembrar, minha mãe sempre foi a cola. Ela abraçou cada um de nós, dando beijos em nossos rostos, mesmo depois de termos idade suficiente para ficar envergonhados pelo tipo de afeto fácil que ela sempre deu. Não importava a idade que tivéssemos, ela nos abraçava, em seu coração e com aqueles braços fortes e inabaláveis, quer a gente precisasse ou não. A única vez que um dos meus irmãos ou eu a vimos como menos do que uma maldita guerreira foi na noite em que nosso pai nos sentou depois da minha cerimônia de formatura do ensino médio. Seu rosto estava manchado de lágrimas secas, suas pernas mal conseguiam sustentá-la. As palavras de meu pai soaram em meus ouvidos como se aquele dia tivesse sido ontem.

"Sua mãe está muito doente, meninos. Os médicos dizem que não há muito a fazer além de deixá-la o mais confortável possível. Não sabemos quanto tempo ela ainda tem."

Eu nunca tinha conhecido a verdadeira dor antes de ver minha mãe, uma vez linda e cheia

CAPÍTULO 1

LUCAS

DIAS ATUAIS

o minuto em que entrei na sala de espera, tive vontade de correr para o outro lado. Eu não pertenço aqui. Eu pertencia a quase mil quilômetros de distância, em Chicago, com meu amor, minha Kaelyn, a única que já tocou meu coração. Além da minha mãe, é claro. Meus olhos vagaram pela sala para os pacientes que se sentavam em cada canto, a maioria com os olhos fechados e parecendo como se tivessem passado a maior parte de suas vidas muito jovens aqui.

Tentei imaginar minha mãe vindo aqui,

todo mês, às vezes para fazer tratamentos que só a deixavam mais fraca, mais doente, cada vez menos parecida com a mulher que me criou. Uma mão apertou meu ombro e ouvi o clique ensurdecedor das portas pesadas quando elas se fecharam.

"Este lugar é tão deprimente," Asher diz atrás de mim, sua voz cheia de cinismo e eu ri, sabendo o quão certo ele estava. Era aqui que as pessoas morriam, não era?

"Pare com isso, Ash. Luke não precisa de mais estresse hoje." Ben, o mais velho dos meus dois irmãos, se virou para ele e agarrou sua camisa com o punho facilmente. A energia estava saindo dele, a preocupação e a agitação que todos sentimos no passeio de carro até aqui surgindo.

"Ele não vai morrer, porra, então não diga merdas como essa. Entendeu, garoto?"

Eu observei enquanto Ash avaliava Ben e em um movimento o tinha em uma chave de braço contra a mesma porta que fez meus instintos de voo entrarem em ação.

"Foda-se, cara. Só estou tentando aliviar a tensão, ok?"

Ben relaxou visivelmente com isso e passou um braço ao redor dele em um aperto rápido, um triste pedido de desculpas saindo de sua boca.

"Vamos, vamos verificar antes que alguém nos expulse."

Ben acompanhou meus passos largos enquanto nos aproximávamos da recepção do hospital.

Porra, eu odiava hospitais.

"Desculpe, cara," ele disse, me encarando. Eu balancei a cabeça, sem saber o que dizer. Era realmente egoísta, querer fugir do demônio que rasgou meu sangue enquanto meus irmãos recebiam o peso de minhas intensas mudanças de humor e seus próprios medos.

Eles iam me perder também.

Eu não poderia culpar nenhum deles por estar no limite, mesmo se eu quisesse.

"Lucas, estou tão feliz que você conseguiu vir. Como você está se sentindo?"

A voz estrondosa do Dr. Rhodes atingiu meus ouvidos e eu levantei meu olhar para vê-lo na minha frente. Uma risada aguda saiu de mim com a ironia. Aqui estávamos nós em um hospital de pesquisa de câncer, nossa última chance de algumas respostas sobre minha doença, e ele estava perguntando como eu *me sentia.*

"Estou ótimo, doutor. Podemos começar?"

Ele deu um passo para trás e pude vê-lo me observando, tentando decifrar de onde vinha minha animosidade. Irritado, coloquei a mão sobre a cabeça coberta de pano, livre de todo o cabelo que eu já tive e me forcei a respirar fundo. Meu câncer não era culpa desse homem. Inferno, não era realmente culpa de ninguém. Eu tinha sido marcado como um homem procurado no momento em que nasci e eu pegaria essa coisa, quer eu quisesse ou não. Era só questão de tempo. Quando fechei meus olhos e abaixei minha cabeça momentaneamente, um par de olhos castanhos chocolate com pequenas manchas de ouro brilharam sob minhas pálpebras e essa imagem me deu a força para empurrar a raiva que eu podia sentir aumentando dentro de mim. Eu estava pronto para explodir com isso. Mas Kaelyn sempre foi mais forte do que eu e eu disse a mim mesmo que se pudesse sobreviver hoje, encontraria um caminho de volta para ela. Eu só precisava passar por este dia.

"Eu odeio hospitais, porra," eu grunhi.

Ele acenou com a cabeça, como se entendesse completamente.

"Vamos deixá-lo o mais confortável possível durante a quimioterapia e depois dela. Também há quartos extras para sua família ficar por perto, se assim preferir. Vamos voltar para o meu escritório?"

A empatia que ouvi em sua voz me deixou instantaneamente à vontade e eu assenti. Senti as mãos dos meus irmãos nos meus ombros, silenciosamente me dizendo: *Nós estamos com você.*

Entramos em uma sala mal iluminada atrás de uma porta branca sem janela. Uma grande mesa de mogno estava no centro da sala, cercada por quatro cadeiras combinando. Um longo sofá de couro marrom estava pressionado contra uma parede da espaçosa sala enquanto os outros permaneciam nus, além de uma única placa que continha o que parecia ser o diploma médico em um porta-retrato. O Dr. Rhodes sentou, gesticulando para que cada um de nós sentasse. Eu me preparei para enfrentar uma conversa difícil pela frente, sabendo que esta estrada tinha sido longa e esgotante para minha mãe e, no final, conquistou sua força inflexível. A memória disso não me deu muita esperança no futuro.

"Antes de começarmos a sua quimioterapia, queria sentar com você e explicar como isso vai acontecer." Sua voz não deu espaço para discussão e silenciosamente, eu estava grato por sua franqueza. Nos últimos dois anos, fui mimado e tranquilizado, alguns médicos até mesmo rejeitaram meus desejos quando se tratava de meu próprio corpo. *Foda-se isso.* Eu disse a eles. Posso não ter muito controle sobre o que estava acontecendo com meu corpo, mas tinha controle sobre as decisões que tomava. Eu precisava permanecer eu mesmo, Lucas Jones, um idiota obstinado às vezes, durante esse processo. Eu estaria condenado se fosse sentar e permitir que meu corpo fosse envenenado sem nenhum resultado final à vista. Essa foi uma grande razão pela qual me encontrei aqui agora. O Centro Médico de Câncer Anderson tinha uma das melhores reputações e valia a pena, para mim, dar outra chance.

"Vou colocá-lo em um plano de tratamento rigoroso e também com uma das melhores nutricionistas com quem tive o prazer de trabalhar. Fiona Mills faz milagres quando se trata de fortalecer o sistema imunológico. Eu confiaria nela com minha própria família."

Eu balancei a cabeça, para minha surpresa, eu acreditava nele. Ele parecia ser um homem que não dizia nada a menos que fosse verdade. Era uma nova mudança depois do que eu tinha ouvido de pessoas no passado.

"E quanto a este medicamento experimental

sobre o qual você nos falou, ele vai estar no teste?"

Foi Ben quem falou, as mãos segurando a cadeira de cada lado dele. Eu sabia que ele odiava isso, talvez mais do que eu. Ele era o mais próximo de nossa mãe, sendo o mais velho e isso o atingiu com mais força quando ela faleceu. Eu dei a ele um rápido olhar, levantando minha sobrancelha para avaliar seu humor. Os lábios de Benjamin se transformaram em uma espécie de sorriso, embora provavelmente fosse apenas para meu benefício.

"Sim, esse foi o principal motivo pelo qual eu queria que você viesse aqui tão cedo. Este medicamento tem sido incrivelmente eficaz com leucemia e linfoma. Os casos que vi são muito semelhantes aos seus, na verdade. Entre os vinte e poucos anos, com diagnósticos prévios na família. Infelizmente, você não pode começar o teste até que sua contagem de células sanguíneas esteja mais alta. Estou esperançoso de que precisaremos fazer apenas algumas rodadas de quimioterapia, pois sei que você já passou por um período difícil nos últimos meses."

Eu cruzei minhas mãos no meu colo e elas imediatamente se fecharam em punhos. O sentimento de frustração que se apoderou de mim nos últimos dois anos e meio subiu em minhas veias, meu corpo rígido de tensão.

Eu não queria mais lutar.

Tudo que eu queria era viver o suficiente para ver minha garota novamente, isto é, se ela me visse depois do jeito que eu a deixei.

CAPÍTULO 2

LUCAS

Foi apenas alguns momentos depois que a tensão encheu a sala de tratamento que eu tinha sido colocado enquanto Asher andava, as mãos enfiadas nos bolsos de sua calça jeans, ombros rígidos em consciência. Enquanto o observava, lembrei-me de como ele sempre foi o protetor entre nós. Eu era o mais novo e Ben o mais velho, mas Asher sempre foi o mais forte dos três. Ele lutou contra valentões dez vezes seu tamanho enquanto nós crescíamos. Quase pude ouvir seus pensamentos, sua frustração, sua *raiva*. Ele poderia lutar contra o maior e o pior que uma pessoa poderia ser, mas como diabos ele poderia lutar contra isso?

Como eu poderia?

"Você está me estressando pra caralho, Ash. Venha sentar."

Olhos verdes idênticos aos meus passaram por onde eu estava sentado e ele acenou com a cabeça uma vez. Eu sabia que ele devia estar mal por estar preso onde estava. Tudo o que ele podia fazer era esperar, assim como o resto de nós.

"Você está bem?"

"Sim. Eu odeio esperar, só isso." Ele deu de ombros em um sinal universal de *estou bem* e eu balancei a cabeça, embora não tenha acreditado nem por um segundo.

"Eu sei que nós já passamos por isso antes, cara. Vou lutar contra isso, assim como da última vez."

Ash agarrou meu ombro com força, seu rosto mostrando o quão perto ele estava de perder a cabeça. Eu ouvi sua expiração enquanto lutava para dizer algo. Eu não tinha certeza do que era, e eu com certeza não estava prestes a pressioná-lo. Seu olhar pousou na porta e então ouvi as correntes de suas placas de identificação batendo umas nas outras enquanto ele sentia cada uma com os dedos.

Eu teria rido dele se não estivéssemos em

um hospital agora esperando Deus sabe quanto tempo.

"Continue lutando, cara. Nós estamos com você. Até que o maldito relógio pare de bater, juro que vou lutar ao seu lado."

Sua voz não deixava margem para dúvidas sobre sua convicção, assim como eu sabia que não deixava. Eu me levantei e abracei o irmão que sempre foi meu maior apoiador, sabendo que eu não teria agido tanto se não fosse por ele. Inferno, minha família inteira se recuperou quando fui diagnosticado e nunca hesitou em me apoiar.

Quase uma hora depois, a porta do meu quarto se abriu, seguida por uma mulher corpulenta com cabelos com mechas rosa e uma prancheta presa ao pulso entre suas mãos. Eu esperava que ela viesse, colocasse a intravenosa em meu braço e fosse embora. O que eu nunca esperei foi o que saiu de sua boca.

"Trouxe alguns cubos de gelo e iogurte para você antes de ligar o seu soro intravenoso. Espero que esteja tudo bem."

Eu balancei a cabeça, dando um sorriso indulgente para a enfermeira de olhos amáveis.

Ela se moveu em minha direção enquanto eu sentava confortavelmente em uma cadeira almofadada. Ocorreu-me que essa era a experiência que eu sempre tive em um hospital desde - bem, desde sempre. Nunca gostei desses lugares, por motivos óbvios. Peguei o iogurte com sabor de manga da enfermeira e espalhei a palma da mão na parte de trás da minha cabeça, coberta com um gorro de malha preto.

"Alguma condição de saúde anterior que eu deva saber, Sr.

Jones?"

"Isso é bom. Você teve algum sintoma irregular ultimamente?"

Novamente, eu balancei minha cabeça. Apesar da náusea em todas as horas da noite e da perda de apetite que veio com os tratamentos que recebi em casa, uma combinação de radiação e quimioterapia, eu estava em boa saúde. Sem infecções recorrentes, congestão ou coágulos sanguíneos.

Prendi a respiração enquanto ela me olhava suavemente, antecipando a resposta para sua próxima pergunta. Saliências surgiram na minha pele enquanto ela virava a página em sua prancheta.

"Foda-se," eu disse baixinho.

"Oh, me desculpe. Vejo que houve um

membro da família que sofreu de linfoma antes de você. Sinto muito por sua perda, Sr. Jones."

Minha respiração escapou de mim quando eu balancei a cabeça, silenciosamente aliviado por ela não ter feito a única pergunta que eu tinha me acostumado e formado um tipo especial de ódio.

Alguém em sua família teve câncer?

Senti seus dedos pressionarem a parte interna do meu braço quando meu olhar encontrou o de Asher de onde ele estava sentado com as mãos cruzadas no colo. Seus olhos estavam assombrados com uma mistura de medo e raiva quando encontraram os meus. Eu balancei minha cabeça para ele como se dissesse *eu tenho isso*. Suas sobrancelhas baixaram, embora ele acenasse com a cabeça como se dissesse *odeio isso*. Eu sabia que o sentimento era universal para nós e, embora odiasse ter nos colocado de volta na escuridão com a minha doença, estava muito grato por não estar sozinho agora.

Fiquei olhando enquanto o líquido claro viajava pelo tubo preso da bolsa até o meu braço, seguindo as instruções da enfermeira enquanto ela puxava um cobertor de um dos armários do outro lado do quarto e o entregava a mim. Puxando-o perto do meu peito, comecei a contar.

10...

9...

8...

7...

Minha espinha doía e minha mandíbula cerrou enquanto o remédio lentamente gotejava da intravenosa para a minha veia.

6...

5...

4...

Não tive certeza de quando fechei os olhos, mas tudo que sabia era que os tinha fechado e o par de olhos castanhos excêntricos que vi sob minhas pálpebras me fez adormecer em um piscar de olhos.

∼

LUCAS

PASSADO

Tirei meu celular do bolso enquanto esperava pelo meu médico. Era meu compromisso anual e, embora eu desejasse poder adiar por mais tempo, minha garota não aceitaria isso. Eu tinha que cuidar de mim mesmo, se não por mim, então por Kaelyn. Eu ainda não conseguia imaginar que Kaelyn Anne Morgan era minha. *Minha*. Eu apertei o número dois no teclado de discagem da tela do meu celular e o pressionei contra o meu ouvido. Sua voz agraciou meu ouvido depois de apenas dois toques.

"Lucas," ela murmurou, como se ela apenas precisasse dizer a palavra. Eu sorri, não me importando que ela não pudesse me ver, precisando deixar sua luz brilhar através de mim como sempre fez.

"Estou prestes a ir à consulta, querida."

Eu ouvi o pequeno suspiro de sua respiração enquanto eu falava e me deleitei com o fato de que depois de todos os anos que estivemos juntos, eu ainda podia deixá-la sem fôlego. Esse pequeno som foi como uma injeção direta de adrenalina no meu pau, me fazendo pensar em quantas outras maneiras eu poderia afetar minha linda esposa. Minha voz, minhas mãos, meus dedos, minha boca - Inferno, a lista que eu poderia conjurar envergonharia até mesmo o próprio diabo.

"Eu sinto sua falta."

"Em breve, baby, e você me terá a noite toda. Eu tenho que ir."

"Lucas?"

Eu vi o médico vindo em minha direção enquanto eu levantava da cadeira, mas me recusei a deixá-la ainda.

"Kel?"

"Até a lua."

Sua voz me atingiu e eu ansiava por segurá-la em meus braços tão perto que podia sentir seu calor por dentro e por fora. Eu tive que me segurar em uma cadeira próxima para me impedir de sair correndo de lá. Ouvi-la dizer que me amava é algo de que nunca me cansaria.

"E de volta."

Despedimo-nos e só então levantei os olhos e vi o médico à minha frente.

"Lucas Jones, em carne e osso! Achei que você fosse cancelar comigo de novo."

Eu sorri, seguindo-o em direção ao corredor de onde ele veio.

"Minha esposa insistiu."

Ele acenou com a cabeça, seu rosto mostrando o quanto ele entendeu quando deu um bom aperto de mão e gesticulou para uma cadeira em seu escritório luxuoso.

"Então? Por que você queria me ver?"

O rosto do médico ficou cauteloso com a

minha pergunta, suas mãos cruzando na frente dele sobre a mesa.

"Eu queria falar com você sobre os exames de sangue que você fez quando veio para tomar sua vacina contra a gripe, algumas semanas atrás. Infelizmente, tenho que dizer uma coisa a você e ao Sr. Jones, sinto muito, mas esta não será uma pílula fácil de engolir."

Meu peito apertou ao ouvir suas palavras, tão semelhantes às dos médicos anteriores quando minha mãe foi diagnosticada há quase seis anos. Comecei a sacudir minha cabeça.

Não. Não, não pode ser assim.

"Apenas me diga, doutor. Eu não quero ouvir nenhuma besteira. O que está acontecendo?"

Ele suspirou e empilhou seus papéis idiotas algumas vezes, como se estivesse gostando da minha infelicidade nesses momentos de incerteza.

"Sua contagem de glóbulos brancos está anormalmente baixa e não temos certeza do porquê. Pode ser por uma série de razões, mas por segurança, gostaria de fazer alguns testes para descartar algumas coisas."

O medo se acumulou frio e pesado em meu estômago enquanto eu assentia, sabendo exatamente o que ele queria dizer.

"Como câncer."

Seu olhar disparou para o meu quando ele acenou com a cabeça, seu rosto cheio de simpatia. Fechei meus olhos e cerrei meus punhos, não querendo sua porra de simpatia. Eu queria sair dali.

"Faça o que tiver que fazer, cara. Mas não importa os resultados que você obtenha, vou para a casa da minha esposa esta noite."

Sua sobrancelha baixou como se ele quisesse discutir comigo, mas um olhar nos meus olhos mostrava que provavelmente não seria inteligente. Então ele acenou com a cabeça.

Três horas e seis exames depois, ele teve um diagnóstico para mim.

O pior do pior. Porra de câncer. Igualzinho à mamãe.

Meu coração pareceu parar de bater quando me recusei a acreditar que isso estava acontecendo. Eu estava saudável. Sempre fui cauteloso quando se tratava do que colocava no meu corpo, o que comia, quanto bebia...

Como diabos isso era possível?

Eu não estava pronto para isso, como alguém estaria pronto para isso?

"Eu sinto muito, Lucas. Infelizmente, temos que começar seu tratamento imediatamente."

Eu balancei a cabeça, embora só tenha ouvido algumas palavras que ele estava dizendo para mim.

Um rosto assombrou meus pensamentos naquele momento.

Kaelyn.

Minha Kaelyn. Minha linda garota. Minha esposa.

Qualquer esperança que eu tinha de viver uma vida feliz e merecedora com ela e meu milagre se foi. Câncer havia tirado não apenas minha mãe, mas também minha fé na humanidade, em Deus e até no conceito de verdadeira felicidade. Minha mãe foi a mulher mais forte que eu já conheci, tendo que criar três meninos e minha irmã, enquanto meu pai lutou no exterior a maior parte de nossas vidas jovens e ela nunca derramou uma lágrima por isso. Ela nos amou. Incondicional e irrevogavelmente. Câncer tinha sido páreo para ela e não demorou muito para que nossa mãe fosse tomada por sua força.

Que tipo de monstro eu seria se deixasse Kaelyn e minha filha perfeita assistirem isso?

Não. Não. NÃO.

Eu não iria.

Eu não poderia.

Eu balancei a cabeça, meu sangue correndo

dolorosamente para minha cabeça enquanto meus ossos doíam com a dor física de sentir falta dela; meu peito estava dolorosamente apertado com o conhecimento do que eu tinha que fazer.

CAPÍTULO 3

KAELYN

PASSADO

*S*uspirei quando sentei pela primeira vez no que pareceu dias. Eu não tive a chance de sentar o dia todo. Às vezes, eu me perguntava como havia encontrado um homem tão dedicado quanto Lucas era para nossa pequena família. Eu o tinha visto levar Lily para seu primeiro dia de escola hoje e me apaixonei por ele mais uma vez, vendo a maneira como ele olhava para ela com aqueles olhos verde-oliva que nossa filha puxou dele. Comecei a dobrar as roupas da cesta que coloquei na minha frente, meu cabelo caindo no meu rosto com o movimento da minha cabeça. Eu puxei para trás da minha orelha e me encontrei olhando para minha barriga mal coberta. Eu não pude evitar de me perguntar se eu já estava aparecendo. Foi ontem que descobri. Um sorriso apareceu em meus lábios. Se havia uma coisa em que eu era ruim, era em manter um segredo. Eu cheguei assustadoramente perto de deixar escapar isso no café da manhã. Como seria isso? Fazia apenas um dia, pelo amor de Deus, e eu ainda não conseguia descobrir uma maneira especial de contar a Lucas. Eu queria que ele se lembrasse do momento em que eu dissesse a ele que estava grávida de novo, assim como ele se lembraria da primeira vez que eu disse a ele cerca de quatro anos atrás. Eu podia me lembrar do quanto ele queria ter filhos enquanto conversávamos tarde da noite e no início da manhã que antecedeu o nosso casamento, quando tudo o que importava era um ao outro. Eu queria dar a ele tudo que ele confessou querer naquela época e ainda mais agora. Eu queria dar a ele aquela vida cheia de felicidade com a qual ele sempre sonhou.

O som abrupto e estridente do meu iPhone tocando de onde o deixei na cozinha me tirou dos meus pensamentos e me tirou da cadeira do outro lado da sala antes que eu pensasse melhor.

"Lucas." Apenas dizer seu nome acalmou minha alma em sua ausência.

"Estou prestes a ir à consulta, querida."

Sua voz profunda e retumbante fluiu sobre mim como mel, acelerando meu pulso e aumentando meu desejo por ele em questão de segundos.

"Estou com saudades," confessei, encostando-me no balcão enquanto meus dedos brincavam com os anéis em meu dedo por hábito. Apesar das minhas preocupações, Lucas insistiu que eu pegasse o anel de noivado de sua amada mãe como se fosse meu e, quando olhei para a pedra opala, ainda achei que era de tirar o fôlego.

"Em breve, baby, e você me terá a noite toda. Eu tenho que ir."

Eu balancei a cabeça, obviamente esquecendo que ele não podia me ver.

"Lucas?"

"Kel?"

"Até a lua."

Eu não precisava ver meu marido para saber que aquele sorriso de partir o coração se espalhou por seu rosto quando eu disse a ele que o amava. *Eu te amo* não parecia ser o suficiente para retratarmos o equivalente aos nossos sentimentos, mesmo no início do nosso relacionamento, então essas três palavras passaram a ser o nosso jeito.

"E de volta," ele quase grunhiu, fazendo um calor imparável se espalhar por mim desde a ponta dos meus dedos até os pontos mais profundos do meu peito. Eu tinha aquele mesmo sorriso no rosto durante todo o trajeto até a escola de Karen, onde nossa filha teve seu primeiro dia. Ainda estava lá quando alcancei as mulheres que esperavam a abertura das portas da escola.

Meus pensamentos estavam centrados em Lucas Jones enquanto eu esperava e fui interrompida por Kristen, uma das mães mais jovens que eu conheci, pisando na calçada comigo. Seu cabelo loiro platinado foi puxado para fora de seu rosto em um rabo de cavalo desconfortavelmente alto, suas pernas vestidas com jeans skinny apertado e ela estava no que eu sempre chamaria de um top de barriga de fora. Eu me encolhi por dentro. *Se é assim que ela insiste em se vestir, o que a filha vai vestir?*

"Eu conheci seu marido esta manhã."

Virei meus olhos para os dela, minhas sobrancelhas subindo com curiosidade para onde ela queria chegar com isso. Kristen eranormalmente muito educada e amigável comigo. Eu me perguntei por que ela estava olhando para mim como se tivesse ganhado na loteria. Com certeza não era a primeira vez que meu marido ganhava a atenção de uma mãe solteira em nosso círculo. Eu tinha certeza de que também não seria a última.

"Oh?"

Ela assentiu com a cabeça, notas sensuais nublando seus olhos azuis, me fazendo querer ficar violenta bem rápido. Eu suspirei, lembrando-me de contar até dez antes de falar. Sempre me surpreendia como algumas mulheres disputavam a atenção de um homem *casado*.

"Oh, sim."

Eu estreitei meus olhos um pouco, inclinando-me mais perto dela.

"Eu vou te dizer uma coisa, querida. Ele me deixa muito feliz."

Eu não poderia ter perdido a expressão de choque e ciúme em seu rosto.

"Nós vamos..."

Eu não tive a chance de ouvir suas próximas palavras porque as portas da escola se abriram e uma fila de crianças ansiosas e cheias de emoção vieram correndo em nossa direção.

"Mamãe Bear!" A voz de Lily foi a que eu ouvi de todos eles e eu sorri enorme quando seu rosto apareceu, seu vestido rosa balançando contra o vento sutil de julho quando ela veio correndo direto para mim. Caindo de cócoras, envolvi os braços em torno dela, levantei-a e dei a seu rosto virado beijos suficientes para mantê-la amada por toda a vida. Mesmo assim, continuei amando ela. A contragosto, eu a coloquei no chão, pegando sua mão. Ouvi sua versão exagerada de seu dia enquanto atravessávamos a rua até onde eu havia estacionado. Ela conheceu uma garota em sua classe que aparentemente era sua melhor amiga depois de apenas algumas horas brincando juntas. Fiz uma anotação em minha cabeça para descobrir quem era a mãe dessa garota para marcar um encontro para brincar com elas o mais rápido possível. Minha garota estava tão animada.

"Onde está o papai, mamãe? Ele disse que viria às duas! Ele prometeu!"

Eu caí de joelhos ao lado do jipe e movi seu rosto de onde ela estava olhando para seus pés calçados com sandálias.

"Ele tinha uma consulta hoje, querida. Ele queria vir."

Seus olhos me observavam, tão parecidos

com os de Lucas e depois de um minuto, aquele sorriso voltou com uma força que quase me derrubou. Eu a envolvi de volta em meus braços e murmurei no ouvido da minha filha.

"Eu te amo, Lily Bear. Vamos chegar em casa antes do papai, ok?"

Ela acenou com a cabeça contra mim e eu a carreguei para o carro. Eu ainda estava sorrindo, mas agora era para ela.

Lily mexeu a massa na maior panela que conseguiu encontrar enquanto eu preparava o molho alfredo favorito de Lucas. Era de sua mãe e um que ela me deu antes de falecer. Eu amei estar com Lily, agora que ela tinha idade suficiente para ajudar e ter essas memórias entre nós. Esses momentos com ela haviam se tornado preciosos para mim e eu sabia que seriam aqueles que ela guardaria nos próximos anos. Sua cabeça desviou de sua tarefa e eu quase podia ouvir suas perguntas vindo de dentro de sua cabeça sempre curiosa.

"Sim, menina?"

"Quando papai vai voltar para casa? Faz uma eternidade."

Eu sorri gentilmente, sabendo quanto tempo pareceu para ela.

Ela pulou de seu banquinho e abraçou meu quadril, aqueles olhos de corça olhando para mim.

Suavemente alisei seus cabelos loiros para o lado do rosto e puxei-a para cima em meus braços para que se sentasse em meu quadril. *Deus, quando minha garotinha ficou tão grande?*

"Logo, querida. Que tal eu ligar para ele e ver a que horas ele volta para casa?"

Minha garota estava balançando a cabeça antes mesmo que a última palavra estivesse fora da minha boca, e eu ri baixinho enquanto saía da cozinha em direção ao quarto onde minha bolsa estava.

"Pai!"

Eu ouvi Lily gritar, sua voz cheia de afeição e excitação.

"Aí está minha garota. Você está cozinhando com a mamãe?"

Os tons profundos da voz do meu marido atingem meus ouvidos, criando uma necessidade das pontas dos meus dedos ao meu núcleo. Minha pele estava quente, pois estava arrepiada com o som de sua voz. Com a sua *presença*.

Abaixando meu rosto para esconder o rubor

que tomou conta de minhas bochechas, fui até a porta da cozinha, onde ainda ouvi Lucas falando animadamente com nossa garota. Ao virar o corredor, a primeira coisa que vi foi o jeito que ela estava olhando para o pai, como se ele tivesse criado a lua e as estrelas para ela observar à noite. Havia uma mistura de orgulho, admiração e amor que brilhava em seus olhos idênticos aos dele.

Eu ainda estava parada ali, sem vergonha, olhando para eles quando a cabeça de Lucas se virou para onde eu estava, seus olhos encontrando os meus pela primeira vez.

A minha respiração pareceu parar naquele momento, me deixando boquiaberta para ele, sem palavras. Eu tinha visto uma sinfonia de emoções refletindo de volta para mim em seus olhos verde-oliva em um momento ou outro, mas o que eu vi agora sacudiu meu corpo em pânico enquanto meu peito apertava dolorosamente de preocupação. Havia uma escuridão, sombras tomando conta de Lucas agora e isso não era o que mais me preocupava.

Não.

Foi a maneira como ele visivelmente estremeceu quando olhou para mim, seus olhos fechando enquanto ele apoiava as duas mãos na bancada de granito atrás dele por segundos tortuosamente longos antes de abrirem novamente.

"Lucas?" Eu mal disse, não querendo preocupar Lily enquanto ela mexia sem pensar a massa no fogão. Meu estômago embrulhou quando Lucas me penetrou com seu olhar, como se ele estivesse se preparando para uma luta.

"Fale comigo," murmurei, me aproximando dele, em seguida, sabendo que se ele precisava de mim, não havia nada que eu não daria a ele para apagar aquelas sombras em seus olhos.

"Jesus. *Kaelyn*."

Lucas veio até mim sem outra palavra, seus braços travando em volta da minha cintura quase imediatamente. Sua boca desceu para a minha em questão de segundos, seu hálito de canela me envolvendo enquanto minhas mãos apertavam seu cabelo, meus dedos envolvendo-o em necessidade. Sua boca se abriu para a minha e sua língua acariciou meus lábios da maneira mais celestial. Ele arrebatou minha boca com golpes longos e lentos enquanto machucava meus lábios com uma fome que fez minha necessidade por ele crescer e se tornar um inferno, causando rapidamente uma dor inegável entre minhas pernas que não podia ser ignorada.

Não era apenas um desejo por ele, era uma necessidade crua de consolá-lo de qualquer maneira que eu pudesse, para ser sua força agora.

Eu podia ouvir Lily cantarolando a mesma música e percebi o que ela estava vendo. Minha mão subiu para o peito de Lucas e enquanto eu empurrava contra ele, ouvi um som baixo e cru que eu só poderia descrever como um grunhido. Eu pressionei minha cabeça em sua frente e passei meus braços em volta dele o máximo que pude.

"Eu te amo," eu disse, as palavras abafadas em sua camiseta enquanto nos abraçávamos ferozmente. Seus braços se fecharam em volta de mim dez minutos atrás e não me largaram. Eu gostaria que eles não precisassem.

"Eu sempre vou amar e proteger você, querida. Por favor, lembre-se disso."

Sua voz era solene e profunda, sua ternura de antes longe de ser encontrada. Calafrios percorreram meus braços e eu o segurei com mais força, me recusando a deixar o medo que ameaçava tomar conta de mim vencer.

Minha cabeça se ergueu como uma mão muito menor do que a minha puxando meu avental. O que vi no rosto do meu marido fez o medo tomar conta, sem saber que eu tinha permitido.

Algo havia acontecido e era assustador o suficiente para meu homem geralmente resistente, terno e persistente se esconder dentro de si novamente.

"Lucas?"

Lily puxou novamente, perguntando por mim. Eu me abaixei para ela e beijei o topo de sua cabeça para acalmá-la. Meus olhos se fecharam e meu peito se contraiu dolorosamente quando ouvi a porta do escritório em casa fechar atrás de Lucas com um estrondo ensurdecedor e eu sabia que estava efetivamente excluída.

"Você está triste, mamãe?" Lily perguntou, seus olhos cheios de confusão que eu odiava ver quando ela levantou os braços para segurá-la. Ao colocá-la no quadril e abraçá-la, menti para ela pela primeira vez em sua vida muito jovem.

"Não, menina. Está tudo bem."

CAPÍTULO 4

KAELYN

Fiquei deitada na cama por um longo tempo naquela noite, minha cabeça cheia de preocupação enquanto meu corpo estava tenso com um desejo profundo. Uma saudade de Lucas. Para ele vir a mim não importa quais demônios ele estava enfrentando, para me deixar ser sua rocha, seu apoio. Ele estava escondendo algo grande, algo grande o suficiente para aterrorizá-lo. Eu tinha certeza disso. Se havia uma coisa que eu sabia sobre Lucas Andrew Jones, era que ele era um protetor antes de tudo. Se ele pensava que esse segredo poderia me machucar de alguma forma, não havia como fazê-lo me contar. Quando ele voltou da faculdade, há quase quatro anos, pude ver que meu namorado do colégio tinha demônios que o estavam comendo vivo. Dia após dia ele lutou contra eles. Nunca houve um dia em que eu não tivesse visto aquela escuridão tão familiar em seus olhos naqueles anos em que namoramos e, inevitavelmente, nos apaixonamos. Seus demônios estavam de volta agora, eu só não tinha ideia do porquê.

Fosse o que fosse, estava destruindo o homem que eu amava. Eu tinha que descobrir o que era.

Respirando fundo, enrolei o lençol em volta de mim e saí do quarto para fazer o meu caminho para a área de estar principal.

Eu o vi no momento em que virei o corredor. Seu peito se movia rapidamente enquanto ele dormia na poltrona reclinável da sala de estar, apenas um pequeno cobertor o cobrindo. Quando me aproximei, pude ver sua mão tremendo contra o descanso de braço. Ele não estava dormindo e estava custando muito para ele estar longe de mim. Eu estava familiarizada com a sensação.

Sem lhe dar tempo para dar uma desculpa para sair, deixei cair o lençol no chão e subi na poltrona, colocando meus pés ao lado dele e minha cabeça logo abaixo de seu queixo. Minha boca pousou suavemente em sua garganta em um beijo.

"Este é o meu lugar, Lucas. Bem aqui, com você."

Seus olhos se abriram e deslizaram para os meus e depois ainda mais baixos para descobrir que eu estava nua deitada em cima dele. Senti seus punhos apertarem contra minhas costas e sorri pela primeira vez nessa noite.

Se ele quisesse ficar longe de mim, ele teria que ver o que estaria deixando para trás primeiro.

"Você acha que eu não sei disso? Eu estou tão fodido..."

Ele exalou, seus olhos fundindo-se com os meus enquanto deslizava a palma da mão sobre minha bochecha.

"Você é meu coração. Eu o dei para você há seis anos naquela biblioteca que você tanto ama e nunca quis de volta. Você nunca pode ficar sem mim, querida."

Ele levantou meus dedos aos lábios enquanto meu lábio inferior tremia, meus olhos queimando com lágrimas não derramadas.

"Você me possui, Kaelyn Anne Jones."

Meu rosto mergulhou para se aninhar em seu ombro, meu peito arfando com o soluço que escapou dos meus lábios entreabertos. Eu sabia no fundo que era isso; ele ia me dizer o que o tinha deixado com tanto medo e eu... Deus, eu simplesmente não estava pronta.

"Fique comigo, Luke. Por favor... fique comigo."

Seu aperto feroz em mim aumentou quando as palavras que ele disse foram pressionadas em minha pele.

"Eu não posso, querida."

Na manhã seguinte, acordei lentamente, meus olhos se abrindo para a luz suave que as janelas deixavam entrar no quarto. Senti um travesseiro atrás da minha cabeça, o edredom da nossa cama cobrindo meu corpo ainda nu. Eu não me encontrei na lateral da poltrona com minha cabeça no peito de Lucas. Seus braços não estavam me segurando como na noite anterior, como se ele nunca quisesse me deixar ir.

Normalmente, eu estenderia minha mão para encontrar a dele, mas o calafrio que senti não apenas em meu corpo, mas em meu coração me disse que ele não estava lá e que não tinha estado a noite toda.

O pânico tomou conta de mim, fazendo com que meu peito doesse e minha respiração vacilasse quando pulei da cama e procurei por qualquer sinal dele.

Pressionei minha mão no peito como se isso ajudasse a acalmá-lo. Ele não poderia ter...

Assim que a pergunta veio à minha mente, meus olhos caíram sobre a nota que estava na mesa de cabeceira a apenas trinta centímetros de distância. Meu coração batia mais rápido enquanto eu temia o que uma nota significava.

Ele tinha saído para o café da manhã sem me acordar? Lucas adorava me surpreender.

Vagamente, eu sabia que não era isso. Minha mão tremia quando peguei o papel e o virei. A primeira coisa que notei foi como ele estava enrugado, como se ele o tivesse enrolado e amassado pelo menos seis vezes. Sua letra estava espalhada pelas linhas, confusa e maníaca. Prendi a respiração enquanto meus olhos caíram para a primeira palavra.

Kaelyn

Não queria ler a segunda ou a terceira. No entanto, com os olhos embaçados e o coração aberto, eu li.

Kaelyn

Desejo a Deus que eu pudesse responder você quando acordar. Você me amou através do meu pior e do meu melhor. Você tem sido a cola para minha alma dilacerada e eu sempre apreciarei esse presente. Quero que você saiba que isso não é, de nenhuma forma sua culpa. Não é culpa sua. Você nunca será a culpada, querida. Meu amor por você me acompanhará através desta vida e na próxima. Rezo a Deus, que você fique bem. Por favor, fique bem. Se não por mim, pela nossa menina. Ela é o milagre que nunca vi chegar e eu a levarei no meu coração para todo o sempre.

Sinto muito.

Sinto muito, querida.

Se eu soubesse outra maneira, eu estaria aí com você agora mesmo.

Querida, eu não posso.

Eu te amo, além da razão.

Até a lua...

CAPÍTULO 5

KAELYN

DIAS ATUAIS

*H*ouve um momento, por volta do amanhecer, em que meus olhos se abriram para a luz fraca que entrava por minhas cortinas e uma sensação de calma tomou conta de mim. Eu estendia a palma da minha mão para o calor da cama ao meu lado na esperança, a cada manhã, de encontrar o toque forte, mas terno ao lado do meu. Quando minha palma atingia lençóis gelados, a realidade corria contra os sonhos em que me encontrava e gelo se formava em minhas veias mais uma vez. Como águas turbulentas e raivosas contra a lateral de um barco no mar, eu sentia as emoções que se aproximavam fermentando em meu peito, uma tempestade que nunca conseguia evitar. E então eu me lembrava.

Eu estava sozinha. Lucas.

Lucas. Lucas.

A dor vinha, a fatia do meu coração ferido que as terríveis e belas memórias de nós causavam.

Virando meu rosto em direção ao despertador na minha mesa de cabeceira, observei os minutos passarem enquanto me preparava para enfrentar o dia que viria. Eu seria forte. Eu não deixaria minha dor tocar a vida feliz das minhas meninas, não importa o que isso me custasse, porque eu não tinha escolha.

Quando o último segundo para as sete passou, ouvi duas vozes doces lá embaixo e sorri.

"O café da manhã está pronto!" Eu ouvi minha melhor amiga chamar lá embaixo. Eu podia imaginá-la agora, com o pescoço afundado em farinha e xarope de bordo com duas garotas muito animadas gritando por panquecas. Eu me vesti o mais rápido que pude com minha calça jeans favorita e uma blusa azul clara que ficava bem em mim, o tempo todo sorria para a imagem em minha mente.

Não sabia o que faria sem ela, mas sabia que estaria perdida.

Enquanto eu descia as escadas, os aromas celestiais atingiram meu nariz.

"Oh, cheira tão bem aqui. Você aprendeu a cozinhar enquanto eu dormia?"

Os olhos de Meghan, duas poças de lavanda com tons de azul, se estreitam para mim e seu quadril se inclinou para o lado como se dissesse *e daí se eu tivesse?*

Eu sorri, indo ao balcão para pegar o pacote de risos que era Avery Theresa Jones. Minha filha mais nova tinha sido a luz para minhas noites sombrias depois daquela noite fatídica quando Lucas foi embora. Meu peito apertou com força com a memória, mas quando olhei para o rosto doce da minha menina, uma sensação de contentamento tomou conta de mim.

"Como está minha abóbora esta manhã?"

Seu polegar saiu de sua boca levemente e ela aninhou a cabeça entre meu pescoço e ombro. Uma luz brilhante e implacável se espalhou sob minhas pálpebras enquanto eu a segurava e a embalava como ela sempre amou.

"Estou bem como a chuva, mamãe."

Ela olhou para mim como se isso fizesse todo o sentido do mundo. Olhei para Meghan, pasma quanto ao que isso significava.

"Seu pai sempre diz certo como a chuva. Acho que é isso que ela quer dizer, desde que o viram ontem."

Eu ri suavemente, em seguida, sorri ainda mais quando um par de braços pequenos envolveu minhas pernas, a ponta de um queixo descansando logo abaixo do meu quadril. Meus olhos baixaram para encontrar os grandes olhos verde-oliva de Lily.

"Ei, doce menina. Você vai ajudar a arrumar a mesa com a tia Meghan para mim?"

Balançando a cabeça animadamente, levou apenas alguns minutos para ela correr para o balcão da cozinha do outro lado da sala, seguida de perto por uma Avery batendo palmas.

Amarrando meu cabelo pegajoso atrás da cabeça, me preparei para fazer a limpeza de nossa refeição. Se Meghan fosse legal o suficiente para cozinhar, eu estaria limpando, com certeza. Só então vi o homem parado atrás do meu fogão. Eu fiquei boquiaberta com a visão dele enquanto ele cozinhava ovos e bacon no meu fogão.

"Uh, Meghan?"

"Sim, Kel?"

Eu me virei para ela, onde estava colocando a mesa com um punhado de guardanapos e dei a ela um olhar questionador. Meus olhos perguntavam tudo que eu não queria que as meninas ouvissem. Tipo, por que diabos um homem sem camisa, coberto de tatuagens e totalmente pecaminoso estava cozinhando o café da manhã para nós?

"Oh, uh, esse é Aiden."

Ela colocou a última colher na mesa e beijou a bochecha de Lily antes de entrar na cozinha e ir para o pedaço de homem que eu não pude deixar de admirar enquanto pegava as uvas que sempre mantinha em cima da bancada. Um pensamento veio à minha mente e eu não conseguia parar de pensar nisso.

Quanto tempo se passou desde que olhei duas vezes para um homem?

Deus, preciso voltar ao trabalho.

Um grande prato com cheiro de céu foi colocado na minha frente e eu olhei para cima para ver um sorriso acanhado, quase tímido, no rosto do homem.

"Ei, eu sou Aiden. Espero não estar me intrometendo no seu café da manhã. Meghan disse que ficaria bem."

Eu ri baixinho, acenando com a mão enquanto mastigava.

"Estou feliz por ter você, Aiden. Obrigada por cozinhar para nós."

Ele sorriu para isso, como se soubesse que eu estava agradecendo a ele por mais do que a comida.

Acho que estamos todos gratos pela vista desta manhã, pensei comigo mesma.

Levamos os pratos e copos de suco de laranja para as meninas, café para os adultos, para a mesa e nos instalamos para o café da manhã. Não pude deixar de notar como os dois pombinhos na minha frente pareciam se aproximar com o passar do tempo, até que Meghan estava praticamente sentada no colo de Aiden.

"Você pode cortar meu frango, mamãe?"

A doce voz de Avery disse, seus grandes olhos verdes piscando para mim de sua cadeirinha.

"Você não sabe como?"

Eu estendi meus braços em seus braços muito menores e mostrei a ela como cortar o frango dourado em pedaços pequenos para ela comer.

"Parece difícil."

Beijei sua bochecha quando ela virou a cabeça para mim e vi as nuvens de confusão em seus olhos. Avery sempre foi uma coisinha curiosa, aceitando qualquer desafio colocado na frente dela. No entanto, ela estava hesitante.

"Está tudo bem se você não conseguir fazer certo, garotinha. Vou te ajudar."

O sorriso que ela me deu espalhou luz através de mim novamente e eu não pude deixar de cobrir seu querido rosto de beijos.

"Tente, querida." Pedi enquanto ela segurava o garfo com uma das mãos e uma faca de manteiga na outra. A sobrancelha de Avery franziu em concentração quando ela fez o primeiro corte, raso, mas ainda visível, em seu frango.

Um sorriso orgulhoso apareceu em meu rosto e eu sabia que ela não precisaria da minha ajuda.

"Eu te disse," eu sussurrei, então roubei um pedaço da carne bem cortada de que ela tanto se orgulhava.

"Mamãe!"

Eu sorri, recuando com minhas mãos estendidas em sinal de rendição.

"Não lamento."

~

Minha melhor amiga corada encorajou as meninas a subirem as escadas para se vestirem para o dia, não muito depois de termos limpado a primeira refeição caseira que eu comi não sei quanto tempo, tudo graças a quem eu agora considerava o amigo de Meghan.

"Meghan me falou muito sobre você. Eu posso ver o porquê."

Aiden estava encostado na bancada de mármore da minha cozinha, um olhar pensativo em seus olhos. Eu balancei a cabeça, puxando dois almoços prontos da geladeira para embalar nas mochilas de Lily e Avery.

"Ela é minha melhor amiga."

Eu disse como se isso fosse tudo que ele precisava saber.

Ele acenou com a cabeça, cruzando os braços sobre o peito e esperou.

Esperei. Esperei. "O quê?"

"Parece que você tem algo a dizer. Eu conheço aquela mulher lá em cima muito bem agora e posso dizer que vocês duas têm uma conexão forte. O que é?"

Eu abri minha boca para responder a ele, então me encontrei fechando. Com qualquer outra pessoa, eu os teria rasgado por tentar julgar minha vida ou meu relacionamento com Meghan, que eu considerava uma irmã para mim tanto quanto Aria era. Mas o comportamento calmo que ele manteve me deixou instantaneamente à vontade. Eu inclinei minha cabeça para trás enquanto procurava seu olhar por qualquer um dos familiares olhares de piedade ou julgamento, embora eu não vi nenhum.

Suspirei, acenando com a cabeça e disse a ele. Disse a ele que, se não fosse por ela, eu não tinha certeza se teria superado a depressão em que havia caído há quase três anos. Eu estava em um mundo de dor no coração, um pedaço de mim mesma quebrado além de qualquer reparo. Eu não conseguia ver através dos redemoinhos de escuridão e auto-ódio que eu ainda tinha tantas pessoas ao meu redor que precisavam de mim, precisavam que eu estivesse bem.

Eu ainda não conseguia imaginar como eu tinha chegado tão baixo que os gritos de minhas próprias filhas não me tiraram da tristeza em que eu tinha caído. Os médicos que consultei na época me disseram que era uma depressão pós-parto depois que minha filha mais nova nasceu. Eles me disseram que não era minha culpa, mas eu, por algum motivo, ainda me sentia um fracasso aos olhos de minha garota.

CAPÍTULO 6

KAELYN

PASSADO

A luz forte forçou meus olhos cansados e inchados a abrirem e um barulho que parecia uma mistura de gemido e rosnado saiu da minha boca. Eu protegi meus olhos com a mão que não estava presa no edredom torcido que me cercava. Pisquei algumas vezes, rolando para o lado, onde sempre dormia.

"Mamãe! Mamãe!" Eu ouvi os gritos estridentes do andar de baixo, meu peito um bloco de gelo sólido e frio, impenetrável ao calor que suas vozes ameaçavam trazer.

Sentei, minha cabeça batendo na cabeceira

de pelúcia com uma batida suave. Ansiava por sentir aquele sentimento tão distante de afeto pela família que encontraria no andar de baixo. Pressionando uma palma aberta no meu peito que mal se movia com minhas respirações rasas, eu esperei que viesse. A felicidade, a sensação de antecipação ao ver os sorrisos vibrantes no rosto das minhas filhas. Esperei que a emoção perfurasse meu coração gelado, mas *nada*. Não veio nada.

Meus ombros afundaram lentamente no edredom, minha cabeça deslizando de volta para o consolo dos travesseiros, e embora eu soubesse em algum lugar lá no fundo que deveria me levantar, deveria ser forte, simplesmente *não queria*. Não que eu fosse preguiçosa, simplesmente não conseguia encontrar energia para enfrentar o que estava acontecendo em meu mundo naquele momento. Quando enrolei meus dedos nos lençóis mais uma vez e meus olhos se fecharam, disse a mim mesma que estaria melhor amanhã.

O sono pareceu fugir de mim na próxima vez que saí dele, meus olhos permaneceram fechados enquanto a batida alta e intrusa cercava o lugar seguro que eu formei para mim no conforto do meu sono.

"Isso tem que parar, Kaelyn. Por favor, saia da cama."

A voz do meu pai espalhou-se por mim como um torno que me deixou sem fôlego. Minha cabeça saiu dos lençóis que cobriam meu corpo, meus olhos piscando algumas vezes antes de sentir o olhar potente dele.

"Eu não..."

"Eu sei que você está sofrendo, querida."

Chegando ao final da cama, meu pai, todos os cento e dezessete quilos dele vieram se ajoelhar ao meu lado enquanto uma de suas grandes mãos segurava a minha com delicadeza.

"Mas aquelas duas garotas lá embaixo, elas precisam que a mãe delas esteja lá."

Eu fiz uma careta, um sentimento que parecia muito com raiva crescendo dentro do meu peito pela primeira vez em não sei quanto tempo. Meus olhos se fecharam com uma sensação estranha, mas tão refrescante de alívio, enquanto a emoção cobria cada sinapse dentro de mim, fazendo todo o meu corpo parecer visível novamente.

Oh, Deus, quanto tempo eu estive invisível na minha própria vida?

Há quanto tempo eu fiquei entorpecida em relação a elas?

Para minhas próprias emoções, que a raiva poderia ser um presente para mim?

Eu sabia por que isso acontecia. Eu estava *sentindo* algo depois de tanto tempo sem sentir *nada*. Eu tinha me enfiado nesta cama e me recusado a sair. Mas eu senti isso agora.

Eu não ia deixar minha tristeza machucá-las mais; essa foi a promessa que fiz a mim mesma.

"Olhe para mim, docinho."

As palavras ásperas de meu pai enquanto segurava meu rosto com força gentil fizeram meus olhos se abrirem, cheios até a borda com lágrimas que eu ainda não tinha chorado. Minhas emoções vieram à tona quando eu olhei para ele e vi a angústia de meu pai,

"Pa... papai," sussurrei, um som de asfixia vindo de mim naquele momento em que o senti.

Tudo isso.

Cada momento que eu deixava escapar, cada vez que ouvia os gritos das minhas garotinhas no corredor e não sentia o desejo de abraçá-las como sempre quis.

"Oh, shh, docinho. Jesus, olhe para mim."

Eu levantei minha cabeça de seu ombro, encontrando-o com olhos cheios de culpa que se refletiram em mim.

"Você está de volta." Ele murmurou, como se não pudesse acreditar no que estava vendo.

"Quanto tempo eu estive fora, pai?" Eu perguntei, mais para mim mesma do que para ele. Tentei juntar todos os momentos, os dias, as semanas, quanto tempo se passaram desde o feriado?

Eu não conseguia lembrar.

O que eu conseguia lembrar era afastar minha família quando a dor do desaparecimento de Lucas me atingiu. Minha irmã, Aria, foi minha rocha enquanto crescemos juntas e eu a empurrei. Eu não pude suportar os olhos cheios de simpatia dos meus entes queridos enquanto passava por esse momento da minha vida. Sempre me orgulhei de ser forte. Eu sempre fui forte, aquela que mantinha nossa família unida quando as coisas ficavam difíceis. Mas em algum lugar ao longo do caminho, eu havia perdido essa força.

Oh.

Oh, não.

Lily.

Meu coração chamou através dos meus pensamentos.

Avery.

Minha alma rangeu, ansiando por ela tão

ferozmente que eu não conseguia respirar com a força de minhas próprias emoções.

E foi então que me permiti chorar por elas, por mim, por tudo o que havíamos perdido.

Lucas.

Minhas memórias chamavam vagamente, a dor que me deu um soco no peito fez meu coração parar completamente enquanto os braços sempre inabaláveis de meu pai me seguravam enquanto eu desmoronava.

"Ele... ele nos deixou, pai."

Acalmando-me suavemente, ele começou a nos balançar contra a cabeceira da cama.

"Eu gostaria de saber por quê, docinho."

Eu funguei, tentando entender o que eu tinha que fazer agora. Mesmo com a dor que ricocheteou contra as paredes do meu próprio coração, eu sabia que tinha que continuar me movendo, continuar *vivendo*.

"Eu preciso de ajuda, pai."

Eu olhei para ele, dizendo com tudo que eu tinha dentro de mim que eu finalmente percebi o quão fundo eu me permiti cair. Eu estava pronta para ser levantada novamente e não poderia fazer isso sozinha.

CAPÍTULO 7

LUCAS

DIAS ATUAIS

O calor dos braços de Elsa na porta da casa de meu pai quase compensou a náusea que se infiltrou em minhas veias junto com o remédio que foi injetado em mim hoje.

"Você está com febre, Luke. Venha para dentro e vou preparar um chá para você." Ela me levou para dentro, não me dando realmente uma escolha e eu ri de sua vontade de resolver tudo. Não importava se era câncer ou gripe, o novo amor encontrado por meu pai pensava que o chá verde resolveria até mesmo as piores doenças. Ele tinha conhecido Elsa no hospital pouco depois da morte da minha mãe e, mesmo assim, ela tinha visto uma alma perturbada nele e tinha feito a única coisa que poderia ter ajudado meu pai. Ela o ouviu. Agora, quase dez anos depois, eles se casaram e ela se tornou uma mãe para mim de uma forma que nunca aceitei bem.

Era impossível não amar a mulher. Com o cabelo vermelho cereja colorido que se espalhava por toda as suas costas em uma trança e olhos bondosos que seguravam uma sabedoria além de seus cinquenta anos, ela era um tesouro para nós.

"Nem tudo pode ser resolvido com sua camomila, Elsa."

Virando-se rapidamente, ela inclinou a cabeça para o meu olhar e levantou uma sobrancelha fina.

"Quem disse?"

"Ninguém, só estou dizendo..." Franzindo a testa, sua mão veio verificar minha testa por febre, o que eu definitivamente não tinha, e ela balançou a cabeça antes de falar novamente.

"Você deve estar delirando, garoto. Você está falando bobagem."

Eu abri minha boca para apontar como isso era mentira, mas fechei quando ela se virou para preparar seu chá infame e vi a faísca de travessura em seus olhos.

Pequena atrevida.

"Oh, pare de incomodá-lo, querida. Ele está cheio de drogas, ele não sabe o que está dizendo."

Meu pai veio por trás dela e beijou sua bochecha antes de lançar um olhar furioso em minha direção.

Levantando minhas mãos em sinal de rendição, eu ri dele.

"O quê? É verdade."

Balançando a cabeça para mim com nojo, ele empurrou meu ombro ao passar por mim.

"Esse chá faz maravilhas. Eu não teria dúvidas se eu fosse você."

Eu o segui até seu escritório e sentei no sofá perto de sua mesa, cruzando as mãos, pensei no que o médico havia dito hoje.

Havia uma chance de eu vencer isso.

"Tudo bem, filho?"

Virei-me para vê-lo recostado na cadeira, com as sobrancelhas baixas e os olhos cheios de preocupação. Eu desejei que fosse a primeira vez que eu tinha visto isso nele.

"Além do fato de que há uma doença devastando meu corpo neste exato momento? Oh, sim. Eu estou bem."

Minha piada não o fez rir como eu pensei que faria, foi quando eu soube que ele estava realmente preocupado.

"Vimos um novo médico hoje. Ele disse que depois de alguns tratamentos, eles podem me iniciar neste novo tratamento."

Meu pai exalou, um alívio muito necessário visível em seu rosto.

"Este é o tratamento experimental sobre o qual falamos com o Dr. Ferguson em casa?"

Eu concordei. Todos nós havíamos empacotado nossas coisas, roupas, empregos e honestamente - nossas vidas para nos mudarmos para Fredericksburg, Texas, para ver o Dr. Rhodes e o Hospital Central do Câncer aqui no Texas. Cada um de nós, até mesmo meus pais, crescemos em Chicago, bem perto do Lago Michigan, e bastou um telefonema do Dr. Rhodes para eles decidirem deixar tudo para apoiar minha recuperação. Eu ainda não tinha certeza se o sacrifício valeria a pena, no final.

"Sim. Parece que realmente tenho uma chance de vencer isso."

Meu pai se levantou e veio até mim, me ergueu e me abraçou com força de uma forma para a qual eu não estava preparado. Um nó formou-se na minha garganta enquanto ouvia as palavras ditas no meu ouvido enquanto nos agarrávamos um ao outro. Pai e filho.

"Eu estou com você, filho. Este monstro não vai levar você também. Eu juro para você."

Tossindo minhas emoções, eu balancei a cabeça contra sua camisa e disse a mim mesmo para acreditar.

CAPÍTULO 8

KAELYN

*E*u deslizei para a última vaga de estacionamento disponível a tempo de abrir e afundei em meu assento. Meghan lançou um olhar para o prédio diante de nós e eu pude sentir a excitação exalando dela como se fosse uma energia palpável preenchendo o espaço ao nosso redor.

"Está pronta?"

Mordi meu lábio inferior, tentando impedi-lo de tremer de nervosismo. Hoje seria o primeiro dia de trabalho para nós em nosso café e bistrô recém-reformado. A Joyous Cup tinha sido compartilhada entre os irmãos do meu pai ao longo dos últimos anos e agora a cafeteria que eu amava desde a infância era minha e de Meghan. Eu sabia que não poderia cuidar dos negócios, com os horários das meninas e uma vida sã, sem ter sua ajuda e, felizmente, Meghan tinha entrado em cena para me ajudar. Embora eu achasse que o que a tinha conquistado foi minha promessa de café grátis.

"Sim, você?"

Ela acenou com a cabeça, um sorriso se espalhando por suas bochechas coradas quando ela agarrou a maçaneta da porta assim como eu.

Era isso.

Antecipação inebriante, um desejo que eu não sentia por este dia, mas se agitava dentro da minha barriga enquanto nos aproximávamos da entrada. A porta de vidro me atraiu quando minha chave girou e Meghan a chutou ansiosamente.

"Meg! Juro por Deus, se você quebrar a porta nova..." Minhas palavras pararam completamente quando me deparei com o cheiro de lavanda e jasmim vindo do espaço aberto que encontrei na minha frente.

"Puta merda." "Seu..."

Olhamos uma para a outra através do vasto piso de madeira, cerejeira que devia ser por causa do meu pai, já que ele era a única alma que conhecia meu amor por madeira escura.

Os lábios de Meg se curvaram e ela balançou a cabeça em descrença.

"É perfeito, Kel."

Minha mão varreu a superfície lisa das bancadas, polidas com granito novo para minha surpresa absoluta, e logo eu estava pulando para cima e para baixo com minha melhor amiga, deixando a felicidade deste novo capítulo em nossas vidas me dominar. Um mantra que estava em repetição na minha cabeça veio à minha mente e eu me permiti finalmente acreditar que era verdade.

Nós nos apressamos e nos movimentamos ao redor do espaço naquela manhã, nos preparando para o dia que viria.

Coloquei pequenos arranjos de flores nas janelas que cobriam a maior parte das paredes, convidando os clientes para os aromas celestiais de lírios e rosas brancas. Meg se ocupou em decorar as áreas de estar do café, tornando o ambiente aconchegante e saudável. A música tocava nos alto-falantes que tínhamos instalado na semana passada, Ellie Goulding cantava para nós que tudo poderia acontecer e eu sorri, batendo meu quadril no dela.

"Quer dançar?"

Um brilho maligno surgiu em seus olhos e ela se virou para mudar a lista de reprodução para algo muito menos icônico.

Uma risada forte disparou de mim quando *Don't Stop the Music* de Rihanna começou com uma batida forte e enérgica.

Unindo as mãos, nós balançamos em círculos, batendo e pulando. Eu cantei as letras e me senti como aquela garota que não tinha nenhuma preocupação no mundo.

Sem preocupações.

Eu queria muito me entregar a esse sentimento em momentos como este.

"Você não perdeu o jeito, garota."

Eu sorri, beijei sua bochecha e dancei em direção ao open bar perto dos banheiros na parte de trás da cafeteria.

Meg encostou-se nos balcões, nós duas sem forças com a tarefa de arrumar o lugar em quase duas horas. Eu examinei a sala, absorvendo tudo.

As bancadas de granito eram cobertas com sacos de qualquer sabor de café que se pudesse desejar, as cores do mármore lançando luz em todo o layout aberto do espaço. Pisos de madeira largos e espaçosos caíam sob mesas de madeira castanha, juntamente com cadeiras em estilo de banquinho de bar para acomodar nossos convidados enquanto comiam.

Fechando meus olhos, eu imaginei os sonhos que meus avós devem ter tido para este novo lugar e segurei a mão de Meghan quando viramos a placa de fechado na janela pela primeira vez.

Meu intervalo para o almoço veio muito cedo naquele dia, e me vi perdida em uma conversa ávida com um de nossos clientes regulares antes da reforma, Daryl.

"Kel!" Eu ouvi Meghan chamar de baixo das escadas que abrigavam as principais áreas de armazenamento da loja, juntamente com nosso escritório e sala de descanso. Sorri calorosamente para os clientes que estavam sendo atendidos por Kinsley, uma de nossas melhores baristas. Eu a recontratei quando soube que o Starbucks no qual ela havia passado a maior parte de seus anos de faculdade trabalhando a havia despedido. Achei que ela fosse espirituosa, uma garota otimista da qual eu poderia me tornar amiga rapidamente.

"Grite se encher aqui, Kinsley. Eu estarei lá embaixo."

Olhando por cima de sua troca no caixa, ela sorriu para eu ir.

"Ei, o que há de errado?" Eu perguntei enquanto descia os degraus onde Meg estava andando por toda a extensão do porão, cerrando os punhos, a ação tão semelhante de quando ela me encontrou no fundo de uma garrafa depois do que aconteceu com Lucas e eu.

Quando me aproximei de onde ela estava, ela balançou a cabeça em descrença, a tensão saindo de seus ombros fortes.

"É Dean, não é?"

Meg começou a acenar com a cabeça e eu sabia que teria que ter uma conversa com ele que não queria ter há um bom tempo.

Eu adiei assumir o problema que se tornou seu irmão mais novo e alguém próximo de nós, Dean. Ele estava desempregado quando as reformas começaram e eu tinha um coração muito grande para negar quando Meg veio até mim pedindo para fazer uma entrevista com ele.

Ele era um bom garoto.

Mas eu tinha perdido a conta de quantos turnos ele não tinha aparecido, às vezes nem mesmo encontrar algum tipo de notícias antes disso. Eu perdi a conta de quantas vezes vi seus amigos do pub local chegando para comer sanduíches e refrigerantes de graça depois de horas enquanto eu olhava as imagens da câmera que fui forçada a colocar pelo meu pai sempre preocupado.

Ele tinha razão, inevitavelmente.

"Eu vou falar com ele, Meg. Calma, ok?"

Eu a puxei em meus braços, apertando até que uma risada veio da minha melhor amiga e seus músculos relaxaram com a tensão que ela tinha antes.

"Sinto muito, Kel. Eu só... eu não consigo fazer isso. Ele é meu irmão."

Eu balancei a cabeça, assumindo total responsabilidade.

"Eu sei, eu sei. Suba as escadas e deixe Kinsley ir em seu intervalo de dez minutos. Vou almoçar e ligar para ele."

Ela me deu um sorriso hesitante e passou por mim no caminho para as escadas, seus olhos me observando até que me virei para sentar à mesa em nosso escritório. Um suspiro me deixou, minhas mãos indo para o meu pescoço para alisar o nó que se formou lá. Eu pensei que contratar o irmão aparentemente inofensivo de Meg seria ótimo não apenas para a cafeteria, mas para Meg. Eu a conhecia desde a faculdade e, embora às vezes perdêssemos o contato, vi em primeira mão suas preocupações com os dois irmãos mais novos enquanto ela se graduava em enfermagem.

Peguei o telefone e me preparei para a atitude que eu certamente receberia quando pedisse a Dean para vir conversar.

"Sim?"

Tosse abafada pelo riso e algum tipo de música alta encontrou meus ouvidos ao terceiro toque do telefone.

"Olá, Dean? É Kaelyn do Joyous Cup. Vou precisar que você venha um pouco hoje."

A linha ficou quieta por um tempo e então uma risada forte veio.

"Você só pode estar brincando, Kel."

"Dean, é Kae..."

"Olha, eu disse à minha irmã que não irei hoje. Ela não avisou você?"

Sim, idiota, ela me disse que você nos deixou novamente.

Eu queria pegar o telefone, mas fiquei quieta, respirei fundo para me fortalecer.

"Estou ciente disso, Dean. Acredito que devemos ter uma conversa. Você pode vir ou eu preciso ir até você?"

Isso chamou sua atenção enquanto ele corria para me responder desta vez.

"Oh, não, não, não. Você não precisa vir aqui. Eu irei até aí agora. Sinto muito, Kaelyn."

Eu duvidava muito que ele sentisse, mas novamente, eu mantive minhas explosões.

"Eu espero você dentro de uma hora, obrigada."

Sem muito mais a dizer, o receptor pousou de volta na estação de carregamento.

Isso não foi tão ruim. Eu só esperava que a conversa que teria com ele fosse boa.

Depois de pôr em dia as contagens de estoque que eu tinha adiado naquela manhã, peguei minha jaqueta e carteira decidindo ir para a pizzaria local para o meu almoço.

"Você está bem por uma hora ou mais?" Perguntei a Meghan quando a avistei perto do balcão de condimentos, que deve ser uma das minhas características favoritas da nossa nova cafeteria, já que era coberta com belos azulejos brancos apedrejados e hastes da mais rica madeira de cerejeira.

Seus olhos se voltaram para os meus e ela balançou a cabeça, apertando meu ombro de forma tranquilizadora.

"Vá comer, eu cuido disso."

Assentindo, eu sabia que ela cuidaria. Ela

foi uma salva-vidas não só para a cafeteria, mas para mim.

~

Encontrei um rosto amigável me cumprimentando quando deixei a pizzaria na esquina das ruas Broad e Jones, a apenas um quarteirão da cafeteria. O maravilhoso aroma de tomate e manjericão que emanava da porta aberta não poderia ter me afastado, isso era certo. Se havia uma comida reconfortante que eu amava, era pizza.

"Kaelyn? É você?"

A voz rouca soou tão parecida com a que estava gravada em minha mente que eu parei onde estava ao som dela. Virando, eu estava cheia de alívio e uma forte sensação de decepção quando ninguém menos que Asher Jones encontrou meus olhos.

Asher era todo músculos tensos que envolviam cada bíceps e não terminavam até que encontrassem o grande conjunto de ombros que ele tinha, seu pescoço coberto com tinta preta e azul que eu ainda não conseguia decifrar. Se a memória não me falhava, a maioria de suas tatuagens eram escritas em línguas estrangeiras. Parecia aumentar o mistério do homem.

"Asher Jones. Eu não posso acreditar no que vejo!"

Praticamente corri direto para ele quando abracei meu outrora cunhado, mas éramos irmãos há muito mais tempo do que meu casamento. Um grande peso se estabeleceu em meu peito enquanto eu era atingida pelas memórias implacáveis que eu tinha com ele e seus irmãos, a memória mais provocadora sempre sendo Lucas Andrew Jones.

"Merda, linda. Você é um colírio para os olhos," disse ele, enquanto me apertava um pouco mais forte, embora eu não me importasse nem um pouco. Eu não tinha visto um rosto familiar além de Meghan e as meninas desde que pegamos tudo e nos mudamos para o sul para abrir uma nova loja em Fredericksburg. Levou um pedaço do meu coração para deixar a casa que Lucas e eu tínhamos construído nossas vidas em Chicago, bem onde eu cresci com minha própria família. Mas ter um novo começo para criar minhas filhas em uma comunidade tão acolhedora e gentil, com pessoas que tinham um coração tão generoso, valia a pena para mim.

"Você parece bem! Estou muito feliz em ver

você. Não quero ser rude, Ash, mas o que diabos você está fazendo aqui?"

Ele riu alto, sua cabeça caindo para trás antes de pegar os dois sacos de comida de mim e me guiar pela rua mal usada que levava de volta por onde eu vim.

"É uma longa história, Kel. Uma longa história."

Acenei com a cabeça, não empurrei o assunto.

Por enquanto, pensei comigo mesma.

Asher abriu a porta da Joyous Cup para mim, seguindo de perto enquanto conversávamos e disse-me que toda a família tinha se mudado para cá.

"Mas por quê? Seu pai adora a cidade ventosa." "Verdade, mas..."

"E o lago também! Lembro-me de quantos verões passamos assando marshmallows na cabana do lago que ele cresceu. Ele amava aquele lago."

Ele acenou com a cabeça, baixando as sobrancelhas, o que interpretei como um sinal para eu parar de pedir. Sorrindo, eu balancei a cabeça quando Asher se inclinou para baixo de seus dois metros para colocar um beijo suave na minha cabeça.

"Jantar, em breve?"

Eu balancei a cabeça, sorrindo enquanto o observava sair.

Meu almoço foi devorado em apenas vinte minutos depois disso, minha perda de apetite voltou com força hoje. O tempo todo, eu me peguei pensando em todos os Jones estando em Fredricksburg e meus pensamentos instantaneamente foram para um homem. Um homem com cabelos loiros até os ombros e olhos verdes como a floresta depois de uma chuva de verão. Aqueles braços fortes, mas tão reverentes, enquanto ele me segurava contra o peito nu tarde da noite e tão cedo pela manhã. O coração mais gentil que eu já tive o prazer de descobrir das montanhas de destroços após a morte de sua mãe.

Havia apenas um irmão pelo qual meu coração ansiava com este novo conhecimento, *Lucas. Deus, Lucas.*

Oh, como eu sinto falta dele.

Enquanto espero pelo funcionário sempre atrasado, terei que acertar as contas hoje, posso fazer a folha de pagamento e o agendamento desta semana. Normalmente, o que eu consideraria um *trabalho ocupado* me acalma,

"Eu saio, eu saio!"

Cruzando os braços contra o peito, ela ergueu uma sobrancelha.

"Hmm? Quando? Porque você esquece que eu moro com você. Então..."

Sim, ela tinha razão. Sentando minha bunda em uma das mesas atrás de mim, tentei me lembrar da última vez em que aproveitei uma babá para fazer algo diferente do trabalho ou sair com Meghan ou com as meninas que trabalhavam aqui.

Merda.

Brandon Collins foi o último, ele foi uma voz gentil em meio ao barulho sem sentido de um clube em algum momento do ano passado. Ele também foi o primeiro homem a quem sucumbi sexualmente depois do meu divórcio e tinha deixado uma cicatriz no meu coração saber que eu não pertencia mais totalmente a Lucas. No meu coração, sempre acreditei que ele voltaria, mas mesmo assim, ele nunca voltou.

Engolindo a agitação que crescia em minha barriga com aquela lembrança, escura e pesada em meu peito, olhei para ver os olhos preocupados de Meghan fixos nos meus.

"Tanto tempo?"

"Ah..." Limpei minha garganta,

recuperando meu juízo mais uma vez. "Ano passado."

Seus olhos se arregalaram e então ela pegou minha mão, me puxando para ficar de pé no próximo segundo.

"Estamos indo."

"Espere, que tal...?"

"Vou ligar para seus pais no caminho. Mas nós estamos indo, Kel."

Abaixando minha cabeça, eu balancei a cabeça e aceitei que ela estava certa. Já era tempo.

CAPÍTULO 9

LUCAS

O cheiro de bacon, oh meu Deus, o bacon caseiro de Elsa me atraiu para fora da cama na manhã seguinte, depois de mais um tratamento extenuante. Se eu pensava que estava fraco antes de entrar na sala todas as vezes, também aprendi como estava errado. Como se cada grama de força tivesse sido arrancada de mim; era assim que meu corpo se sentia. Mudei-me para a cômoda mais próxima e abaixei minha cabeça até que meu queixo tocou meu peito.

Tudo dói pra caralho.

Eu mal registrei que isso era pior do que eu me lembrava da última rodada em que o Dr. Rhodes havia insistido.

Minha mão bateu no frasco familiar de analgésico que eu mantinha comigo em quase todos os lugares que eu ia e eu me esforcei para colocar minha mão em volta da maldita tampa. Ficando frustrado rapidamente, eu praticamente soquei a cômoda de madeira na minha luta para abrir a coisa.

Eu costumava ser capaz de levantar uma vaca na fazenda de cavalos do meu tio Rod, mas aqui estava eu, ofegando como uma menina na minha tentativa de abrir um frasco de comprimidos simples.

"Filho, o que diabos você está fazendo?"

A voz corajosa do meu pai soou atrás de mim e antes que eu pudesse me virar para bater a porta, ele arrancou o objeto da minha mão e bateu em minhas mãos enquanto eu tentava fazer isso sozinho.

"Eu entendo que isso é difícil, inferno, filho, é difícil para todos nós. Mas estamos aqui para ajudá-lo com isso. Não podemos fazer isso se você não nos deixar."

Uma respiração afiada saiu da minha boca quando eu balancei a cabeça e minha bunda bateu na cama com um baque surdo.

"Estou bem, pai."

Sua risada baixa fez minha cabeça voar e minhas mãos cerradas em punhos.

Ele achou isso engraçado?

"O meu estado inútil é tão engraçado para você?"

Meu pai ficou sério imediatamente com minhas palavras e sentou ao meu lado.

"Você não tem que fazer tudo isso sozinho. Nas últimas semanas, você tem feito tudo o que pode para permanecer indiferente, como se essa doença não estivesse afetando você. Isso tem que parar."

Meus olhos se arregalaram quando entendi a admissão do meu pai, meu corpo inteiro sucumbindo ao que eu sabia ser a verdade. Eu estava os afastando. Novamente.

"Sinto muito, pai. Essas últimas semanas foram difíceis e não tenho certeza do porquê."

Sua cabeça caiu como se tivesse vergonha do que eu havia dito e então ele olhou para o calendário. Estava marcado com inúmeras consultas médicas, dias de tratamento e reuniões de bem- estar com a sempre otimista conselheira de nutrição que meu médico havia sugerido, Fiona Mills. Senti a mão do meu pai no meu ombro enquanto ele me mostrava qual era a data.

Meu peito se contraiu dolorosamente como se alguém tivesse acabado de espetá-lo com uma faca e tornou-se traidoramente lento.

8 de maio.

Puta que pariu.

Era oito de maio.

Este dia marcou o aniversário do meu casamento com Kaelyn.

Parecia muito tempo atrás, agora.

"Seis anos. Como se passaram seis anos?"

A dor que atingiu seu rosto fez com que a tempestade furiosa dentro de mim se tornasse ainda mais real.

Eu tinha roubado seis anos da garota que eu pensei que nunca iria me afastar e, ainda assim, eu me afastei.

~

LUCAS

PASSADO

08 de maio de 2010

Minhas mãos estavam dormentes por terem sido puxadas de todas as maneiras pela minha irmã e pelos numerosos planejadores de festas que a mãe de Kel tinha insistido que contratássemos em nosso grande e louco evento. Mas era o que minha garota queria, então não hesitei em torná-lo o maior possível.

Um casamento de princesa.

Tenho certeza de que foi assim que ela chamou ontem à noite, depois de um daqueles drinques de frutas que adorava.

"Se acalme, cara. Sua noiva está perguntando por você."

Eu ouvi Ben dizer quando ele praticamente caiu da escada tentando chegar até mim.

Meu batimento cardíaco bateu forte em meus ouvidos e minha pele formigou de consciência.

O que aconteceu para ela se livrar da regra de não ver a noiva que a fez praticamente me expulsar do hotel na noite passada?

"Ela está chateada?"

Meus punhos cerraram enquanto eu tinha o desejo de socar meu irmão se ele tivesse dito algo que a aborreceu.

"Não, não, homem. Ela está na categoria irritada, com certeza."

Meus músculos não relaxaram enquanto eu corria escada acima até a suíte nupcial onde eu sabia que ela deveria estar.

"Kel, o que aconteceu?"

Seu cabelo loiro estava preso em uma daquelas tranças extravagantes que eu adorava passar minhas mãos e meu coração parecia que ia bater para fora do meu peito ao vê-la antes da cerimônia. Ela se virou e eu fui destruído. Eu não vi a beleza do vestido que ela estava usando ou as botas de cowboy sexy como o inferno que eu sabia que ela teria nos pés ou mesmo o delicado rubor em suas bochechas que eu amava mais do que tudo. Tudo isso derreteu quando eu vi seu rosto coberto de lágrimas.

Fui direto para ela e me ajoelhei enquanto minhas mãos procuraram suas mãos onde agarraram a bainha de seu vestido de renda branca e fita com os punhos cerrados.

"Querida, o que foi?"

Seus olhos se fecharam quando tentei levantar seu rosto para ver dentro deles e não acho que meu corpo poderia estar mais tenso para uma luta naquele momento. Minha garota era uma leoa. Eu costumava chamá-la assim quando estávamos na faculdade. Ela tinha que ser a mulher mais corajosa que eu já conheci. Kaelyn odiava que as pessoas a vissem chorar, mesmo que essa pessoa fosse eu. Cerrando os olhos, eu sabia que só poderia haver uma razão para uma rachadura em sua armadura.

Quem quer que a tenha chateado iria se arrepender até mesmo por respirar seu mesmo ar. Repeti isso para mim mesmo enquanto traçava meus dedos em suas palmas em um pequeno esforço para acalmá-la.

"Ela não veio, certo?"

Eu expressei o único pensamento lógico em minha mente e quando seus olhos de mel se abriram e duas lágrimas caíram deles, odiei estar certo. Sua mãe não apareceu em sua vida até que ouviu falar do casamento. Eu tinha dúvidas de que ela iria vir hoje, mas eu esperava que estivesse errado apenas desta vez. Eu esperava que apenas uma vez na vida, minha garota forte tivesse o apoio de sua mãe.

"N...não," foi tudo o que ela disse antes que sua respiração se tornasse superficial e um soluço baixo perfurasse o ar entre nós.

"Oh, querida."

Como se meu corpo estivesse atraído pelo dela, puxei-a suavemente para o meu colo e alisei as tranças que caíram em seu ombro. Eu mal a senti cantarolar contra o meu peito e quando olhei para baixo para ver seus lábios inclinados em um sorriso triste, mas visível, agradeci a Deus por ter feito ela sorrir através de sua tristeza.

Minha cabeça caiu em seu ombro e eu corri meus lábios em sua pele macia aveludada.

"Amo você," ouvi-a dizer através de um

véu espesso de emoção, que infelizmente conhecia muito bem; tristeza de balançar a alma e aceitação mental. Meu corpo ficou ainda mais perto do dela enquanto eu procurava o consolo de sua boca e o doce sabor de frutas vermelhas que encontrei lá. Enquanto meus lábios mal roçavam os dela, sussurrei contra eles.

"Para a porra da lua, querida."

~

LUCAS

DIAS ATUAIS

"Vamos, Elsa fez um café da manhã para você. Depois disso, tenho algo que quero mostrar para você."

Eu balancei a cabeça, embora eu mal tivesse registrado o que meu pai havia dito. O que eu não teria dado para voltar e viver aquele momento novamente. Mesmo quando estávamos no nosso pior momento, era mais do que eu poderia imaginar. Ela tinha sido minha luz.

E eu a tinha deixado sem um adeus.

Meu gorro coçou no momento em que

entrei na cozinha cheia de luz do condomínio de conceito aberto do meu pai. Tive um forte desejo de arrancar aquela maldita coisa da minha cabeça, mas sabia que não o faria. Se houve uma coisa que ainda mantive nos últimos anos, foi minha dignidade. Ninguém além de Ben tinha visto minha careca, e isso só porque minhas mãos tremiam demais para eu mesmo raspar.

"Como você está se sentindo?" A voz suave de Elsa atingiu meus ouvidos e eu encontrei seus olhos com os meus, sabendo da preocupação que sempre encontrei em seu rosto. Ela me amava como se eu fosse seu próprio filho e me ver deteriorar devia ser um inferno para ela.

"Estou bem, Elsa. Não se preocupe comigo, já passei por isso antes."

Assentindo levemente, ela veio até mim com um prato cheio de ovos e torradas francesas, bacon e salsichas. A torrada de centeio ficava ao lado do prato, minha favorita desde que eu era menino.

"Você tem que parar de estragar meu menino, baby. Ele vai esperar esse tipo de tratamento na próxima vez que voltar para casa."

A voz profunda de meu pai veio da sala e

eu sorri quando vi o leve rubor que tomou conta das bochechas de Elsa.

"É assim que deve ser, Garrett. Agora pare de o incomodar e deixe-o comer."

Minha cabeça caiu quando eles se juntaram em um abraço que parecia um pouco íntimo demais para os meus olhos.

Meu peito doeu, uma memória da mesma emoção que minha linda garota sempre despertou em mim.

Calor que poderia abrir até o mais negro dos corações.

Principalmente o meu.

Uma grande mão bateu nas minhas costas enquanto eu secava meu prato na pia, minhas mãos sendo mantidas ocupadas por um pano de prato branco e o movimento do prato girando sob ele.

"Você está pronto para ir?"

Eu balancei a cabeça uma vez, sem saber se eu iria gostar do que meu pai queria me mostrar. Se eu o conhecesse depois de vinte e seis anos, ele iria tentar me ensinar algum tipo de lição de vida durante nosso pequeno passeio.

Beijei Elsa na bochecha enquanto colocava minha jaqueta de couro e ela me deu um sorriso caloroso, me empurrando de brincadeira em direção à porta onde papai esperava.

"Então, para onde estamos indo?" "Digamos que é uma surpresa."

Eu levantei minha sobrancelha para ele quando fomos até nossas motos e coloquei o capacete preto com uma imagem de águia azul na parte de trás dele. Foi um presente junto com minha Harley e uma das poucas coisas que eu insisti em levar comigo de Chicago. O estrondo familiar e rugido do motor debaixo de mim estimulou a adrenalina a subir em minhas veias, e a sensação de poder que tive com o perigo de conduzir fez minhas mãos agarrarem o guidão com uma ansiedade pela emoção que eu sabia que estava por vir.

"Siga-me, filho." "Vai."

A Harley Davidson Street Bob prata e preta do meu pai puxou para a estrada de terra que levava à estrada principal e puxando o suporte para cima com minha bota, eu passei por ele em um piscar de olhos, a roda debaixo do meu assento comendo a terra como se fosse irrelevante.

"Droga, acalme-se!" Eu ouvi papai gritar atrás de mim e eu atirei meu rosto de volta para sua linha de visão, um sorriso inclinando minha boca pela primeira vez em muito tempo.

"Vamos, meu velho. Você tem que ir mais rápido se quiser me surpreender!"

Sua testa franziu e, em seguida, com um brilho desafiador em seus olhos, ele acelerou muito rápido.

"Esquerda!" Ele gritou, ainda alguns metros atrás de mim e nós desviamos através das pistas da interestadual mal povoada, nossas rodas girando para pegar uma saída que eu imaginei que meu pai estava familiarizado.

Um grande edifício de tijolos apareceu e entramos no estacionamento do que parecia ser um antigo armazém. Inclinei minha cabeça para o lado enquanto meus olhos o examinavam, meus pés pousando no concreto irregular quando nossas motos pararam e eu relutantemente desliguei o motor da minha.

"Este é o lugar, pai?"

Ele acenou com a cabeça, e quando olhei para ele para decifrar o que diabos estava pensando, seu rosto estava em branco.

Este dia estava realmente se revelando interessante, com certeza.

"Venha, vamos entrar."

Tirei meu capacete e o joguei no compartimento de armazenamento embaixo do assento, me perguntando para onde diabos meu pai estava me levando quando nos aproximávamos de uma porta de metal. Uma placa solitária estava pendurada acima dela e eu li as palavras quando nos aproximamos.

Wrecking Ball Studios LLC

"Tem certeza de que estamos no lugar certo?"

"Você vai parar de fazer perguntas e apenas entrar?"

Meu pai estalou, girando uma chave na fechadura e usando sua bota para abrir a porta pesada como o inferno.

"É bom que valha a pena, velho."

No momento em que entrei na sala espaçosa, fiquei sem palavras.

Santa mãe de Deus, não podia ser. No entanto, era.

No centro de Fredericksburg, Texas, havia uma joia escondida a quilômetros de estradas secundárias.

Vitrais separavam duas áreas da sala, embora o espaço tivesse que ter mais de cem metros em toda a volta. A primeira coisa que vi foram os painéis de áudio instalados em uma mesa de controle improvisada, tudo parecendo totalmente novo. A mesa de uma secretária estava encostada na parede mais próxima da entrada, fileiras de cadeiras e mesas de madeira entalhadas fazendo com que a sala de espera tivesse um toque vintage. O piso de madeira devia ser novo, já que o cheiro fresco de pinho e pó de madeira pairava forte no ar.

"O que é isso, pai?"

Eu me virei para ele, onde ele estava encostado na parede mais próxima, um sorriso de como se um gato comeu o canário em seu rosto inexpressivo.

"É seu. Uma luz foi apagada de você desde que nos mudamos para cá e, embora eu saiba que há outra razão para isso, a música é algo que eu poderia retribuir. Seus irmãos me ajudaram a alugar este lugar e Asher cuidou de todas as reformas nos últimos três meses."

A respiração deixou meus pulmões e eu fiquei lá completamente estupefato com tudo isso. Eles fizeram isso por mim?

Aproximando-se de mim, as mãos do meu pai agarraram meus ombros.

"A música é uma grande parte de quem você é e eu sabia que se você fosse ser feliz, era assim."

Eu balancei a cabeça, fechando meus olhos brevemente enquanto aceitava que ele estava certo. Depois que minha mãe morreu, eu caí em uma escuridão que nunca tinha conhecido, e a única vez que consegui escapar dos demônios que me perseguiam foi quando peguei meu violão. Tudo começou simples, cantando.

E então no colégio comecei a escrever canções, escrever tudo dentro de mim na profundidade de uma harmonia e na potência do ritmo.

"Obrigado, pai. Você não sabe o quanto eu precisava disso."

Ele me puxou para um abraço forte, solidificando minha gratidão.

"Eu vou conduzir de volta. Seu violão está atrás."

Eu sorri, uma nova determinação infiltrando-se em meus ossos quando ele me deixou lá, cercado pelo mundo que eu costumava amar.

Meu violão, um clássico acústico que me chamou a atenção há cerca de dez anos, no coração da cidade ventosa em que cresci, estava encostado na parede da caixa de som, e enquanto eu corria minha mão pela ponte e meus dedos roçaram as cordas uma memória de tocar isso para Kaelyn em nossa noite de núpcias me atacou, abrindo mais um buraco em meu coração fraturado.

"Porra, eu perdi isso," eu disse para a sala vazia, meus olhos fechando enquanto tentava me lembrar da melodia familiar que cantei naquela noite na luz fraca de uma suíte de lua de mel no Drake.

Minhas mãos, como que por instinto, moveram-se para uma corda, depois para a seguinte, meus polegares segurando a própria palheta que comprei quando este violão me chamou.

Que dia é hoje? E que mês?
Este relógio nunca pareceu tão vivo.
Eu não posso acompanhar e não posso recuar
Tenho perdido muito tempo.
Porque somos você e eu e todas as pessoas
*   sem nada para fazer, nada a perder.*
E é você e eu e todas as pessoas
E não sei por que não consigo tirar os olhos
*   de você.*

A letra despertou o desejo que eu havia tentado diminuir por tanto tempo e senti a emoção nublando minha visão quando inclinei minha cabeça, permitindo que meus olhos sangrassem de dor por perdê-la.

Kaelyn. Porra, minha doce Kaelyn.

Todas as coisas que eu quero dizer
*   simplesmente não estão saindo bem*
Estou tropeçando nas palavras

Você tem minha cabeça girando
Não sei para onde ir a partir daqui.

Algo sobre você agora
Eu não consigo entender
Tudo que ela faz é lindo,
Tudo o que ela faz está certo.

A letra acabou e eu não me preocupei em abrir os olhos. Não pensei em abafar.

Eu tinha que sentir isso, eu tinha que sentir tudo. Tudo que eu escondi, tudo que eu ansiava.

Eu fui exposto.

Quebrado.

Sombrio.

Nu.

Segurando minha cabeça com dedos frenéticos, eu disse mais uma prece para que assim que tudo acabasse, meu tratamento e essa porra de doença, eu a traria de volta.

Se ela me aceitasse.

CAPÍTULO 10

KAELYN

Uma pulsação inegável atrás das minhas têmporas me acordou na manhã depois que Meghan insistiu em sair para o que ela considerava 'alguns drinques'. Foi mais como dezoito drinques depois que voltamos para casa e caímos em sua cama perto do amanhecer.

Eu rolei, gemendo sobre a pulsação incessante que tornava impossível abrir meus olhos para a luz do sol brilhando no quarto.

"Inferno, quanto bebemos na noite passada?" Meg gritou, agarrando a cabeça em um esforço para acalmar o mesmo efeito que eu estava sentindo.

"Pare de gritar, Meg. Eu tenho que me levantar e pegar as meninas..."

O pensamento de Avery e Lily me vendo neste estado me fez levantar e correr para o meu armário em pelo menos seis segundos. Ouvi Meg rir loucamente enquanto eu me arrumava, puxando e trançando meu cabelo no mesmo movimento.

"As meninas estão dormindo profundamente na casa de seus pais. Acalme-se, garota."

Um suspiro de alívio saiu de mim, só agora lembrando que ela estava certa. Minha bunda bateu no colchão ao lado dela e eu não pude evitar a risada que veio.

"Você está bem?" Meghan perguntou por cima do fogão enquanto preparamos um pouco de comida, um de nossos pratos favoritos. Eu balancei a cabeça, minha mente ainda estava dispersa da nossa diversão na noite passada. Embora eu provavelmente nunca admitisse, eu realmente precisava dela. Era incrível como apenas deixar ir e simplesmente *ser* de vez em quando poderia lhe dar uma sensação de liberdade. Por apenas uma noite, eu poderia ser apenas Kaelyn Anne, não mãe de duas filhas e não dona de uma cafeteria. Nem mesmo uma irmã devotada ou uma mulher às vezes franca.

Apenas eu. E foi *muito bom* deixar ir por uma noite.

Olhei para ver as mãos de Meg cobertas de migalhas de pão enquanto ela fazia um empanado para o frango e bolinhos que tanto gostávamos.

"Claro. Quando mamãe disse que eu poderia pegar as meninas?"

Só o pensamento de ver minhas meninas novamente fez um sorriso curvar meus lábios, mas quando vi a expressão de preocupação no rosto de Meghan, eu fiz uma careta. Sua testa franzida em um olhar que eu conhecia muito bem. Era o que ela me dava quando não queria me dizer algo.

Eu parei de mexer o molho de tomate na minha frente e bati meu quadril com o dela.

"O que há de errado?"

"Bem, Andrea disse que recebeu uma ligação de Elsa Jones."

Merda, pensei comigo mesma. Essa era a madrasta de Lucas, uma mulher doce e delicada que não ousaria machucar uma mosca e basicamente planejou todo o nosso casamento depois que os vários planejadores de festas que minha mãe insistiu em deixar. Ela reuniu todos naquele dia. O pensamento me fez lembrar como os irmãos Jones sempre disseram que ela era a *cola* que mantinha sua família fragmentada inteira. Eu amava aquela mulher como uma segunda mãe, mesmo que a conhecesse apenas na época em que nos casamos.

Eu balancei a cabeça, continuando a me mexer, tentando acalmar a tempestade de emoção que senti se formando logo abaixo da superfície da minha pele pegajosa.

"E? Ela vem visitar as meninas de vez em quando. Ela é a família delas, Meg."

"Eu sei! Não é por isso."

A garota começou a dar um nó nos dedos; um hábito nervoso que eu conhecia bem.

A preocupação se enrolou na minha barriga e eu estendi minha mão para a dela.

"O que é? Ela quer que as meninas passem a noite?"

Balançando a cabeça, ela parecia ter seu juízo suficiente para cuspir o que quer que a estivesse preocupando.

"Elsa nos convidou para jantar esta noite, uma espécie de celebração do dia das mães."

Oh. Bem, isso foi legal e tudo, mas com minha agenda e o trabalho que ainda não tinha feito neste fim de semana, eu não tinha certeza se poderíamos ir a Chicago para o jantar.

"Não tenho certeza se podemos simplesmente pegar tudo e voar..."

"Eles estão aqui, Kel. Acho que no ano passado eles se mudaram para Fredericksburg para um novo começo."

Minha boca se abriu em choque, como isso poderia ser possível?

"Para um novo começo? Todos eles?"

Ela acenou com a cabeça, a fonte de sua preocupação agora se tornando aparente.

"Então nós vamos, eu acho. A que horas ela disse?" "Oh, quatro. Mas e se...?"

Meus passos em direção ao forno pararam quando percebi exatamente por que Meg estava tão preocupada e um rosto apareceu no centro da minha mente. Meus olhos se fecharam com força, minha cabeça mergulhando enquanto eu lutava para controlar a necessidade irresistível de jogar algo. Ou chorar. Ou ir direto para o mesmo homem que me arrancou do alto da verdadeira felicidade e começou a arrancar meu coração direto do meu peito exposto. A raiva veio, densa e implacável. Ele rasgou minhas veias, indo direto para o meu coração e o aperto dos meus punhos me deu o único controle que eu tinha sobre as emoções que ameaçavam me enviar voando de volta para o dia em que tudo mudou.

Respirei fundo para me acalmar e repeti o mesmo mantra de sempre.

Eu estou bem. Eu segui em frente. Eu segui em frente.

Exceto desta vez? Eu não tinha certeza se acreditaria se fosse arriscar vê-lo novamente.

"Vou me arriscar, Meg."

Seus olhos arregalados me pegaram por um momento muito antes de ela se aproximar de mim e me envolver em um abraço muito necessário.

"Eu estou indo com você."

Eu balancei a cabeça contra o ombro dela, seu corpo menor me segurando enquanto eu erguia aquela parede protetora que eu tinha mantido ao redor do meu coração por muito tempo.

Respirando fundo, vi a compreensão refletida em seus olhos.

"Estou bem aqui, Kel. Para o que você precisar."

Eu sabia que ela queria dizer cada palavra e duvidava que ela soubesse o quanto isso significava para mim.

"Obrigada."

CAPÍTULO 11

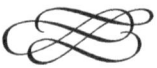

KAELYN

*E*u estava na frente do espelho de corpo inteiro, uma toalha bege enrolada em meu torso. Minha testa franziu, um nó espesso de inquietação que se formou na boca do meu estômago há mais de uma hora, ainda presente sob o tecido que cobria meu peito. Duas roupas estavam penduradas acima da penteadeira ao lado do espelho que eu estava olhando. Um era o que eu chamaria de minha roupa normal. Uma calça jeans skinny preta junto com um top azul solto para cobrir o que eu sabia ser minha gordura de gravidez. Quando uma mulher tem duas filhas no espaço de dois anos, esse peso não era fácil de perder. Minhas bochechas coraram de vergonha momentânea quando pensei em quantas vezes eu duvidei da minha beleza e de mim mesma após o nascimento de Avery.

De olhos fechados, respirei fundo me preparando para a noite que viria.

A agitação dentro da minha barriga era pela família incrível que eu não tinha visto tanto quanto deveria nos últimos seis anos ou mais. Entre criar minhas filhas, cuidar da cafeteria e nossa vida cotidiana, deixei que minha preocupação de ver um homem novamente superasse meu desejo de incluir os Jones na vida de minhas filhas enquanto elas cresciam.

Eu abri meus olhos, olhando para a segunda roupa que estava pendurada na minha frente. Um elegante vestido de duas peças com decote baixo rodeado por um colar de corrente de ouro. O vestido sem costas que eu tinha desde o casamento da minha irmã, Aria, mas nunca usei, me chamou a atenção, reacendendo a força que me faltava nas últimas semanas para seguir em frente com minha vida. Para viver, droga. Eu não seria impedida por um medo estúpido de entrar em contato com o mesmo homem que eu odiava e amava profundamente. Era como se ele tivesse gravado seu nome nos tecidos do meu coração;

era assim que ele ainda estava presente em minha alma.

Ele não estaria lá, disse a mim mesma. Ele não ousaria ter sua madrasta me convidando se quisesse voltar correndo para minha vida agora plena e feliz.

Ao ouvir um farfalhar de tecido atrás de mim, encontrei os olhos violetas de Meg com os meus.

Sua sobrancelha se arqueou, como se um desafio tivesse sido lançado.

"Você escolheu?"

Assentindo, levantei meu queixo mais alto.

"Sim, eu escolhi."

Milagrosamente, paramos na grande propriedade que abrigava seis alas separadas, todas pertencentes à família Jones ou a alguns de seus amigos mais próximos. Eu olhei para ele através do painel do jipe sem palavras. O local deveria ter mais de dez andares e eu tinha certeza de que haveria uma academia e quadras de tênis anexas.

"Uau," ao meu lado, Meghan sussurrou. Eu balancei a cabeça, tão chocada quanto ela.

Abrindo a porta, inclinei-me no banco de

trás para recuperar os pãezinhos e croissants que fizemos para esta noite e meus olhos encontraram os dela através do espaço.

"Tem certeza de que não quer fugir, Meg? Podemos acabar ficando aqui por um tempo. Não vejo Elsa há não sei quanto tempo."

Balançando a cabeça com veemência, ela rapidamente deu a volta para o outro lado do carro comigo. Insistindo, ela me ajudou com as duas caixas de pão que eu equilibrava em minhas mãos e nós demos os braços enquanto nos aproximávamos da propriedade que eu tive o desejo repentino de ir para muito, muito longe.

Merda, e se ele *estivesse* aqui?

E se ele tivesse vindo para a cidade, esta cidade para me encontrar? Para acertar as coisas entre nós?

Eu balancei minha cabeça com meus pensamentos rebeldes, sabendo que mesmo se ele tivesse, não importaria. Há muito abandonei a esperança de encontrar o caminho de volta para Lucas Jones. Muito tempo se passou, muitas cicatrizes foram deixadas em meu coração pela agonia de *esperar por ele.*

A grande entrada que encontramos na frente da propriedade surgiu na minha frente, como se estivesse me provocando.

Ele estaria lá dentro? O que ele diria?

Eu ainda seria tão afetada por ele como sempre fui?

Merda. Eu me sacudi do caminho triste que meus pensamentos estavam indo. Eu era mais forte do que os e ses. Mesmo se ele estivesse aqui, eu o enfrentaria.

Como eu enfrentei a criação de duas filhas como mãe solteira, algo que nunca havia pensado antes.

Como eu enfrentei a possibilidade de possuir um negócio do qual quase nada sabia antes de abrir, eu amava a cafeteria como se fosse eu quem a tivesse comprado, e não meus avós.

Eu poderia lidar com isso, disse para mim mesma.

"Você consegue, Kel."

Meghan disse atrás de mim e a confiança em sua voz me levou muito mais perto da porta.

Batendo duas vezes, olhei para o colar que estava gentilmente caído em meu pescoço. Foi um presente de minha mãe, um que eu apreciava desde meu casamento, há cerca de seis anos.

Parecia loucura que realmente tivesse passado tanto tempo.

"Kaelyn! Oh meu Deus, estou tão feliz por você estar aqui!"

Colby, a mais jovem da família Jones, estava parada na porta. Dando um passo para trás, um sorriso se espalhou pelo meu rosto para a mulher que ela se tornou. Ela parecia ter cerca de vinte anos, embora eu soubesse que ela tinha apenas dezessete. Ela sempre foi a leitora de livros do clã, com a cabeça sempre presa em um livro ou em seu amado leitor Kindle.

"Meu Deus, Colby, você parece tão crescida! Eu não sabia que você estava aqui também."

Ela passou os braços em volta de mim e me puxou para um abraço, a essência de seu calor me lembrando de mais uma mulher na vida de Lucas que eu sempre gostei.

Sua mãe, Candace.

Ela era uma fogueira e um amor, tudo embrulhado em um.

Assim como Colby.

"É tão bom ver você! Como você está?"

Nós demos os braços quando passamos pela entrada, e quando ela saltou para os detalhes animados de sua vida agora, meus olhos se voltaram para os dois passos de Meghan atrás de mim. Ela deve ter pensado a mesma coisa, porque seus lábios se curvaram em um sorriso atrevido.

"Você é igual à sua mãe, sabia disso, querida?"

A mais jovem de todos nós olhou para mim por um momento, seus olhos cinzas vagando por todo o meu rosto antes de ela balançar a cabeça solenemente.

"Meu pai me diz isso o tempo todo."

Nós viramos o corredor para a sala de estar, e as paredes se abriram para revelar uma enorme cozinha, que só poderia ser descrita como do tipo antiquada e rural. Pisos de madeira de pinho chegaram aos nossos pés parecendo não ter mais do que seis anos de idade, com o quão brilhantes e novos eram. A ilha da cozinha ficava no centro da sala, com uma cesta cheia de maçãs Granny Smith, peras e bananas recém-cultivadas. O aroma de bolinhos de maçã atingiu meu nariz e meu estômago protestou imediatamente.

"Você parece faminto, vamos encontrar Elsa e ela vai alimentá-la."

Colby beijou minha bochecha e se dirigiu para a porta, seus pés se movendo tão rápido, se eu olhasse com atenção o suficiente, notaria que ela estava pulando.

Meghan desatou a rir no momento em que ela se foi.

"Você acabou de tomar café da manhã, Kel!

Como sua barriga está roncando como um maldito leão?"

Jogando minhas mãos em derrota, eu ri junto com ela.

"Você já sentiu o cheiro daquela torta de maçã no forno, garota? Tenho quase certeza de que acabei de gozar."

A boca da minha melhor amiga caiu com isso e eu mordi meu lábio inferior, tentando como o inferno conter minha risada. Era por isso que eu amava essa garota. Quando você coloca nós duas na mesma sala, eu me tornava a mulher despreocupada, alegre e livre que eu era antes de descobrir como a vida poderia ser uma merda.

"Oh meu Deus, Kel. Você é demais."

Sorrindo, eu bati meu quadril no dela enquanto íamos em direção às vozes ouvidas no andar de cima.

Subindo as escadas atrás de Meghan, fui interrompida pela visão de três homens sentados em um sofá de couro preto. Asher e Ben olharam para mim, os sorrisos e diversão desaparecendo de suas expressões enquanto eu olhava para eles com uma mistura de surpresa e confusão. Eu não esperava que todos eles estivessem aqui, mas ainda, eu não tinha certeza do que esperar vindo aqui. O terceiro homem ficou de pé quase no momento em que entrei na sala, sua postura tão rígida como uma pedra, como se ele estivesse se preparando para a luta de sua vida.

Eu congelei ao vê-lo, parado na minha frente em carne e osso, nem mesmo a três metros de distância. Como um cervo nos faróis, apenas olhei para ele. Deus, como ele mudou.

Como diabos ele estava aqui? Por que ele iria aparecer aqui, agora, de todos os tempos?

Passaram-se seis anos desde que coloquei meus olhos no homem e, ainda assim, meu corpo sabia naturalmente como reagir à presença dele. Meu batimento cardíaco acelerou impossivelmente mais rápido, minha espinha formigou com uma sensação de consciência. Minhas mãos começaram a se fechar enquanto os cabelos da minha nuca se eriçavam enquanto arrepios se formavam na superfície da minha pele.

Lucas.

Santa mãe de Deus.

Lucas.

Seus olhos verdes brilhantes procuraram cada centímetro da minha pele enquanto suas mãos se apertavam ao lado do corpo como se ele estivesse se impedindo de me alcançar. O gorro cinza descansando baixo em sua testa foi a única diferença marcante que pude encontrar.

Uma pergunta veio à minha mente, uma que meu coração parecia não conseguir responder enquanto eu estudava as linhas e as provas de cada parte exposta dele que eu pudesse colocar meus olhos.

Ele veio por mim?

Seus olhos estavam cheios de uma profundidade que eu conhecia muito bem, uma série de emoções enchendo os olhos cor de oliva que eu amei por tanto tempo. Eu não tive que me perguntar onde estavam aquelas manchas de ouro e prata neles, porque haviam sido decoradas anos atrás. Seu torso estava coberto por uma jaqueta de couro preta e uma camisa combinando por baixo, a calça jeans que ficava perfeitamente em seus quadris, tornando difícil para mim não baixar os olhos para a protuberância que eu sabia que veria abaixo de sua cintura. O que atraiu meus olhos foram os padrões de tinta subindo pelos braços e ombros do meu ex-marido. Eles eram escritos em camadas e rabiscados em diferentes idiomas e símbolos que eu não conseguia decifrar, e eles capturaram minha atenção completamente.

"Eu juro que não sabia que ele estaria aqui, querida. Eu sei..."

A voz doce de Elsa atingiu meus ouvidos e levou quase todas as forças que eu tinha dentro de mim para desviar os olhos dele. Seu rosto ficou tenso com o que eu pensei ser medo, como se ele tivesse medo de que eu desaparecesse bem na sua frente.

Cruzando minhas mãos sobre o peito, não tentei entender por que ele estaria.

Afinal, foi ele quem me abandonou. Do que ele tem que ter medo?

"Está... está tudo bem. Tudo bem. Posso ter um momento?"

Seus olhos castanhos procuraram os meus delicadamente, procurando por algo que ela não encontraria. Aprendi logo após o divórcio que a pior coisa que você pode ver nos olhos de uma pessoa amada é pena.

Elsa acenou com a cabeça, seus olhos gentis enquanto ela olhava para mim.

"Alguém quer torta?"

Francamente, isso era tudo que ela tinha a dizer antes que todos, Asher, Ben, Colby e Garrett estivessem correndo em direção às escadas. Ela me deu um sorriso gentil, como se soubesse o quão difícil esses próximos momentos seriam para mim.

Quando a porta se fechou atrás dela, eu

enrijeci todos os músculos do meu corpo, então os liberei lentamente.

Eu poderia fazer isso.

Lucas estava lá, os punhos cerrados com força ao lado do corpo, o peito arfando para cima e para baixo enquanto ele respirava pesadamente como eu, e apenas *olhou* para mim. Aqueles olhos sempre penetrantes olharam para mim e eu sabia que ele via meu medo, minha dor, minha raiva. Ele deve ser capaz de ver tudo.

Eu não queria sentir nada. Ser gelo para o seu fogo. Ter calma diante de sua intensidade sempre presente. Fechei meus olhos enquanto tentava desesperadamente impedir a reação do meu corpo a ele. A maneira como minha respiração era superficial, meu peito se movendo para cima e para baixo pesadamente em um esforço para acompanhar o meu coração disparando loucamente. Ninguém nunca me fez sentir como Lucas. Era um fato que eu odiava e ansiava.

Meus olhos caíram de seus verdes inabaláveis para se estabelecer no aperto de suas mãos, então observei enquanto ele lentamente as soltava.

Deus. As mãos dele.

Seu toque era como uma atração indescritível no ar, uma essência que cercava o espaço entre nós e ao nosso redor, aquela atração tão familiar que me impelia a ceder à tentação. Se eu estendesse a mão, sabia que encontraria sua pele quente, assim como a minha. De repente, o oxigênio da sala ficou raso, minha boca se abriu para inspirar o ar que eu esperava que de alguma forma dissipasse o desejo crescente que se acumulava em minha barriga.

Meu peito estava pesado como se eu tivesse acabado de correr uma maratona e senti o rubor esquentar minhas bochechas quando meus olhos pousaram em sua calça jeans, arqueada para cima com sua excitação.

Como ele ainda poderia me afetar dessa forma? Mas ele tinha, e ele afetou.

Eu o queria, em todos os sentidos da palavra e isso tinha que ser o pior de tudo, porque ele não deveria ser nada. Absolutamente nada. O homem havia abandonado sua família, sua vida inteira e ainda assim aqui estava eu, seis anos depois com meu peito cheio de algo que parecia muito com esperança.

Deus, eu fui tão estúpida.

CAPÍTULO 12

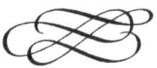

KAELYN

"*L*ucas." A palavra saiu da minha boca sem que eu permitisse, e eu interiormente estremeci com a rouquidão que eu podia ouvir em minha voz, as emoções me bombardeando evidentes no tom.

Observei como todo o seu comportamento mudou com o som da minha voz, seu rosto indo de estoico para flácido, suas mãos agora afrouxando e sua testa enrugada com a emoção detectável que irradiava dele em ondas.

Uma máscara de arrependimento cobriu seu rosto, seus olhos me puxando para suas profundezas com a força disso.

Ele deu um passo à frente, eliminando o

espaço entre nós, fazendo com que minha frequência cardíaca aumentasse com a ideia de estar tão perto dele mais uma vez.

O que eu estou fazendo?

Eu já deveria estar fora desta casa, deixando-o de fora por até mesmo tentar falar comigo depois de tudo o que ele fez. Eu deveria estar amaldiçoando ele um mundo de miséria. Eu deveria estar exigindo dele respostas agora mesmo.

Mas o que estou fazendo?

Eu estava congelada onde estava, meus olhos o devorando o tempo todo.

"Kaelyn."

Eu não posso fazer isso. Eu não posso fazer isso agora.

Sua voz chegou aos meus ouvidos com pressa, crua e irregular e cheia de algo que desejei a Deus poder ignorar. Ele poderia ter sussurrado meu nome e eu ainda teria ouvido o arrependimento angustiado que vivia dentro dele. Eu o conhecia metade da minha vida. Eu sabia, sem dúvida, o que ouvi entre as rachaduras em sua voz. Eu ouvi, mas mais do que isso, eu senti isso em cada batida do meu coração.

Tive que me forçar a respirar contra o ataque de memórias que vi sob minhas pálpebras, os mesmos sussurros que ouço em sua voz irregular e desconexa. Um arrepio percorreu minha espinha quando senti o espaço entre nós se tornar cada vez menor conforme ele se aproximava de mim.

Deus, ele não pode fazer isso. Ele não pode fazer isso comigo agora.

"P...por quê?" Eu forcei a palavra que englobava todas as perguntas que eu poderia fazer a ele naquele momento. Pisquei através da umidade que se reuniu em meus olhos, olhei em seus olhos que eu desejava que Deus não fizesse meu estômago revirar e minha pele se erguer com consciência. Lucas olhou para mim tenso, sua boca entreaberta ligeiramente como se ele estivesse procurando por uma resposta tanto quanto eu.

"Querida..."

Ele fez uma pausa, seus olhos se fechando e sua cabeça caindo para o peito enquanto suas emoções sufocavam a máscara que ele estava tentando tão duramente manter no lugar.

Sempre fomos horríveis em esconder nossas emoções um do outro.

"Eu precisei, baby."

Todo o meu ser tremia com tremores que eram apenas uma dica da dor que eu sabia que sussurrava em minhas veias e emanava do meu coração. Como se por instinto, a mão de Lucas se estendeu para se juntar à minha e um som baixo de dor me deixou enquanto minha cabeça caiu e a agonia me balançou. Seu toque irradiou através da minha pele como uma faísca, o desejo penetrante de estar mais perto tornando quase impossível para mim lembrar por que deveria ficar longe. Se eu pensei que me machucaria pensar nele antes, eu estava muito errada. Meus músculos ficaram tensos quando ele agarrou minha outra mão e se aproximou um pouco mais.

Eu me afastei dele lentamente, meu corpo e minha cabeça lutando para fazer a coisa certa.

Meu corpo gritou para que eu me aproximasse. Meu coração me avisou para fugir.

Mas minha cabeça? Implorou-me para lembrar.

Minhas costas bateram na parede de tijolos expostos com um baque forte, o tempo todo Lucas se aproximou de mim hesitantemente, mas ainda muito rápido para eu escapar.

"Não, porra, por favor, não fuja de mim. Você foi tudo para mim, Kaelyn. Você não consegue entender isso? *Tudo.*"

Ele parou a apenas um suspiro de distância, sua cabeça inclinada para baixo para que nossos olhos fossem forçados a se encontrar. Ele olhou para mim por tanto tempo com aqueles olhos assombrados e líquidos que tive que fechar os meus para conter as lágrimas que ameaçavam derramar ao ver sua própria dor.

Como ele poderia me mostrar sua dor quando foi ele quem causou a minha?

Senti um aperto quente e forte em meus quadris e não precisei abrir meus olhos para ver quem tinha um controle tão inconfundível sobre mim.

Era ele. Lucas.

Meu. É assim que eu costumava chamá-lo. E agora? Ele ainda era.

Meu. Mas agora, ele também era minha dor. Minha tortura. Minha lembrança do homem que partiu não apenas meu coração, mas minha esperança para o futuro.

Ele era meu pequeno pedaço do inferno e uma memória preciosa que eu sabia, sem dúvida, que sempre amaria.

"Posso te perguntar uma coisa?" Eu perguntei, não ousando permitir que meus olhos se abrissem e vissem aquela mesma alma de dor dilacerante que eu sentia dentro de mim a cada minuto de cada dia e dentro de cada batida do meu coração.

O aperto de Lucas aumentou apenas o suficiente para eu saber que ele assentiu.

"Havia mais alguém?"

Sussurrei o único medo com que vivi desde que ele nos deixou, o único motivo pelo qual pensei quando ele não me deu um motivo, mesmo depois que nossos papéis do divórcio foram assinados e autenticados.

Meus olhos, inchados pela força de mantê-los bem fechados, abertos para vê-lo de joelhos diante de mim, sua cabeça caiu em derrota.

"Você foi e sempre será minha, Kel. Minha."

Minha cabeça virou para baixo para encontrar seus olhos com suas palavras cruas e aquelas mesmas lágrimas que eu tentei forçar nublaram minha visão. As rachaduras na minha armadura, o gelo que eu tinha em mim quebrou ao ver meu marido uma vez forte e inabalável ajoelhado diante de mim e um soluço de machucar a alma saiu da minha boca entreaberta.

"L...Lucas."

Sua mão veio até a minha e gentilmente, virou a minha palma, enquanto um de seus dedos traçavam os contornos das minhas alianças de casamento e noivado ainda plantadas na minha mão esquerda. Eu nunca as tirei.

"Não importa o quanto eu tentasse, eu nunca poderia tirar isso. Era de sua mãe."

Eu não sei, eu realmente não sei, se ele me puxou para baixo em seu colo ou eu caí em seus braços esperando, mas antes que eu percebesse, eu estava sufocada por ele. Os braços de Lucas, fortes, mas gentis como sempre foram, travaram em torno de mim em um aperto e minhas mãos se estenderam para tocar seu rosto inegavelmente lindo, meus dedos traçando cada linha, cada fenda que encontrei lá. Sua pele parecia tão lisa quanto eu me lembrava sob meu toque e embora eu soubesse que deveria estar fugindo dele. Implorei com meus olhos para não me soltar.

Ele não me soltou.

Eu me aproximei e emaranhei os dedos com urgência no colarinho de sua camisa, meu peito pressionando o dele. Lucas agarrou os lados do meu rosto com as mãos trêmulas e eu engasguei, prendendo a respiração sabendo que ele iria me beijar. Naquele momento eu não dei a mínima se deveria estar fugindo porque a necessidade dentro de mim estava conduzindo minhas ações e o desejo que estava adormecido em meu peito foi despertado novamente. Ele deve ter visto algo nos meus olhos porque sorriu tristemente e sua testa pressionou a minha.

Ficamos assim por muito tempo e o conceito de tempo deixou de existir para nós.

Foi só quando ele lentamente liberou seus braços de mim que minha mente alcançou meu coração e as memórias me assaltaram.

A carta. O anel. A agonia. *Lily.*

"Você, seu bastardo de merda, você nos deixou."

Veneno gotejou de minhas palavras, raiva cortando o calor que nos rodeia.

Seus olhos verdes se arregalaram e se encheram de vergonha e ele acenou com a cabeça, nunca tirando aqueles olhos do meu rosto.

"Eu precisei, querida."

Eu não posso, querida. Eu não posso ficar...

A escuridão tão familiar começou a me sufocar enquanto eu procurava freneticamente por respostas em seus olhos ilegíveis. Eu vi quando suas pálpebras fecharam e ele efetivamente me excluiu.

Quando a agonia atingiu meu peito com a força de nada que eu já experimentei, parecia que ele estava fazendo tudo de novo, mas desta vez, eu sabia o que viver sem ele significava. Respirando fundo, reuni minhas forças e me virei para a porta. Eu sabia, sem dúvida, que desta vez, ele não me impediria. Quando minha mão estava na maçaneta, eu ainda podia sentir sua presença atrás de mim, me pedindo para ficar.

"Você não precisava, Lucas, você *escolheu*."

CAPÍTULO 13

KAELYN

$\mathcal{M}$eus olhos estavam voltados para baixo enquanto juntava minhas coisas e dizia um adeus rápido para Elsa e o Sr. Jones, certificando- me de segurar um pouco mais cada um. Embora tudo em que eu pudesse pensar fosse sair de lá antes de deixar Lucas ver o quão dilacerada eu me senti depois de vê-lo novamente, eu ainda fiz uma promessa a mim mesma de visitar mais seus pais. Eles amavam muito as meninas.

Um arrepio percorreu minhas costas naquele momento, como se meu corpo estivesse se preparando para uma luta.

Virei minha cabeça em direção à porta da

casa atrás de nós e instantaneamente, me arrependi.

Lucas estava lá, em cada centímetro delicioso do homem sem o qual não podia imaginar a minha vida.

Agora eu nem o conhecia. Eu conhecia?

Minha mente gritava por respostas e fechei os olhos com força para escapar delas. Virando-me rapidamente, fui levada para longe de sua vizinhança e em direção ao gramado onde havíamos estacionado.

Meghan segurou meus ombros enquanto nos aproximávamos do jipe e nos deparamos com os olhares uma da outra sobre o capô.

"Você está bem?" Ela perguntou, felizmente sua voz baixa o suficiente para que o homem encostado casualmente contra a porta da frente a poucos passos de distância não pudesse ouvi-la me verificando.

Maldito seja, pensei comigo mesma.

Maldito seja por aparecer depois de seis malditos anos e querer que eu ouça o que ele tem a dizer.

Eu queria que ele não fosse nada.

Mas de alguma forma, no fundo do meu coração eu sabia que ele nunca poderia ser.

Eu vi Meghan ligando o carro, seu olhar fulminante apenas no homem que ainda nos observava da porta, certamente matando-o com o olhar que ela estava dando a ele.

Se olhares matassem, você estaria morto.

"Bem?" Meghan sussurrou, preocupação evidente em seu olhar. Eu concordei.

CAPÍTULO 14

KAELYN

*N*ós pegamos a estrada apenas um minuto depois, o vento chicoteando meu cabelo solto e Deus, era um alívio poder respirar novamente.

Eu tinha sido tão estúpida em pensar que estava bem vendo aquele homem novamente.

Vê-lo, em carne e osso, a carne crua, aberta, sem barreiras - foi devastador. Assustou-me tanto que quase doía imaginar vê-lo novamente. No entanto, meu peito doía com um desejo por isso.

"O que diabos ele estava pensando apenas aparecendo lá?" "Meg... sério, está tudo bem..."

"Não." Seus olhos se inclinaram sobre os meus através do braço descansando entre nós e suas sobrancelhas baixaram, deixando-me saber o quão brava ela estava. A garota era a pessoa mais gentil que eu conhecia, além da minha irmã, que eu sempre teria sobre qualquer outra pessoa. Ela levou o altruísmo a novas alturas. Mas Meghan?

Ela era protetora demais e eu a amava por isso.

"Ele não tinha o direito, Kel. Depois de tudo que aquele idiota fez você passar e ele simplesmente apareceu em um jantar de família e *espera* que você fale com ele?"

"Demorou muito para acontecer. Ele saiu todo esse tempo, só Deus sabe onde e quando ele descobriu sobre seu pai, ele deve ter decidido voltar para casa."

Sua boca se abriu em choque enquanto o jipe se movia com o tráfego, entrando e saindo das pistas, a fim de evitar o que só poderia ser descrito como um engarrafamento à moda antiga.

"O pai dele?"

"Oh, sim. Elsa me disse por telefone que ele finalmente se aposentou da Força Aérea. Ele estará em casa sempre."

Ela acenou com a cabeça, inclinando a cabeça para o lado antes de seus olhos voltarem para a estrada e eu tomei isso como sua resposta.

Ela pode ter ficado com raiva de Lucas, mas sempre amou Elsa como sua própria mãe.

Paramos na garagem cerca de dez minutos depois e quando me movi para sair do carro, minha visão turvou.

"Você está bem?" Meghan segurou minha mão e eu balancei a cabeça, me sentindo mais cansada do que imaginava.

"Só cansada, eu acho."

Minha bunda bateu no colchão com um baque, meus ombros e costas doendo de perseguir Lily pela casa pelo menos três vezes antes que eu pudesse colocá-la em seu pijama das Tartarugas Ninja.

Cada vez que eu colocava uma peça de roupa nela, ela a jogava no chão e fugia de mim.

Um sorriso enfeitou meus lábios enquanto eu pensava em como ela era semelhante ao homem que encheu meus pensamentos esta noite. Seu comportamento, estoico e sério, mas genuíno e muito em sintonia com suas emoções, mesmo para sua tenra idade. Lucas poderia se esconder de seus problemas até que o mundo parasse de girar, mas nunca chegou um momento em que ele não soubesse o que sentia e o que faria a respeito. Ele estava sempre pesando suas opções, motivado a tomar as melhores decisões em sua vida.

Eu costumava me perguntar se esse era o seu defeito, não ser capaz de simplesmente deixar as coisas acontecerem algumas vezes.

Talvez tenha sido por isso que doeu ainda mais, saber o quanto ele deve ter pensado sobre sua escolha no final do nosso casamento. Eu sabia, sem dúvida, que ele tinha um motivo para essa escolha.

Minha cabeça bateu nas palmas das mãos.

Ele escolheu me deixar.

Essa foi a verdade de partir o coração que tentei não deixar se estabelecer em minha mente.

No entanto, enquanto eu estava sentada lá, as memórias vieram à tona e a adrenalina de vê-lo novamente teve um custo para mim.

"Ei," a voz de Meghan atingiu meus ouvidos, mas eu mal a ouvi.

Em vez disso, tudo que ouvi foi uma voz assustadora.

Eu não posso ficar, querida. Sinto muito, mas não posso ficar. Eu precisei, baby.

"Ei, olhe para mim."

Pisquei meus olhos abertos para ver minha melhor amiga ajoelhada na minha frente, a preocupação em seu rosto.

"Desculpe, acho que hoje... Foi esmagador."

Assentindo, ela gentilmente me empurrou de volta para rastejar debaixo das cobertas e ligou a TV para mim.

"Vou pedir comida, o que você quer?" "Uh, acabamos de jantar."

Dando-me um olhar penetrante, eu sabia que ela viu através de mim.

"E você quase não comeu." "Uh, tailandês?"

Assentindo, ela deu um tapinha na minha mão antes de se virar.

"Meg?"

"Hmm?"

Virando-se, seus olhos violetas e azuis encontraram meus olhos castanhos, assombrados e um pouco cansados. Os dela estavam preocupados e amáveis com a compreensão pela qual me sentia tão grata.

"Obrigada por tudo."

"Você é importante para mim," diz ela, encolhendo os ombros levemente.

Como se essa resposta por si só fosse mostrar o que ela é para mim.

No entanto, sei exatamente como ela se sente.

Quando você combina com alguém em todos os níveis, pode falar sobre qualquer coisa. Você está conectado a essa pessoa e se você não pode confiar nela, então em quem?

É assim que a minha amizade e a de Meghan sempre foi.

Ela era minha irmã e sempre teríamos uma à outra, mesmo que tecnicamente não fôssemos da família.

Eu queria correr para minha melhor amiga e dar a ela o maior dos abraços. Mas, francamente, eu estava cansada demais para fazer isso. Então eu balancei a cabeça e a deixei fazer suas coisas.

Eu certamente pensaria em uma maneira de retribuir em breve.

KAELYN

PASSADO

Fechei a porta do banheiro do hotel com um leve clique, meu coração batendo rápido demais para que eu me perguntasse se estava um pouco alto.

Minha respiração estava superficial quando me olhei no espelho e soltei minhas tranças. Afrouxar o penteado que tive no meu cabelo durante toda a noite é um alívio fenomenal, e não posso sufocar o gemido de alívio que saiu da minha boca.

"Querida, é melhor você sair daí e parar de fazer sons como esse. Estou perto de arrancar esse vestido de você."

A voz estrondosa do meu *marido* foi ouvida através da porta e causou arrepios e as mais deliciosas vibrações no centro da minha barriga. Pelo menos, pensei que fosse ele o causador.

Meu Deus, ainda não conseguia acreditar que éramos casados.

Dois conjuntos de votos e um anel mais tarde e aqui estávamos nós, ligados para a eternidade.

Eu pressionei minha mão no meu coração enquanto a umidade em meus olhos aumentava.

"Como vou dizer a ele?" Sussurrei para mim mesma, a preocupação se tornando um buraco no meu estômago enquanto minhas notícias vinham à minha mente.

Eu descobri no dia em que Lucas me pediu em casamento, bem em frente ao chalé que ele e seu pai construíram para nós no mesmo terreno onde nos conhecemos pela primeira vez há quase dez anos.

Como eu deveria dizer a ele que estava grávida, com seu pai parado bem ali?

Eu não podia.

Lucas sempre sonhou em ser músico; *um músico de verdade,* como ele diria. Agora que ele conseguiu uma bolsa de estudos para Julliard e um estágio em uma das maiores gravadoras, Advantage Records, como eu poderia impedi-lo?

Seis semanas passaram tão rápido e agora eu tinha que contar a ele.

Pisquei para o meu reflexo e disse a mim mesma que poderia fazer isso.

Nós descobriríamos. Como sempre fizemos.

"Baby. Deixe-me ver você por favor."

Apressadamente, tirei o vestido que Farah havia feito para mim e o coloquei delicadamente em um cabide na parte de trás da porta do banheiro antes de abri-la.

Eu fiquei na frente do olhar aquecido de Lucas Jones, em nada além de uma lingerie vermelha com renda cobrindo apenas as partes essenciais do meu corpo. Meus seios derramaram do sutiã que eu usava, meus mamilos ficando duros e doloridos por seu toque quase imediatamente depois de ver o desejo em seus olhos. Minha boceta apertou com a necessidade do que ele faria comigo, sabendo o quão gentil ele poderia ser, mas esperando que não fosse.

Eu o queria. Tudo dele. Cada centímetro tentador. E então eu contaria a ele.

A língua de Lucas acaricia seus lábios entreabertos, lambendo-os como se eu fosse um pedaço suculento de bife.

Meu coração bateu rapidamente quando ele deu um passo à frente, sua cabeça movendo-se lentamente para cima enquanto ele observava cada centímetro do meu corpo com seus olhos arregalados.

No momento em que seus olhos encontraram os meus, ele deu um passo para longe de mim.

Imediatamente, meu coração afundou no chão.

Sem dizer uma palavra, ele foi para o lado da cama king-size em nosso quarto e pegou um manto branco.

Seus dedos roçaram minha pele muito levemente quando o manto caiu sobre meus ombros e eu o enrolei firmemente em torno de mim. Eu me senti nua, em mais maneiras do que apenas fisicamente.

Gentilmente, dois dedos agarraram meu queixo e o empurraram para cima, então fui forçada a olhar em seus olhos, feridos de desejo e ternos de preocupação.

"Diga-me."

Duas palavras e ele me pegou.

Mergulhando minha cabeça, envolvi o tecido macio ainda mais apertado sobre meu torso.

"Eu... Lucas, estou grávida. Nós vamos ter um bebê."

Meus olhos se fecharam com medo de sua reação, mas quando senti sua boca descer com urgência na minha, seus braços fortes, mas suaves, me levantando até que minhas pernas estivessem em volta de seus quadris esculpidos, eu engasguei de surpresa.

Aproveitando ao máximo, sua língua lambeu a minha ardentemente, sua boca se suavizando enquanto as lágrimas de tanta alegria corriam por minhas bochechas já úmidas. Minhas mãos saíram de seu peito, alisando sua camisa elegante e se movendo para se enredar nas mechas de cabelo de sua nuca. Seu gemido contra a minha boca causou um arrepio delicioso na minha espinha e, antes que eu percebesse, ele envolveu um braço em volta das minhas pernas e me carregou para a cama a apenas dois passos de distância.

Meus olhos, avermelhados e cheios de alegria, nunca deixaram os dele enquanto ele o fazia.

"Jesus, Kel. Minha linda garota."

Sua voz era reverente, o calor cobrindo todo o seu ser enquanto nos deleitamos em um momento tão doce.

"Você tem alguma ideia do quanto eu te amo?" Ele sussurrou, cobrindo minhas bochechas com beijos enquanto minhas mãos apertavam e alisavam seu cabelo.

"Eu sei."

Ele então segurou minhas bochechas com toques urgentes, seus olhos oliva escuros penetrando nos meus.

"Eu te amo muito."

Mordi meu lábio para impedir que ele tremesse e assenti, minha cabeça caindo suavemente em seu peito.

"Eu te amo," eu sussurrei.

Adormecemos assim, minha cabeça apoiada em seu peito, seus braços me segurando como se ele nunca fosse me deixar ir.

Contente.

Segura.

Forte.

Amada.

Quando acordei, parecia que todo estresse que senti no último mês estava desaparecendo de mim.

"Quando você descobriu?" Lucas perguntou, sua voz retumbando sexy em meu ouvido.

Suspirei, voltando-me mais profundamente em seu abraço.

"Na noite em que você me pediu em casamento. Eu tinha feito um teste naquela manhã."

Seus músculos se contraíram em seus ombros e braços. Ele piscou uma, duas vezes.

"O que você acabou de dizer?"

Lucas se levantou de seu lugar ao meu lado e se levantou, seus braços instantaneamente cruzando sobre o peito.

Tive o pensamento fugaz de que ele deve ser o homem mais sexy do mundo, mesmo quando está com raiva.

"Luke... eu..."

"Você sabia todas essas semanas e simplesmente não achava que era uma informação que você queria me contar? O que diabos te deu o direito de esconder isso de mim, Kel?"

Sua voz era dura como pedra e fria como aço. O calor subiu em minhas bochechas em resposta, minhas mãos tremendo enquanto eu temia o que sua raiva levaria.

Uma coisa sobre Lucas que aprendi rapidamente é que ele tinha um temperamento forte. Embora dificilmente levantasse a cabeça, estava lá. Ele lutou para controlar tanto quanto eu tentei controlar minha ansiedade enquanto crescia.

Mas nunca, *nunca* foi dirigida a mim.

"Eu tive que processar..."

"Não, não, você fez isso de propósito. Posso entender que você demorou alguns dias para ter certeza, para pensar sobre as coisas. Mas seis malditas semanas? NÃO. Você ia mesmo *me contar?"*

"S...sim, Lucas!"

Minha voz saiu estridente no esforço que custou para fazê- lo acreditar no que eu estava dizendo. Meu corpo começou a tremer, a preocupação passando por mim.

Ele não acreditou em mim.

O homem já confiava em mim há muito tempo, mas com isso? Ele não confiava.

"Eu não vou fazer isso agora. É minha noite de núpcias, pelo amor de Deus."

Ele se moveu em minha direção e um sopro

do que eu pensei ser alívio veio de mim quando ele se aproximou.

Mas quando seu braço se moveu atrás de mim para agarrar suas calças de couro, meu coração parecia que tinha parado completamente.

"Onde você está indo?"

Ele nem sequer olhou para mim ao responder, sua voz vazia do carinho que sempre teve comigo.

"Sair."

Minha voz estava rouca quando atendi o telefone tocando apenas uma hora depois. Sentei com uma Coca-Cola, a única bebida que pude encontrar na triste desculpa de um minibar que este quarto tinha, ainda com um robe branco e calcinhas. Ainda sozinha.

"Olá?"

"Deus, você está bem, querida?"

Era Aria, minha irmã.

Eu balancei a cabeça, então percebi que tinha que dizer verbalmente a ela que estava bem.

Eu estava? Eu não sabia.

"Estou bem, você gostou da recepção?"

"Você não parece bem, mana. Você quer vir ficar comigo?

O que ele fez?"

"O que? Quem?"

Cocei minhas pernas doloridas, ansiando por um banho quente.

"Lucas. Por que mais você ficaria chateada?"

Eu tive o forte desejo de rosnar para ela. Eu disse que estava *bem*.

"Por que seria culpa de Lucas?" "É sua noite de núpcias."

"Eu sei, mas é..."

A porta da suíte se abriu naquele exato momento, assustando-me o suficiente para que eu deixasse cair meu telefone. Antes que eu pudesse abrir meus olhos da provação, senti as mãos de Lucas nas minhas coxas mal cobertas enquanto ele segurava o telefone para eu pegar.

Ele tinha voltado.

"Obrigada."

Deus, como eu odiava como minha voz tremia e gaguejava quando eu estava nervosa ou com medo.

Pressionei o telefone no meu ouvido, recusando-me a encontrar seu olhar com medo de ver neles o desprezo que eu tinha antes.

"Lucas está aqui. Eu estou indo."

Não dei a minha irmã a chance de dizer mais nada, apenas deixei o telefone cair da minha orelha.

"Kel, estou..."

Com urgência, levantei-me, disse-lhe uma desculpa esfarrapada de *que tenho que usar o banheiro* antes de fugir para a segurança do banheiro e me abaixar até minha bunda bater no chão de ladrilhos frio.

"Querida, você está bem?"

Não respondi, mas quando um soluço repentino quebrou meu corpo, tive certeza de que ele podia ouvir.

"Ah, Cristo, por favor, Kel. Kaelyn. Deixe-me falar com você."

Habilmente eu deslizei para que minhas costas descansassem contra o vidro da porta do chuveiro e estendi a mão para destrancar a maçaneta do banheiro.

Meus olhos estavam fechados, meu coração pesado, minha mente incriminadora e duvidosa, mas quando ele entrou no meu espaço, *eu o senti.*

Sua presença assumiu meu corpo sem ele nunca me tocar, e mentalmente eu disse a mim mesma o quão estúpida eu era por não ter contado a ele antes.

Eu o havia machucado e não sabia como consertar.

Você não pode.

Você o perdeu.

Sua mentira o afastou para sempre.

Minhas dúvidas me incitaram, mas eu as forcei a ir embora. "Você é tão linda, Kel. Não sei como tive tanta sorte." Abri meus olhos secos e ousei olhar nos dele.

Eu não vi ódio, raiva ou rancor. Tudo o que vi foi amor.

Seu amor por mim e seu arrependimento também.

"Você se divertiu?" Sussurrei enquanto ele tirava a faixa do meu robe do caminho e puxava o tecido dos meus ombros.

Abaixando a cabeça, ele a balançou solenemente.

"Fui ao parque do outro lado da rua e liguei para meu pai.

Eu precisava de um chute na bunda."

Isso me fez sorrir um pouco. Lucas me colocou de pé e me ajudou a remover meu robe e a lingerie que eu tanto queria que ele arrancasse de mim.

"Não, eu estava..."

Pressionando um beijo no topo da minha cabeça, sua testa pousou sobre a minha.

"Eu fui um idiota, querida. Você tinha todo o direito de não me contar. Eu teria surtado. Eu teria me preocupado. Eu teria lutado com você."

Eu não perdi tempo parando sua autodepreciação e apertei minhas mãos sobre sua mandíbula.

"Não foi por isso."

Suas sobrancelhas se ergueram, mas ele não disse nada.

"Eu estava assustada. Você tem muito pelo que esperar; sua carreira, o estágio, sua música que todos vão adorar tanto quanto eu, eu não queria te impedir."

Seus olhos se estreitaram tristemente e sua cabeça balançou no que eu pensei ser exasperação.

"Não, bobinha. Você é meu coração. Você é a razão pela qual ele está batendo agora. Mal posso esperar para ver sua barriga crescer com nosso filho. Mal posso esperar para encontrar para você os alimentos mais prejudiciais à saúde só para ver aquele sorriso. Eu não posso esperar..."

Ele fez uma pausa, a emoção nublando seus olhos verdes, fazendo-os parecer quase pretos.

"Mal posso esperar para ficar para sempre

com você. Por favor, me diga que ainda não te perdi."

Minha voz tremeu enquanto eu clamava por ele, puxando-o para mais perto e enterrando meu rosto em seu peito enquanto derramava mais algumas lágrimas de alegria absoluta.

"Eu te amo," sussurrei depois que elas secaram e ficamos no que eu consideraria o sexo mais terno, áspero e de partir a alma que já tivemos.

"Até a lua, baby," Lucas proferiu sonolento, seu amor por mim ainda tão evidente quando ele adormeceu.

CAPÍTULO 15

KAELYN

DIAS ATUAIS

*M*eus olhos se abriram preguiçosamente para a luz da manhã silenciosa que invadiu meu quarto através das persianas ligeiramente abertas. Suspirando suavemente, eu os deixei fechar mais uma vez enquanto esperava o momento passar.

Eu esperei pelas risadas e pelo choro e pelos sons de panelas e frigideiras e gritos sobre onde a grelha estava para fazer waffles. Sempre perdemos essa coisa.

Como diabos poderíamos perder de vista

uma grelha grande que ficava sempre no mesmo armário, estava além da minha compreensão, mas acontecia.

Esperei passar daquela marca familiar de doze minutos, mas ainda não ouvi o que sempre fazia todas as manhãs.

Meus olhos se abriram, estreitados com um toque de suspeita. Olhei ao redor do quarto, encontrando tudo igual à noite anterior.

Estou na casa certa?

Eu me virei, pegando meu telefone, em vez disso, encontrei um pedaço de papel de Meghan.

Eu sei que isso é difícil para você. Deixa que eu corrija nossa regra do dia de descanso para hoje. Levei as meninas para um dia de compras e Kinsley está fazendo o turno na cafeteria. Liguei para Beth e disse a ela para ir se ela precisasse de algumas horas extras. Tudo está resolvido, então tudo que preciso de você é que descanse. Oh! E eu tenho uma surpresa para você. Olhe no banheiro e depois na cozinha. Eu te amo, querida.

Meg

Sorrindo de orelha a orelha, saí do quarto em busca de um café muito necessário e encontrei uma carta na porta da nossa despensa, com a letra de Meg.

"Hmm, o que poderia ser isso?"

Abrindo-a rapidamente, li a nota e não pude evitar minha risada.

Ela havia levado minhas chaves da cafeteria e o cartão Chase Bank que sempre guardávamos embaixo da bancada da cozinha para comprar mantimentos em comum.

Ela realmente queria que eu descansasse. Merda.

Pegando a nota novamente, li o resto.

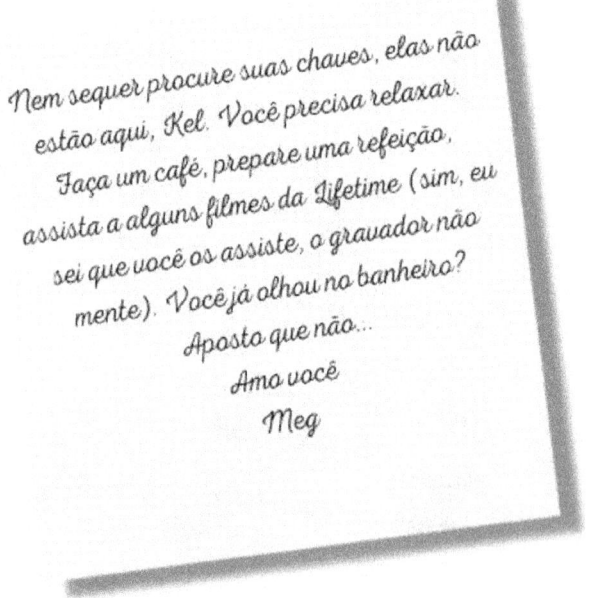

Nem sequer procure suas chaves, elas não estão aqui, Kel. Você precisa relaxar. Faça um café, prepare uma refeição, assista a alguns filmes da Lifetime (sim, eu sei que você os assiste, o gravador não mente). Você já olhou no banheiro? Aposto que não...

Amo você

Meg

Suspirando, pressionei o botão da cafeteira Keurig e me dirigi para o banheiro, encontrando a porta ligeiramente aberta.

Havia um bilhete colado na borda da banheira e sorri para como minha melhor amiga sabe sobre o que eu considerava *relaxante*.

"Ela me conhece bem," disse a mim mesma, abrindo o bilhete avidamente.

Kel,
Tome um banho. Deixei para você seus sais Epsom favoritos na pia. O jantar será entregue por volta das seis. Aproveite seu dia de folga. Ou umas férias. Você pode tirar férias totalmente e me levar com você :)
Te amo muito
Meg

Sorrindo, fechei a porta com o pé e desabotoei minha camisa e depois meu moletom.

A água parecia celestial na minha pele fria

enquanto eu me abaixava na banheira, meus dedos do pé se curvando de alegria.

Merda, adorava esta banheira. É a única razão pela qual compramos esta casa.

Essa banheira.

Deus.

Meus olhos se fecharam de contentamento e por apenas aquele momento, eu deixei minhas preocupações de lado.

"Kel?"

Ouvi vozes vindas de fora da porta do banheiro e me ergui acima da água quente o suficiente para espiar através da cortina verde claro do chuveiro. Eu ouvi de novo e rapidamente puxei a toalha mais próxima para me cobrir.

"Kel, você está bem?"

Meu coração se torceu com doce familiaridade quando a voz me chamando soou em meus ouvidos novamente. Sem me preocupar com meus sapatos, corri para abrir a porta, minhas mãos indo para minha boca para cobrir o grito de excitação que ameaçava acordar os mortos.

"Oh meu Deus, você está aqui!" Eu estava

gritando e nem me importei. Minha irmã mais nova, Aria, estava parada a trinta centímetros de distância com seu filho no colo, um sorriso largo, mas preocupado, em seu rosto brilhante. *Deus, quanto tempo faz?* Sinceramente, não sei dizer.

Ela não tinha vindo aqui desde o último Natal, pelo menos.

Quando a poeira baixou após o desaparecimento de Lucas, felizmente consegui consertar nosso relacionamento. Eu não sabia o que fazer quando estava com tanta dor e então, eu empurrei ela, meu pai e minha mãe para longe. Quando ela inclinou o quadril para o lado e sorriu gentilmente para mim, eu sabia que tinha muita sorte por ela ter me perdoado. Ela era uma pessoa incrível e uma boa irmã para mim. Eu não percebi até aquele momento o quanto eu precisava da minha irmãzinha para conversar, para rir.

"Estou aqui. Gavin tinha uma reunião em Dallas e eu pensei que seria bom tirar umas pequenas férias do ensino por um tempo. Espero que esteja tudo bem..."

Eu a silenciei com um aceno de minha mão, além de feliz por ela estar realmente aqui. Enquanto corria para abraçar ela, dei um beijo na cabeça do pequeno Gage Henry e respirei aquele cheiro inebriante de bebê; talco de bebê e amor.

Deus, eu amava aquele cheiro.

"Está perfeitamente bem, Ari. Estou tão feliz que você veio me visitar!" Ela gentilmente deixou seu filho descer para vagar pela sala e me puxou para um abraço. Passei meus braços em torno de sua forma esguia e beijei sua bochecha.

"Você parece tão feliz."

"Eu estou, como eu poderia não estar? Eu tenho este e mais dois em casa. Eles com certeza me mantêm em alerta, mas eu amo cada segundo disso. Ser mãe é a melhor coisa que já aconteceu comigo."

"E Gavin?"

Eu me afastei dela, vendo a luz refletida em seus olhos verdes sem as sombras que antes eram tudo o que ela podia ver. Mas tudo isso mudou no momento em que um certo playboy bilionário entrou em sua vida vazia. Minha irmã sempre foi introvertida, quieta e reservada. Mas ela amava a vida. Família. Aventuras.

Amigos. Escola. Dança. Eles a mantiveram feliz e contente, mas eu sabia que ela precisava muito mais do que sua paixão pelo balé lhe dava. Eu vi o rubor encher seu rosto e o amor

outro, ela não tinha noção de um verdadeiro lar. Mas isso não importa, pois ela amava de todo o coração.

"Você precisa da sua irmã agora, Kaelyn."

"Então você sugeriu para Gavin."

"Claro que sim. Ele também está aí, certo?"

Eu ouvi o motor do carro dela no fundo da nossa ligação.

Ela devia estar indo para casa.

"Sim, eles estão apenas se acomodando agora. Ainda não consigo acreditar que ela está realmente aqui. No Texas."

"Acredite, você precisa se atualizar."

"Eu sei. Você deveria ver o quão grande Gage ficou, ele vai quebrar corações assim como seu pai."

O som leve das risadas de Aria veio atrás de mim e me virei para ver seu braço no meio da minha geladeira.

"Meghan está trazendo pizza para casa," digo a ela. "Eu estou?"

"Bem, sim, é a minha favorita."

Ela riu e eu quase pude ouvir o sorriso em sua voz.

Depois que desliguei com ela, fui para a ilha da cozinha e coloquei algumas uvas na boca.

Ari se sentou ao meu lado e percebi que não me sentia tão à vontade há muito tempo.

Eu só queria poder tê-la aqui por mais alguns dias.

"Eu sinto sua falta."

Eu olhei para ela e balancei a cabeça, apertando sua mão em resposta.

"Como você está?" Ela perguntou, e embora fosse uma pergunta simples, era uma pergunta carregada.

Como eu estou?

Eu tinha meu trabalho, meus melhores amigos, minhas lindas filhas, minha saúde.

"Eu tenho tudo que eu poderia querer. Eu estou bem."

Levantando uma sobrancelha cética, minha irmã olhou para mim em silêncio.

"Eu amo a cafeteria. Achei que não gostaria, mas a atmosfera, as pessoas, o trabalho intenso, até mesmo o café - adoro tudo isso."

O orgulho cobriu seu rosto e ela me deu um aceno de cabeça.

"Eu sabia que você iria, Kel. Você sempre amou estar perto das pessoas."

Eu balancei a cabeça; ela estava certa.

"Mas e todo o resto? A vida não é só trabalho, querida."

Mudei meus olhos para baixo, evitando seu olhar. O rosto de Lucas apareceu sob meus cílios, os olhos assombrados que eu gostaria de esquecer me olhando como se conhecesse cada pensamento que tive dele.

As perguntas rolando pela minha cabeça com a memória dele, de tudo que tínhamos e tudo que perdemos.

"Eu tenho que me concentrar nisso, Ari. Não consigo nem pensar em namorar de novo. Tenho duas meninas contando comigo..."

Meus olhos encontraram os dela quando agarrou minhas mãos nas dela e olhou profundamente em meu olhar para que eu tivesse que deixá-la ver a confusão e a dor que permaneciam dentro de mim.

"Ele está de volta," eu disse fracamente, não querendo dizer a ela, mas sabendo que se eu não a deixasse entrar agora, ela não iria desistir do assunto até que fosse embora, e eu não queria nem um momento de nosso tempo juntas sendo assombradas por segredos.

"Quem?"

Eu inalei uma respiração fortalecedora, então me levantei e comecei a andar pela cozinha como uma espécie de mulher louca. Talvez seja isso que seu retorno estava fazendo comigo. Isso estava me deixando louca de raiva, luxúria e confusão.

"Lucas."

A sala ficou em silêncio instantaneamente, o

queixo de minha irmã caiu em choque, o meu travado no esforço de não deixar escapar todos os pensamentos de raiva que passavam pela minha mente depois de vê-lo.

Eu não deveria me importar.

Eu não deveria, mas eu me importava.

"Depois de todo esse tempo, por quê?" "Eu gostaria de saber."

"Ele está aqui para você?"

Uma risada cínica escapou dos meus lábios, minha cabeça balançando em negação, sem pensar na possibilidade.

"Não leva seis anos para descobrir o que você quer. Ele seguiu em frente."

"Ele te disse isso?"

Caí na cadeira mais próxima e cobri meu rosto com as mãos.

"Bem, não."

"Então, talvez..."

"Não." A palavra saiu rude e decidida, minha voz não dando espaço para discutir.

"Se você diz, Kel."

O olhar da minha irmã me disse que ela estava longe de desistir disso.

"Mesmo se eu quisesse falar com ele, para obter algumas respostas - eu simplesmente não posso. Eu não estou pronta para isso. Eu mal me curei da destruição da primeira vez. Eu seria estúpida se abrisse meu coração para ele novamente."

Aria se aproximou, seu rosto inundado de compreensão e preocupação.

"Você se lembra do que o papai costumava nos contar quando conheceu a mamãe?"

"Aria, isso não é..."

Ela levantou a mão, efetivamente me calando.

"No momento em que a vi, soube que ela era para mim. Nós lutamos, puxamos e brigamos. Fomos separados e puxados de volta tantas vezes que perdi a conta. Mas uma coisa continuou sendo verdade, sua mãe era uma parte de mim, sempre foi. O amor não é limpo, meninas. É uma bagunça do caralho. Se você se agarrar a ele? Vai resistir a qualquer tempestade."

Eu balancei a cabeça, a memória agridoce para meus ouvidos. Sempre quis encontrar um amor como eles, o tipo que sempre persevera. Do tipo que algumas pessoas nunca encontram.

Meus pais ainda tinham esse amor. Minha cabeça caiu sobre meus ombros quando o pensamento veio à minha mente.

Eu tive esse tipo de amor. Louco.

Irrevogável.

Ilimitado.

Belo.

E então eu perdi.

Eu olhei para os olhos esmeralda da minha irmã e dei um leve sorriso.

"Eu lembro. Eu tinha isso, Ari."

Ela agarrou minha mão, suavidade cobrindo suas feições. Minha irmã era muitas coisas, mas sua bondade era a melhor parte dela. Não importa o que tenha acontecido em nossas vidas, eu sempre soube que poderia contar com Aria para abrir os braços e *ouvir*.

"Não desista dele ainda, querida. Se ele é o homem que você amou todos esses anos, deve haver uma razão para que ele esteja de volta agora. Dar a ele uma chance pode ser um grande risco, você não acha?"

Pisquei para afastar a picada sob meus cílios.

Pode valer a pena o risco...

"Ele é um problema, Ari. Talvez não hoje, mas um dia ele se cansará da nossa vida simples, de nós e então ele irá embora."

As palavras que vieram de mim fizeram meu corpo ficar tenso com uma dor renovada que apertou meu peito.

Eu vi a mistura de tristeza e preocupação nos olhos da minha irmã e desviei o olhar.

"Mas se você não lhe der uma chance, você nunca saberá."

Movendo-me para a chaleira que começou a chiar bem na hora, eu encolhi os ombros, sem me preocupar.

Superei o problema que é Lucas Jones. Eu superei ele.

"Não posso correr o risco, Ari."

Quando ela me puxou para outro abraço, um suspiro deixou meus lábios.

Uma parte de mim se perguntou se ela estava certa sobre dar uma chance a ele novamente.

Uma parte de mim gostaria de correr esse risco.

Talvez um dia eu o faça.

CAPÍTULO 16

LUCAS

Olhei ao redor do espaço ao meu redor e tentei me imaginar vivendo aqui. Eu tinha vivido em um quarto de hospital, minha vida passando por mim enquanto meu corpo enfraquecia todo dia com a doença que devastava meu corpo me puxando para um abismo do qual temia nunca poder emergir. O tumor começou no meu ombro. Sinceramente, pensei que era um ligamento rompido da luta de MMA que pratiquei durante os meus tempos de colégio. Doía como um filho da puta e a dor chegou ao ponto em que eu desmaiei completamente. Quando Ben e eu nos registramos para alguns exames naquele fim de semana, eu não tinha ideia do que viria a seguir. Então eu ouvi as palavras fatídicas do meu então médico, Dr. Evans.

Lembro-me dos pelos grisalhos em torno de seu queixo e bochechas enquanto ele as dizia. Não acreditei nele no começo, não é engraçado? Na verdade, pensei que ele estava pregando uma espécie de brincadeira comigo.

Afundei minhas mãos no tecido de malha de um dos muitos gorros que Elsa me deu, o tecido esfregando entre as pontas dos meus dedos estranhamente calmante.

Se eu pudesse viver em um quarto de doze por doze sem nada para me acompanhar, mas meus próprios demônios, eu tinha certeza que poderia fazer isso funcionar. Meus olhos deslizaram sobre a sala outra vez, desta vez com um sentido de finalidade. Eu poderia tornar isso uma casa.

Bem, pelo menos uma casa por enquanto.

O layout aberto do apartamento fez o espaço parecer muito maior do que era. Ele era composto de quase sessenta metros, mas o que a designer fez com ele foi simplesmente surpreendente.

Pisos de cerejeira estavam aos meus pés, as cores em forte contraste com o branco da cozinha e da sala de estar. Tijolo exposto animava todo o cômodo, começando na metade da cozinha e terminando um pouco antes da escada que levava a um quarto principal no loft e banheiro completo que fiquei feliz em ver que tinha uma banheira com biqueira curvada. Não pude deixar de pensar que Kaelyn, se ela tivesse a chance, adoraria tomar banho lá. Foi um grande ponto de venda quando Natalie me trouxe aqui. Eu deslizei minha mão áspera sobre as linhas elegantes de balcões de granito preto e armários de madeira de cerejeira combinando que estavam embaixo.

Ouvi passos suaves aproximando-se da área de jantar junto à cozinha e levantei a cabeça para ver minha cunhada, Natalie Jennings Jones, entrando com um pequeno maço de papéis nas suas mãos pequenas. Só podia ser o contrato final de locação. Ao ver o local, ela me disse que o contrato de aluguel incluía uma opção de renda que eu prontamente aproveitei.

Eu não tinha certeza do motivo, mas algo me disse que eu queria criar raízes, bem aqui em Chelsea Springs, a apenas dez minutos de carro de Fredericksburg.

Eu tive que parar de dizer a mim mesmo que era por minha linda garota, minha Kaelyn. Mesmo que ela não fosse mais minha. Mesmo se eu nunca tivesse a chance de vê-la novamente. Mesmo se eu não tivesse chance de

"Levante por baixo, cara."

Eu puxei a extremidade inferior do sofá de couro preto que eu tinha entregue acima da escada e Ben fez o mesmo com seu lado enquanto o carregávamos cuidadosamente escada acima em direção à minha nova casa.

Bati na porta, ligeiramente entreaberta, e abri com a ponta da minha bota e respirei fundo quando o peso da estrutura desceu para o piso de madeira.

"É isso aí, certo?"

Meu irmão puxou duas garrafas de Heineken da geladeira e jogou uma para mim enquanto eu assentia. A única coisa que eu precisava fazer agora era conseguir um passe de estacionamento para a garagem embaixo da minha unidade amanhã. Todas as outras tarefas de mudança foram concluídas. Meus móveis foram entregues; Natalie e eu tínhamos ido às compras esta manhã e eu até paguei meu aluguel adiantado pelos próximos seis meses. Eu não estava exatamente trabalhando agora, e felizmente eu tinha uma grande quantia economizada dos shows que eu costumava fazer nos bares locais em minha casa em Chicago. Eu ficaria bem por um tempo.

"Sim."

Ben pousou a mão no meu ombro, olhando para mim de forma assertiva.

"Você está se sentindo bem?"

Eu concordei. Eu estava cansado, mas arrastar móveis o dia todo fazia isso com você. Aprendi há algum tempo que nem todo cansaço do meu corpo era causado diretamente pela minha doença. Agora eu sabia que poderia dizer a diferença entre os dois.

"Estou bem, Ben. Para onde sua linda esposa foi?"

Ben sorriu, sua boca se inclinando instantaneamente com a menção de sua ruiva.

"Ela ligou para um cliente. Ela estará de volta para o churrasco esta noite."

Eu balancei a cabeça, sentei na cadeira mais próxima e tomei um longo gole da minha cerveja. O líquido frio desceu pela minha garganta, o sabor refrescante quando encontrou minhas papilas gustativas.

"Você sabe que ouvi da videira que Ke..."

Sabendo exatamente para onde essa linha de questionamento estava indo, me levantei e peguei minha bolsa de ginástica que estava em uma das bancadas da ilha na cozinha.

"Eu vou para o ginásio. Remexer tudo isso não vai mudar nada. Você vem ou não?" Minha voz tinha um tom duro, já que eu estava fodidamente perto de perder meu controle cuidadosamente guardado quando se tratava de Kaelyn Anne Jones. Vê-la novamente foi devastador e comovente. Eu não podia aceitar a ideia de que eu tinha feito com que a máscara que a revestia se encaixasse no lugar. Minha traição fez isso, e não importa o quanto eu quisesse mudar a escolha que fiz, eu sabia que não poderia.

Eu não tinha ideia do que fazer.

Éramos inevitáveis, eu sabia disso sem dúvida. Mas causar- lhe ainda mais dor não era uma opção. Eu não faria isso com ela ou minha filha.

Elas estavam melhor sem mim.

"Bem atrás de você."

Meu irmão acenou com a cabeça, seus olhos ainda com aquela preocupação de antes, mas desta vez eu pude ver que ele iria esquecer. Eu diria a ele tudo o que eu precisasse, no meu próprio tempo.

Esse era o problema do nosso relacionamento. Nós nos conhecíamos melhor do que nos conhecíamos, o que significava que não havia segredo entre nós.

Agora mesmo, eu estava grato por isso.

~

Meus músculos doíam até os ossos enquanto eu colocava minhas roupas de couro e caminhava de volta para o dia quente do Texas após o meu treino. Meu irmão acelerou o motor de seu Chevy SUV e me deu uma olhada.

"Você está bem?"

Eu concordei. Uma garrafa de água e uma boa refeição caseira me ajudariam num piscar de olhos.

"Sim, foi muito bom malhar de novo. Fazia muito tempo, cara."

Meu irmão acenou com a cabeça, levantando uma sobrancelha apenas o suficiente para eu saber que ele conhecia a sensação muito bem.

"Te encontro em casa, papai acabou de mandar uma mensagem pedindo por nós."

Eu sorri. Meu pai se preocupava demais, isso era parte do homem que ele era.

Puxando meu capacete e colocando-o no lugar, coloquei minha moto em marcha e levantei o suporte enquanto ele girava ruidosamente abaixo de mim.

Porra, eu amava essa moto.

O ar quente e salgado me acalmou quando virei a esquina a dois quarteirões da casa de meus pais e meu olhar deslizou ao longo da faixa das lojas locais. Desde os restaurantes pitorescos que serviam os melhores frangos e waffles, grãos e ovos até a fila de lojas de roupas, acessórios e sapatos que revestiam a praça dentro do centro de Fredericksburg, os locais tinham o melhor que os habitantes locais podiam oferecer.

O sol começou a se pôr no céu azul brilhante enquanto eu puxava minha Harley ao lado do Chevy do meu irmão na garagem da propriedade em estilo rancho dos meus pais. Eu coloquei meus pés no cimento e abaixei minha cabeça por um momento, estendendo a mão para agarrar as três placas de identificação que ficavam logo acima da minha clavícula sob o meu pescoço.

Eu tenho isso

Eu vou superar isso.

Enquanto o mantra se repetia em minha cabeça, eu sabia, sem dúvida, meu motivo para continuar lutando, continuar acreditando que valia a pena.

Foi tudo por *ela*.

Uma mão forte encontrou meu ombro e apertou em apoio.

"Vamos. Você está sentindo o cheiro desse churrasco, cara?"

Eu sorri. O cheiro atraente de bife na grelha

atingiu meu nariz, flutuando no ar densamente.

Passamos pelo portão dos fundos atrás da casa e vimos meu pai, como sempre na grelha com Elsa arrumando a fileira de mesas colocadas na grama com pratos de papel e talheres. Asher e sua mais nova namorada, Sarah, estavam conversando perto do viveiro de peixes na parte de trás da varanda e eu podia ver o topo da cabeça da minha irmã mais nova enquanto ela lia em seu kindle enquanto estava sentada no balanço da varanda. Ela estava absorta em qualquer livro que estivesse lendo, como se a festa ao seu redor não estivesse lá.

Elsa nos viu primeiro e se aproximou com um grande e caloroso sorriso no rosto.

"Oh, meus meninos estão aqui! Como você está se sentindo? Eu sei que Ben gosta de malhar todas as horas da manhã, mas Lucas, você precisa guardar suas forças!"

A preocupação era evidente em seu rosto e eu a puxei para mim para o que esperava ser um sinal de tranquilidade.

"Foi minha ideia ir, Elsa. Eu precisava tirar um pouco dessa frustração. Eu sei meus limites, por favor, não se preocupe comigo."

Ela se afastou alguns centímetros, o cinza de

seus olhos me avaliando. Ela sabia quando eu estava mentindo, como sempre. A mulher era a combinação perfeita para cuidar de todos nós. Ela não aceitava nossa merda.

"Mas você vai me dizer se sentir algum cansaço, certo?"

Eu balancei a cabeça, então dei um beijo em sua bochecha, fazendo-a corar e dar um tapinha na minha bochecha de brincadeira.

"Meu filho forte, tão corajoso. Agora vá buscar um martini na cozinha antes que Natalie coloque as mãos na mistura. Vou fazer um prato para você!"

Eu balancei a cabeça, então olhei na direção de Ben enquanto ele estava rindo pra caralho às minhas custas..

Ele deve ter ligado para ela enquanto eu estava trocando de roupa. Eu teria que me lembrar disso na próxima vez que ele quisesse sair com Natalie por algumas semanas de férias. Um telefonema para Elsa e ele terá férias com a família que nunca sonhou.

"Lembre-se de que vingança é uma merda, irmão."

Ele não parou de rir, mesmo depois que fechei a porta de vidro deslizante da varanda.

Encontrei Natalie e Sarah olhando

ansiosamente para o bar improvisado perto da sala.

"Ei, estranha. Você vai tomar uma bebida ou apenas ficar olhando para isso o dia todo?"

Minha cunhada me deu um sorriso suave e deu a volta para me abraçar.

"Você está bem?"

Eu gemi interiormente. Quantas vezes eu iria garantir às pessoas que eu estava bem?

"Sim. Como está minha cunhada favorita?"

Natalie bateu no meu braço e Sarah deu uma risadinha como uma colegial. Não sabia como meu irmão lidava com isso. Ela não podia ter mais de vinte e seis anos, mas a maneira como se portava era a de uma adolescente.

Acho que era por isso que ele quase nunca a trazia em torno da família.

"Eu estou bem."

Ouvi a porta se abrir atrás de nós enquanto levava uma Budweiser aos lábios para um longo gole. A cerveja gelada batendo na minha língua me refrescou instantaneamente, e eu vi os olhos estreitos de Asher, do outro lado da sala. Ele era o irmão solteiro, o irmão livre. Ele não podia ser amarrado, a essência de sua liberdade agarrou-se a ele como um pano. Eu sorri, então deslizei meu braço ao redor de Sarah apenas para mexer com ele.

"Tire sua maldita mão da minha mulher, Luke."

Eu encolhi os ombros, um sorriso provocador estampado em meus lábios apenas para ele.

"Eu estou apenas mexendo com você. Faz muito tempo que não consigo fazer isso, Ash."

Ele acenou com a cabeça e eu entreguei a ele uma cerveja, seguindo-o de volta para a varanda onde pude ver que ainda mais familiares e amigos estavam chegando.

Eu tinha crescido a centenas de quilômetros de distância, mas com minhas tias, tios, sobrinhas e sobrinhos aparecendo, parecia que finalmente estava de volta em casa, onde eu pertencia.

Era bom pra caralho estar em casa.

CAPÍTULO 17

KAELYN

O cheiro distinto de pinho e madeira encontrou meu nariz enquanto eu estacionava meu carro no River's Treasure Park. Meus olhos encontraram fileiras e mais fileiras de carvalhos altos, grama que precisava desesperadamente de uma boa aparada e fileiras de mesas de piquenique preparadas para o lindo dia de outono. Olhei de volta para os rostos brilhantes das minhas meninas, Avery saltando com energia e entusiasmo para o nosso primeiro piquenique deste ano, enquanto sua irmã já estava alcançando a porta. Eu levantei minhas sobrancelhas, certificando-me que ela sabia que deveria esperar que eu abrisse para ela. Nos dias de hoje, eu não deixaria nem mesmo Lily, com uma mente muito mais velha do que a sua idade, sumir de vista por um segundo. Puxando a chave da ignição, peguei a sacola de comida e o pequeno refrigerador que estava no lado do passageiro e estendi minha mão para Lily.

Seus olhos brilhantes transbordaram de emoção quando ela saltou de sua cadeira e pegou minha mão, eu não pude evitar o sorriso que se espalhou pelo meu rosto. Ela era definitivamente minha filha. Ela pode até gostar mais do ar livre do que eu. Ajoelhei-me ao lado dela e levantei dois cobertores de pano das sacolas aos meus pés.

"Você gostaria de estender os cobertores para mim?"

Assentindo feliz, ela beijou minha bochecha e eu a observei correr para a campina até que ela parou em um lugar liso na grama e olhou para mim. Ao contornar o porta-malas e abrir a porta oposta, não consegui conter o sorriso. Ver a felicidade cobrir o rosto de minha garotinha me cobriu com a mais silenciosa sensação de calma.

"Mamãe, estamos aqui?" Avery disse, esfregando os olhos enquanto o sol do Texas cobria seu rosto.

Gentilmente desafivelado, eu a levantei de

sua cadeirinha e coloquei seus pés no chão para puxar seu ursinho de pelúcia favorito do banco de trás. Ela puxou a Sra. Teddy contra o peito e me deu um grande sorriso cheio de dentes. Fechando a porta, segurei sua mão e nos aventuramos no parque para um dia tão necessário de sol.

"Isso é perfeito, Lily. Bom trabalho!"

Ela sorriu quando nos aproximamos e eu sentei no cobertor branco enquanto Avery rastejou no meu colo. Balançando-a levemente no meu joelho, comecei a trançar seu cabelo.

"Posso pegar a comida, mamãe?"

"Sim, querida. Eu empacotei nossos sanduíches."

O cabelo loiro dourado de Lily caiu em seus olhos quando ela olhou para a sacola de compras em que coloquei o almoço.

"Oh meu Deus, é o meu favorito!" Sorrindo como se eu tivesse embalado para ela uma refeição gourmet, Lily puxou as mãos para o peito e olhou para mim. Soltando meus braços da minha filha mais nova, ela também olhou para o saco de comida. Teria sido tão fácil fazer alguns sanduíches de presunto e queijo e encerrar o dia, mas minhas filhas eram comedoras exigentes e eu queria que elas adorassem nossos piqueniques em família assim como eu. Para Avery, fiz salada de atum e acrescentei aipo e muita, muita maionese. Era o seu favorito. Enquanto Lily era simplesmente fácil em quase todos os sentidos, a menina odiava carne desde que sua classe da quarta série visitou uma fazenda na primavera passada. Então eu fiz salada de batata e um sanduíche vegetariano.

Dois braços pequenos me envolveram e eu ri, abraçando-as com força antes de soltá-las enquanto desembrulhavam o almoço. Em seguida, peguei a salada de espetinho de frango que trouxe para mim e tomei um gole de Coca-Cola.

"Você sabia que Jennie Lexington é a garota mais inteligente da minha classe, mamãe?" Lily perguntou em torno de um pedaço de sua comida e eu balancei minha cabeça, optando por não contar à minha adorável filha que ela me dizia isso quase todos os dias depois da escola. Sua colega de classe, Jennie, havia pulado duas séries para a aula de Lily e, pelo que eu poderia dizer, não tinha vergonha de contar esse fato para todos que quisessem ouvir. Achei que Lily pudesse ter ciúmes dela, o que para mim era uma loucura, já que ela era a criança mais inteligente para mim.

"Posso ser tendenciosa, baby, mas acho que você é a mais inteligente."

Ela franziu a testa para mim e balançou a cabeça para mim como se eu fosse louca.

"Não, ela sabe tudo."

Inclinando minha cabeça para o lado, dei a ela um sorriso indulgente.

"Ela sabe toda a tabuada de multiplicação?"

Lily deu outra mordida em seu hambúrguer e bateu palmas ruidosamente.

"Acho que não, mamãe. Você realmente acha que sou a mais inteligente?"

Eu balancei a cabeça, levei os dois pratos para a lata de lixo mais próxima e me ajoelhei ao lado da minha garota de olhos arregalados da terceira série.

Se eu tinha aprendido alguma coisa com a criação de filhas até então, era que demorava mais de uma vez para dizer algo a uma criança. Esta deve ser a quinta vez que eu disse a ela o quão inteligente ela era, como ela era única e bonita e poderia fazer qualquer coisa que quisesse, mas algo na minha garota não deixava sua mente absorver isso.

Eu teria mais dez dessas conversas com ela, se isso significasse ao menos um indício de que penetrasse naquela cabeça teimosa dela. Lembrei-me de muitas vezes que sentei com minha querida menina e tentei explicar por que seu pai tinha ido embora.

Ela era tão jovem quando Lucas nos deixou, como eu poderia esperar que ela entendesse que ele tinha uma escolha de ficar, mas inevitavelmente, nos deixou?

Como uma garotinha tão doce e amável poderia entender que seu pai não queria ficar?

Eu não sabia as respostas para essas perguntas, mas ainda assim, conversei com ela.

Quando ela estreitou os olhos para mim, percebi algo.

Essa maldita veia teimosa? Ela tinha conseguido isso de Lucas.

"Você é a pessoa mais brilhante e gentil que já conheci, Lily. E eu prometo que não estou dizendo isso apenas porque sou sua mãe."

Ela olhou para mim, piscando, e eu praticamente pude ver as rodas girando atrás de seus olhos.

Quando ela se lançou em meus braços, senti meu sorriso alcançar minhas bochechas e meu coração torcer no peito de alívio.

Ela finalmente *entendeu*. Ela *acreditava* nisso.

"Eu te amo, mamãe."

Eu a apertei com mais força, beijando sua bochecha e cabeça suavemente.

"Eu te amo mais, Lily."

~

O sol começou a se pôr no horizonte enquanto eu caminhava pelo parque com Avery acomodada no meu quadril, sua cabeça pendurada no meu ombro enquanto ela dormia. Eu gentilmente a coloquei de volta no cobertor e puxei o suéter de Lily sobre seus ombros enquanto um leve frio cobria o ar de outono. Alisando minhas mãos em seu suéter, eu abotoei até o meio e puxei seu cabelo de seus olhos.

"Você se divertiu?"

Assentindo rapidamente, Lily sorriu brilhantemente, fazendo com que meu peito se enchesse de calor e o mesmo sorriso cobrisse meu rosto.

"Eu amei isso, mamãe. E se formos acampar? Você acha que Avery e Meg gostariam?"

Eu balancei a cabeça e alisei minha mão sobre sua bochecha com covinhas.

Mais uma bela imperfeição que ela herdou de seu pai.

"Eu acho que sim. Talvez no próximo fim de semana, baby."

Os olhos verdes de Lily se ergueram, para longe dos meus e se estreitaram ligeiramente.

"Acho que tem alguém nas árvores, mamãe."

Instantaneamente, os cabelos na minha nuca se arrepiaram e meu coração acelerou. Minha cabeça se virou quando me virei e ouvi o farfalhar das folhas vermelhas e amarelas nos carvalhos aninhados na floresta do parque atrás de nós.

Alguém estava nos observando.

Um arrepio passou pela minha espinha com o pensamento disso e então ouvi mais passos. Meu corpo travou enquanto conduzia Lily para perto de mim e comecei a envolver Avery em um cobertor para afastar o frio.

Eu deveria ter pensado melhor antes de ficar depois do pôr do sol no parque. Embora tivesse a reputação de ser o parque mais seguro da cidade e pertencesse e fosse gerido por uma família, isso com certeza não significava que alguns canalhas não pudessem entrar furtivamente.

Ao som de arbustos sendo puxados do carvalho mais próximo de nós, um arrepio assustador me sacudiu e tirei o spray de pimenta da minha bolsa, sabendo que se isso significasse proteger minhas filhas, eu o usaria.

Mas de repente um manto de calma me cobriu inteiramente e me permitiu respirar novamente. Algo bem dentro de mim me disse que eu estava bem. Que eu estava segura.

A calma era algo que eu nunca tinha experimentado até conhecer Lucas.

Abrindo os olhos, Lily olhou para mim com os olhos cheios de confusão.

"Ele se foi?"

Pressionei seu rosto com beijos e balancei a cabeça, descansando minha testa contra a dela em um esforço para acalmá- la.

"Lamento muito que o homem tenha assustado você, Lily Bear. Você está bem, agora. Estamos todas bem."

Ela assentiu com a cabeça, seus olhos sempre curiosos levantando-se novamente para examinar a grama e a floresta atrás de mim e, em seguida, para minha total confusão, seus olhos se encheram de lágrimas.

O vento soprou suavemente em meu rosto quando minha filha mais velha começou a soluçar. Mas o que me confundiu não foi o fato de ela estar chorando. Lily era muito parecida comigo em alguns aspectos, incluindo a maneira como ela usava o coração na manga. Éramos emocionadas. E o medo muitas vezes pode se transformar em tristeza em uma situação como essa. Eu sabia.

Mas seu rosto não estava com medo. Estava feliz e confuso e a esperança enchia seus olhos com tanto brilho que iluminou todo o seu rosto.

"Papai!"

CAPÍTULO 18

KAELYN

*L*ucas. O pensamento dele veio a mim de forma aguda e abrupta quando o grito da minha filha perfurou o ar.

O movimento repetitivo de esfregar as costas de Avery foi a única coisa em que pude me concentrar enquanto minha filha corria do meu colo em direção ao homem parado a apenas um metro de nós. Eu tive que me virar para vê-lo quando ele estava se aproximando e agora que meus olhos estavam se deleitando com 1,98 metros de Lucas Jones, eu estava grata por ter feito isso, porque do contrário eu nunca teria acreditado que ele estava aqui.

Seu rosto estava mascarado pelas sombras das árvores ao seu redor, sua cabeça coberta por um gorro ainda mais escuro do que ele estava usando na propriedade de Jones, mas lá estava ele.

Resistente.

Real.

Dolorosamente atraente e tortuosamente próximo.

No momento em que ele a viu, ele caiu de joelhos e eu observei enquanto seus olhos também se encheram com as mesmas emoções que testemunhei em Lily.

Esperança.

Amor. Admiração. "Papai!"

Sua voz foi abafada quando ele a puxou para seu peito e passou os braços ao redor dela, segurando sua cabeça com uma mão enquanto a outra suavemente alisava suas costas. Seus gritos cobriram a distância entre nós, penetrando no silêncio com o som ensurdecedor da tristeza e felicidade de nossa filha.

"Shh, ei, deixe-me ver você. Muito bem, Lily Bear."

Ela piscou para ele daquele jeito que fazia quando estava à beira das lágrimas, seus braços nunca o deixando ir.

"V...você se foi, papai. Por que você foi?"

Seus olhos se encheram de pesar e angústia

enquanto suas mãos, tremendo de emoção, embalaram seu rosto suavemente.

"Eu tinha que ir, docinho. Sinto muito ter que deixá-la, mas estou aqui com você agora. Estou aqui, Lily."

Suas lágrimas continuavam caindo e perfuravam meu coração com a força de um soco a cada vez.

Ela merecia muito mais dele do que a devastação que ele causou.

"Você está realmente aqui?"

Assentindo, ele se inclinou e beijou sua testa, o momento entre eles dolorosamente íntimo de assistir.

Os olhos de Avery se abriram enquanto ela descansava contra mim e ela sorriu para mim facilmente, seu polegar agarrando minha mão enquanto eu continuava a embalá-la. O hábito que ela formou quando era recém-nascida ainda estava presente quando criança e, embora eu devesse ensiná-la para evitar isso, agora o conforto que ela sente é muito significativo. Eu não pude evitar os pensamentos correndo por mim enquanto observava Lily pressionar sua bochecha no peito de Lucas e o primeiro sorriso suave cobrindo seu rosto angelical.

Você perdeu o mundo dela inteiro, Lucas. Eu

gostaria que você estivesse aqui. Você teria ficado tão feliz.

Sua cabeça ergueu-se do topo da cabeça de nossa filha e ele olhou para mim com aqueles olhos profundos e assustadores.

"Obrigado," ele murmurou.

A visão de Lily nos braços de Lucas era tão preciosa que eu mal me importei quando ela me disse que queria segurar a mão dele em vez da minha enquanto saímos do parque em direção ao estacionamento. Eu esperava sentir raiva ou tristeza com sua presença repentina ou o pensamento de sua presença na vida de Lily novamente, mas tudo isso desapareceu com a alegria da minha filha. Sua felicidade era tudo o que importava para mim.

Mesmo que isso significasse deixar seu pai voltar para sua vida pela chance de vê-la crescer e prosperar.

Sua grande mão gentilmente encontrou as costas de Avery quando viramos em direção ao meu jipe e minha respiração parou instantaneamente.

Aqueles grandes olhos verde-oliva

encontraram os meus e ele inclinou a cabeça para o lado, me olhando, esperando.

"Esta é Avery," eu mal sussurrei. Eu não sabia o que fazer para contar a ele o único segredo que eu mantive dele todos esses anos.

Avery é sua.

Você perdeu toda a vida dela quando partiu e eu estava com raiva demais para te contar.

Eu a mantive longe de você por despeito, porque eu sabia que ver você machucaria mais do que sua traição.

Enquanto a mão dele alisava para cima e para baixo em suas costas, Lily colocou os braços em volta do joelho de seu pai e me deu um sorriso de parar o coração, fazendo meu coração torcer de amor por ela. Abaixando-me para acariciar seu cabelo rebelde, pisquei para os olhos assombrados do homem que eu sempre amei.

Lucas.

Meu coração clamou por mim, um canto de sereia na tempestade de emoções que experimentei desde o momento em que ele esteve na cidade.

Minha garotinha se mexeu, seu rosto se inclinando para olhar para mim e, claro, seus pés começaram a chutar, o movimento me dizendo que ela queria que a soltasse.

Colocando um beijo carinhoso em seu cabelo, eu a soltei e observei enquanto ela olhava para o grande homem parado ao lado dela. Olhos castanhos brilhantes como os meus se arregalaram, a confusão evidente por trás deles. Ela não disse uma palavra, apenas o observou como se ele fosse uma criatura mística. A maravilha que nublou seus olhos era clara como o dia.

Ela sabe que Lucas é seu pai. Mesmo com apenas seis anos de idade, minha filha sabe quem ele é.

Abaixando minha cabeça de vergonha, eu mordi meu lábio inferior em preparação para dizer a ele a verdade, de uma vez por todas.

As pontas dos dedos ásperos encontraram meu queixo e gentilmente levantaram até que meus olhos ardessem com seu olhar.

"Ela é minha, não é?"

Meus olhos se arregalaram quando eu balancei a cabeça, com medo de sua reação.

Ele amava muito a Lily. Por que eu não dei a ele a chance de amar Avery também?

"E...eu nunca tive a intenção..."

Lucas balançou a cabeça com veemência, abaixando a cabeça para mais perto da minha e olhou diretamente nos meus olhos.

Meu coração estava disparado em meu

peito e meu corpo congelou com a conexão que ainda compartilhamos.

Através da distância, do tempo e da raiva, ela ainda estava lá.

Como isso é possível?

Involuntariamente, dei um passo à frente e coloquei uma palma contra minha bochecha sem quebrar nosso olhar.

"Eu fiz isso, Kaelyn. Nunca pense que mesmo um grama da bagunça que fiz naquela época foi sua culpa. Você é meu *anjo*. Minha graça salvadora. Não importa a distância entre nós, Kel. Você ainda é minha graça salvadora neste mundo. *Acredite* nisso, se você pode acreditar em uma palavra do que estou dizendo, acredite nisso."

Toda a minha respiração me deixou enquanto ele dizia palavras cheias de arrependimento e devoção. Nossas testas se encontraram e respiramos juntos, como que para absorver a gravidade desse momento.

Algo dentro de mim me disse que, mesmo que eu não pudesse perdoá-lo por sair do jeito que saiu, este momento aqui poderia ser um novo começo para nós.

Seja o que for.

"Papai?" A voz doce de Lily quebrou o

silêncio e eu me afastei de Lucas e olhei para ela.

"Você pode vir para casa conosco?"

"Oh, docinho, eu não sei se ele pode..."

Os olhos de Lucas encontraram os meus novamente e eu vi o desespero neles.

Tomando minhas mãos suavemente, ele implorou para mim, me dando um olhar que eu sabia que não poderia dizer não.

Eu deveria ter força para isso, e talvez tivesse, mas a ideia de dizer não, não apenas para ele, mas para minhas duas filhas, era demais para eu suportar.

"Eu sei que não tenho o direito de pedir isso depois de tudo que fiz para destruir sua confiança em mim, mas se você puder encontrar em seu coração, me permita conhecê-las novamente..."

Eu estava assentindo antes mesmo que ele terminasse de falar.

Aproximando-me do ouvido dele para que Lily não ouvisse minhas palavras, eu disse: "Só não deixe que elas se apaixonem por você se você não vai ficar."

A voz de Lucas foi áspera contra meu ouvido quando ele respondeu: "Eu não vou a lugar nenhum, Kaelyn."

CAPÍTULO 19

LUCAS

O aperto de Lily na minha palma aberta nunca vacilou enquanto eu a conduzia para o outro lado da rua naquela noite. Eu podia sentir seus olhos em minha pele, meu rosto, minhas mãos; me avaliando, me olhando como se eu pudesse desaparecer a qualquer momento.

Achei que tivesse bloqueado qualquer fonte de esperança depois dos anos em que estive longe dela, mas olhando para ela agora, *sentindo* sua mão na minha de novo?

Não havia nada que pudesse ter me preparado para o sentimento de amor e esperança e uma silenciosa sensação de felicidade que nosso reencontro havia despertado em minhas veias.

"Papai pode ler uma história para mim esta noite, mamãe?"

Sua voz doce caiu em meus ouvidos quando ela olhou para sua mãe, caminhando do lado oposto dela, as mãos unidas exatamente como as minhas.

"Se você pedir com educação, baby."

Quando minha garotinha piscou para mim, seus lindos olhos me observando em silêncio, mas com adoração, senti meu coração torcer com calor e dor no momento que eu nunca teria esperado antes de hoje.

"Seria uma honra, Lily Bear."

Paramos no meio-fio do que devia ser a rua em que elas moravam, já que Lily nos levou até lá. Carros passavam por nós na rua à minha frente, mas tudo em que consegui me concentrar foi no olhar pensativo nos olhos verde-oliva de Lily.

"Você costumava me chamar assim quando eu era bebê."

Eu balancei a cabeça, surpreso por ela se lembrar do apelido carinhoso.

"Sim. Sua história favorita para eu ler para você era Cachinhos Dourados. Desde então, eu a chamei assim."

Seu rosto se encheu de alegria causando uma leve sensação de esperança em meu peito.

Eu fui um bastardo por deixar o lado dela, mesmo que por um momento.

Quando chegamos à varanda da frente da casa em estilo rancho que Kaelyn agora chamava de casa, me ajoelhei para que eu ficasse no nível dos olhos de Lily enquanto ela puxava minha perna.

"Eu te amo, Lily Bear."

Quando ela colocou seus pequenos braços em volta do meu pescoço, eu a levantei em meus braços. Seguindo a bela loira que entrou no meu coração tantos anos atrás, senti os dedos de Lily apertarem meu pescoço.

"Eu sabia que você voltaria, papai. Eu simplesmente sabia."

Pressionando um beijo em sua cabeça, eu alisei seu cabelo daqueles olhos verdes brilhantes que ela ganhou de mim e a coloquei suavemente na cozinha.

"Como você sabia, querida?"

Lily olhou para mim com os olhos arregalados, coração aberto e um sorriso que ameaçava quebrar muitos mais, mas tudo que eu podia ver era a luz de esperança hesitante emanando dela.

Minha garotinha. Meu milagre.

Minha Lily Bear.

"Você prometeu sempre proteger a mim e a mamãe. Você se lembra, papai?"

Eu balancei a cabeça, a memória da promessa que eu tinha feito a ela todas as noites desde o dia em que ela nasceu brincando como um filme atrás dos meus olhos.

"Eu protegerei você e sua mamãe de qualquer coisa que ameace machucá-las, eu prometo. Meu amor por você durará para sempre."

O sorriso brilhante que se espalhou por seu lindo rosto encheu todo o meu corpo de calor, acompanhado pela calma que a voz de Kaelyn me trouxe.

"Vamos, menina. Hora do banho."

Franzindo a testa, nossa garotinha olha para mim para protestar, aqueles olhos calorosos implorando por mim.

Como diabos alguém diz não a esses olhos?

"Mas..."

"Seu pai estará aqui para a sua história, Lily. Eu prometo."

Pegando sua mão, inclinei minha cabeça para o lado em um gesto silencioso para ir.

Um grande beijo estalado na minha bochecha soou próximo ao meu ouvido enquanto ela corria para o lado de sua mãe, aquele sorriso em suas bochechas nunca vacilou.

Fechando meus olhos brevemente, eu sabia que não tinha estado tão feliz e cheio de luz desde o momento em que as deixei.

Se isso pudesse durar.

Mas não importa o quanto eu as queira comigo mais uma vez, as razões pelas quais eu tinha ficado longe ainda estavam lá.

Fiquei longe para protegê-las.

Invadir de novo suas vidas só poderia causar-lhes mais dor.

O engraçado é que eu sabia que não importava o quanto tentasse, meus motivos nunca impediriam a necessidade do meu coração por elas.

O suave som de água espirrando nas laterais da banheira enquanto Kaelyn dava banho em nossa filha era uma fonte de calma enquanto eu tentava entender o que havia acontecido nas últimas três horas.

Kaelyn.

Lily. Avery.

Minha família.

Eu sabia que a vida não seria perfeita.

Eu sabia que as tinha machucado, mas especialmente a bela mulher na sala ao lado. Ela é a mulher mais forte que já conheci.

Enquanto eu lutava pela minha vida, ela trocava fraldas e embalava duas crianças para dormir todas as noites.

Enquanto eu estava afundando no fundo de uma garrafa de uísque, ela trabalhava dia e noite para pagar por duas filhas que eu a deixei criar sozinha.

Enquanto eu pensava nela, todos os dias, todas as noites, todos os minutos dos últimos seis anos, ela pensava em mim?

Cristo. Minha cabeça bateu em minhas mãos quando uma realização me acertou na parte de cima da cabeça.

Ela tinha encontrado outra pessoa enquanto estive fora? Outro homem colocou minhas garotas na cama?

Ele tinha...

Balançando a cabeça quase violentamente, eu me repreendi. Eu não tinha mais direito a ela, não depois de como a deixei, a machuquei, as machuquei.

Mas isso não significava que eu estava pronto para deixá-las ir depois de finalmente encontrá-las novamente.

O inferno congelaria antes que Kaelyn Anne Morgan pertencesse a alguém além de mim.

Saindo da espaçosa sala de estar e passando pela cozinha escura, parei na porta ligeiramente aberta do banheiro, onde ouvi risadas alegres e as vozes suaves das minhas meninas.

Descansando meus ombros contra o batente da porta, eu as observei.

Enquanto Kaelyn envolvia Avery em uma toalha e a ajudava a se levantar, seus olhos castanhos mel passaram por mim.

"Você se importaria de levá-la?"

Assentindo, dei um passo à frente. Tomando a garota rindo em meus braços, seu calor imediatamente tomou conta de mim.

Seus longos cílios se abriram e quando seus olhos castanhos e dourados encontraram os meus, ela deu um sorriso largo.

Ela tem o sorriso de sua mãe. Cristo.

Ela se moldou ao meu lado e colocou os braços em volta de mim, assim como Lily fez, seus olhos me observando em silêncio.

A curiosidade aberta em seus olhos me manteve cativo.

"Você é meu papai?"

Parecia que o mundo parou quando essas palavras caíram entre nós.

Gentilmente acariciando o cabelo longe de seus olhos e mergulhando minha cabeça mais perto dela, eu assenti.

"Sim, Avery. Eu sou seu papai."

Apertando os olhos um pouco, a dúvida nublou seus olhos.

"Onde você estava?"

Meus olhos se fecharam contra a onda de arrependimento e raiva que surgiu dentro de mim, sabendo como eu tinha machucado essas duas lindas garotas.

"Eu tive que ir embora."

"Mas Lily me disse que você deveria nos proteger para sempre."

Senti meus olhos nublados de emoção com a inocência que saia de suas palavras.

Eu pensei que estava protegendo vocês, mas tudo que fiz foi machucá-las.

Eu sinto muito, porra.

"Às vezes, as pessoas cometem erros, aqueles que fariam qualquer coisa para recuperar. Elas acreditam que estão fazendo a coisa certa."

"Até você?"

"Sim, Avery, até eu."

Assentindo, ela segurou minha bochecha e o sorriso que ela me deu fez meu coração torcer em uma alegria agridoce.

"Está tudo bem, papai."

Quando sua cabeça pressionou meu pescoço e sua respiração desacelerou, eu a apertei um pouco mais perto de mim enquanto ela dormia.

A porta do quarto abriu no corredor e enquanto meu olhar varria para seguir o som, vi Kaelyn surgir. Fiquei impressionado mais uma vez com sua beleza graciosa, sua essência quente, o doce perfume de lavanda que ela exalava como sempre.

Havia uma mancha de sabonete em seu queixo e devia ser a coisa mais fofa que eu já vi.

Ela não envelheceu mais de um dia, mesmo que há mais tempo entre nós do que eu gostaria de aceitar.

Se dependesse de mim, voltaria atrás nos últimos seis anos.

Mas eu tinha certeza de que não era assim que a vida funcionava.

"Uau, ela devia estar cansada. Deixe-me colocá-la para deitar."

A contragosto, deixei que ela puxasse a garotinha adormecida de meus braços. Instantaneamente, eu ansiava pelos olhos amáveis da minha filha, olhar caloroso, voz doce sussurrando em meu ouvido.

"Elas tiveram um longo dia, sinto muito por

você não ter tido mais tempo com elas," Kaelyn disse suavemente, fechando a porta atrás dela e piscando para mim com os olhos castanhos mais brilhantes que eu já vi. Pegando sua mão, eu a levei para a cozinha e longe de ouvidos curiosos.

"Kel... eu sinto muito por ter perdido tanto, se eu tivesse alguma ideia..."

As palavras que saíram da minha boca gotejavam de remorso e, embora eu tivesse muito mais a dizer, pelo que me desculpar, a mão de Kaelyn sobre minha boca me parou.

Balançando a cabeça para mim, ela me implorou para parar com aqueles lindos olhos dela.

"Eu sei, Lucas. Eu sei."

Soltando um suspiro pesado, me afastei de seu olhar, sem saber como consertar as coisas daqui.

Eu tinha causado tantos danos, havia alguma maneira de consertar?

Porra, eu não fazia ideia.

Mas eu queria, não, *precisava* tentar.

"Posso ter um minuto?"

Seus olhos olharam os meus, todas as perguntas que eu testemunhei na propriedade dos meus pais presentes neles.

"S...sim."

CAPÍTULO 20

KAELYN

Meu olhar estava grudado nos assombrosos verdes oliva de Lucas, nossas mãos presas em um aperto inquebrável, meu coração torcendo em algo que parecia muito com esperança.

Pressionando para frente, seu corpo se aproximou do meu e efetivamente eliminou qualquer espaço que permanecesse entre nós.

"Posso ter um minuto?"

Havia tanta promessa e arrependimento derramando dessas palavras, eu sabia que não tinha esperança de dizer não ao seu pedido. Eu precisava saber para onde íamos a partir daqui, se fosse para algum lugar.

"S...sim."

Em uma respiração ofegante, sua cabeça mergulhou para encontrar a minha e nossas testas se tocaram para que apenas alguns centímetros de espaço nos separassem.

"L...Lucas." Minha voz, tremendo com a minha reação esmagadora a ele, saiu mais suave do que eu esperava.

O homem tortuosamente atraente de pé diante de mim tinha sido o homem que partiu meu coração todos aqueles anos atrás e aqui estava eu, esperando que ele abrisse aqueles olhos profundos de sua alma e me contasse tudo que eu precisava ouvir dele desde que ele partiu.

Lucas fodido Jones. Ele era um problema. Destrutivo.

Inebriante.

Sexo com pernas.

Uma tempestade na qual fui apanhada uma vez antes e, no entanto, não tinha nem um centímetro de esperança de ficar longe dele agora que ele estava de volta ao meu mundo.

"Kel..."

Um suspiro deixou meus lábios quando nossa postura íntima ficou mais próxima e seus braços celestiais envolveram meus quadris, moldando meu corpo com segurança ao dele.

"Lucas..."

Lentamente, ele saiu do meu espaço pessoal, apenas para envolver os dedos macios em volta do meu pescoço e mergulhar sua boca no topo da minha cabeça, um pouco ao sul do meu couro cabeludo.

"Se eu não fosse o homem que sou, iria empurrá-la para um desses quartos e mantê-la cativa a noite toda."

Um suspiro deixou meus lábios desta vez, minha frequência cardíaca aumentando de velocidade com a promessa sexy que ele me deu.

"Eu iria tirar este vestido do seu corpo sexy pra caralho e espalhar você na superfície plana mais próxima para um banquete. E em cada beijo nesta linda pele eu estaria mostrando a você o quanto eu senti falta desse seu sorriso doce. Esses olhos de mel. O calor que você carrega com você que se espalha pelos meus sentidos como um raio de luz na mais escura das noites. Eu estava tão apaixonado por tudo sobre você, Kaelyn Anne Morgan. Se eu me permitir, eu cairia agora."

Minha respiração estava acelerada enquanto eu absorvia suas palavras e o significado por trás delas. O borrão de perguntas e preocupações e dúvidas que permaneceram em minha mente na semana passada desde que ele voltou momentaneamente clareou e um pensamento voou atrás dos meus olhos, tão claro como o dia.

Ele me queria.

E merda, mesmo com todos os motivos que pude encontrar para negar e, para ser honesta, provavelmente o faria, mas eu o queria também.

Tudo dele. Completamente. Irrevogavelmente. Para sempre.

Mas esse era mais um sonho que ele esmagaria quando inevitavelmente partisse novamente.

Meus olhos se fecharam contra a angústia daquela memória sufocando a luz dentro do meu coração, e eu forcei uma respiração áspera de meus lábios, minhas mãos afrouxando dentro das dele enquanto ele segurava firme nas minhas.

"Ah, merda, querida, olhe para mim."

A aspereza em sua voz os atraiu e no momento em que meu olhar colidiu com o dele, eu vi a preocupação e a necessidade em seus olhos.

Eu não posso fazer isso. Mas posso me impedir?

"Que tipo de homem é você?" Sussurrei, minhas mãos cobrindo seu rosto em uma necessidade espelhada.

"Um idiota, Kaelyn."

CAPÍTULO 21

LUCAS

O rugido da minha Harley acelerou entre as minhas pernas enquanto eu dirigia rápido, mãos ásperas no guidão e efetivamente deixando a doce Kaelyn e minhas lindas garotas seguras em suas camas. Quando fecho meus olhos, ainda posso ver o olhar de necessidade, amor e esperança em seus olhos quando disse que poderia me apaixonar por ela.

Apertando os nós dos dedos com mais força no guidão, ainda não consigo acreditar que deixei essas palavras saírem.

Eu estava tentando assustá-la agora que finalmente a encontrei de novo?

Mas ela não correu. Eu não dei a ela crédito

suficiente. Assim como eu sabia que ela saberia da minha confissão antes mesmo de eu contar, eu sabia que ela viu a mentira em meus olhos quando eu as disse.

Eu não me apaixonaria por ela. Eu já estava apaixonado.

E porra, eu nunca deixei de estar.

Parei em um sinal vermelho e o conversível ao meu lado tocava uma música que era dolorosamente familiar para mim. *You and Me* de Lifehouse começou a tocar e imediatamente me levou de volta a uma memória que era agridoce enquanto eu andava pelas ruas laterais da cidade muito diferente daquela em que eu cresci, com ninguém menos que minha bela loira ao meu lado.

~

LUCAS

PASSADO

Meus pés tocaram o chão no momento em que meu Ford estacionou e as chaves foram tiradas da ignição.

"Ei! Como vou voltar para casa, cara?"

Charlie, minha carona para o hospital e um

dos membros da banda com quem tocava nos fins de semana me chamou, os braços erguidos no ar como se seu dilema fosse próximo ao que eu estava enfrentando.

Minha maldita esposa estava em trabalho de parto agora e ele estava preocupado em como iria voltar para casa?

Idiota. Murmurei baixinho, em seguida, joguei para ele as chaves da minha nova pick up.

"Se houver algum risco em meu bebê quando você devolvê- la, eu terei sua cabeça. Você entendeu?"

Como um idiota, ele acenou com a cabeça, os olhos arregalados como pires.

"Leve ela. Eu tenho que pegar minha garota."

Com isso, comecei a correr e fui direto para as portas duplas que levavam à ala da maternidade do Chicago Medical. Meu coração estava batendo em um ritmo desarticulado, minhas mãos úmidas, meu corpo tenso para uma luta quando cheguei à mesa das enfermeiras no final da ala que leva à UTI Neonatal.

"Uau, senhor, você precisa ir mais devagar. Respire."

Inalando pelas minhas narinas, cada nervo

que terminava dentro de mim estava coberto de adrenalina e a necessidade de ver a minha garota, segura e saudável.

Eu não podia acreditar que estava tocando no The Tavern quando a bolsa de Kaelyn estourou.

Belo marido que eu sou.

Eu deveria ter estado ao seu lado, segurando sua mão e dizendo a ela o quanto eu a amo.

Deus, eu amo essa mulher.

"Eu... Preciso... Ver... Minha... Esposa... Por favor."

Eu mal pronunciei as palavras antes que a voz do meu irmão, Ben, ecoasse por todo o corredor, efetivamente ganhando minha atenção.

"Cara! Onde diabos você estava? Sua mulher está prestes a ter um bebê!"

"Eu sei! Onde ela está?!"

Balançando a cabeça para mim, ele sorriu.

"Quarto 212, bem ao seu lado."

Ao virar, eu queria me bater por minha maneira idiota. Ela está bem aqui.

Sem me preocupar em bater, eu irrompi no quarto, olhos em pânico procurando cada centímetro do espaço antes que os mais lindos olhos castanhos cor de mel encontrassem os meus.

Minha linda garota.

Seu cabelo estava molhado contra sua cabeça, seu rosto coberto de lágrimas, fazendo meu peito parecer que tinha acabado de ser atingido.

Deus, odeio quando ela chora. Minha garota é tão forte.

Seus olhos piscaram uma vez, duas vezes antes de um sorriso brilhante, caloroso e adorável cobrir seu rosto e uma mão se estender para mim de onde ela estava apoiada na barra ao lado da cama de hospital.

"V...você está aqui. Eu sabia que você estaria aqui."

Correndo para o lado dela, caí de joelhos e gentilmente segurei seu rosto em minhas mãos trêmulas apenas para tocá-la.

Algumas lágrimas escorreram de seus olhos arregalados e eu as enxuguei com ternura, nunca tirando meus olhos dos dela.

"O que eu posso fazer, querida?"

Sorrindo ainda mais, Kaelyn puxou minha cabeça até sua boca e roçou seus lábios contra os meus no mais leve dos beijos.

"Você me ama?"

Zangado por ela se perguntar isso, eu me afastei dela alguns centímetros e fixei meu olhar no dela para que ela não tivesse esperança de escapar deles.

"Com cada respiração minha, Kel."

"Então isso é tudo que eu preciso," ela sussurrou.

Exalando um suspiro de alívio, pressionamos nossas testas uma contra a outra e como o médico disse a ela para empurrar, eu disse a ela para respirar. Quando ela me implorou para nunca mais fazê-la passar por isso novamente, concordei. E quando ela me deu um tapa por tê-la deixado grávida, eu coloquei minha boca na dela e pedi desculpas da única maneira que eu sabia.

Não foi até a madrugada que ouvimos os gritos altos e celestiais de nossa filha na sala.

"Ela está aqui," Kaelyn piscou para mim, os olhos ainda molhados de emoção e eu balancei a cabeça, beijando-a através das minhas próprias lágrimas. Não chorava há anos, mas quando ouvi os gritos da nossa menina, a choradeira começou.

"Minha linda e corajosa garota. Eu te amo tanto."

Acenando com a cabeça, ela passa seu toque sobre minhas bochechas e beija cada uma delas.

"Até a lua, querido."

"Vocês estão prontos, pombinhos?" A

enfermeira perguntou, olhos amáveis nos observando a apenas alguns passos de distância. Eu balancei a cabeça, estendendo meus braços para ela enquanto a ouvia explicar como embalar a cabeça de nossa filha para apoiar seu corpinho.

No momento em que meus olhos baixaram para olhar para ela, o mundo inteiro parou, se inclinou e pareceu começar a girar em uma direção completamente diferente. Ela se parecia com a mãe.

Bela. Gentil. Inocente. *Milagre.*

"Milagre," eu sussurrei, mas desta vez em voz alta. "O que, querido?"

Pisquei, não sendo capaz de tirar meus olhos da beleza em meus braços.

"Vou colocar o mundo aos seus pés, Anjo. Eu vou te proteger com todo o meu ser."

Pressionando um beijo carinhoso em sua testa, inalei o cheiro doce de sua pele.

"Meu amor por você durará para sempre."

Sentado ao lado do meu outro milagre, coloquei nosso bebê em seus braços com o mais carinhoso cuidado.

"Ei, minha doce menina. Você com certeza fez uma entrada ruidosa. Um pouco dramático, não acha?"

Tirando o cabelo loiro claro dos olhos, Kaelyn cobriu o rosto de beijos.

A intimidade da visão diante de mim fez mais algumas lágrimas caírem.

"Ela é tão linda, Lucas. Ela está realmente aqui."

Afastei o cabelo de Kaelyn de seus olhos e pressionei suavemente sua cabeça no meu peito enquanto observamos nossa garotinha segurar cada um de nossos dedos com curiosidade.

"Milagre?" Minha garota sussurrou, a pergunta em sua voz.

"Eu sou um bastardo. Eu sei. Nunca mereci a luz que você irradiou em meu coração sombrio e frio, mas agradeço a Deus por cada raio que mantenho ao meu alcance. Você curou cada canto escuro e cínico deste coração e fez muito mais."

"Lucas." Sua voz quebrou em um gemido de dor que ela ouviu na minha voz áspera.

"Ela é nosso milagre, querida."

Roçando minha boca delicadamente sobre a dela, eu esmaguei seus lábios em um beijo e provei suas lágrimas contra nossos lábios.

"Lily Miracle Jones."

Kaelyn declarou e nós dois levantamos uma de suas mãos e beijamos a promessa em sua pele.

"Deus, eu te amo pra caralho," sussurrei sobre seu beijo cheio de desejo, lambendo profundamente entre seus lábios. Sussurrando contra mim, ela disse: "Até a lua, baby."

∽

LUCAS

DIAS ATUAIS

Meus olhos ardiam contra o vento quando cheguei a uma placa de pare e um cruzamento. Eu o conhecia bem. Se eu virasse à direita, poderia ir para o estúdio, talvez usar toda a frustração reprimida para fazer algumas músicas, mas duvidava que funcionasse com o meu estado de espírito naquele momento.

Tudo que eu conseguia pensar era naquela linda garota que eu deixei há pouco mais de meia hora e esses pensamentos não permitiriam nada além de ver seu lindo rosto novamente.

Eu precisava vê-la novamente.

Eu estava completamente intoxicado por ela, mais uma vez.

O volante da minha Harley fez uma curva fechada para a esquerda e a sensação do vento forte espalhando-se pelo meu rosto me acalmou mais uma vez.

Não havia nada que pudesse me acalmar como um passeio pelo país.

Puxando uma mão sobre a parte de trás da minha cabeça, tirei meu gorro e o coloquei aos meus pés, ajoelhando-me sobre a grama não cortada em frente à pequena pedra que marcava a morte de minha mãe. Eu tinha feito o longo voo de volta para Chicago, Illinois, onde cresci. Eu precisava falar com minha mãe, agora mais do que nunca. Meus olhos se ergueram do chão e li as palavras gravadas em sua lápide.

CANDACE PRESCOTT JONES
12 DE SETEMBRO DE 2006
"VOCÊ FOI AMADA"

Soltando minha cabeça em minhas mãos, eu balancei violentamente, como se isso me desse as respostas que eu precisava. Esta era a primeira vez que visitei este lugar e, porra, não estava pronto.

Estar aqui depois de ficar longe por tanto

tempo era algo que eu estava evitando por muito tempo.

O tempo que levei para chegar aqui, a este lugar deveria ter me dado força para dizer o que eu precisava quando viesse aqui. Eu precisava da minha mãe. Eu precisava que ela dissesse o que diabos eu deveria fazer porque estava perdido. Seis malditos anos se passaram e eu sempre pensei que estava fazendo a coisa certa por Kaelyn e Lily. Saí para protegê-las de ter que me ver enfraquecer diante da doença que não só levou minha mãe, mas inevitavelmente teria me levado. Eu não podia deixar elas serem machucadas pelo meu demônio. Nem mesmo por outro dia. Quando as deixei, ainda dormindo pacificamente naquela noite de inverno, prometi a mim mesmo que nunca mais perturbaria suas vidas.

Eu iria. E eu ficaria longe. Era o melhor.

Foi o que pensei. Mas quando olhei para cima por entre as árvores e para o céu azul claro acima de mim, não acreditei mais naquele voto.

Minha partida não foi uma graça salvadora ou um ato altruísta. Tinha sido covarde.

Eu estava com medo. Meus ombros começaram a tremer com a tempestade que cresceu dentro de mim.

Raiva. Arrependimento. Dor.

Eu senti tudo agora. Eu não conseguia mais me esconder disso.

Eu as havia abandonado.

Minha linda garota, minha filha milagrosa e a linda garotinha que eu conheci hoje.

Avery Jane Jones.

A filha que eu nunca soube que tinha.

"Mamãe, eu preciso de você."

As palavras pairaram no ar como uma névoa densa, uma que eu queria tanto afastar na presença da força nunca vacilante de minha mãe.

Eu queria que ela me dissesse o que fazer. Correr de volta para a mulher que amava?

Ou era melhor ser apenas o melhor pai que poderia ser e deixar o passado esquecido?

Porque a última coisa que eu queria fazer era machucá-la novamente.

Eu faria qualquer coisa menos isso.

O vento quente soprou sobre meus olhos fechados e a grama aos meus pés estava molhada contra meus dedos.

Não me incomodou até então que estava chovendo, realmente chovendo.

A garoa quente atingiu meu pescoço nu, caiu sobre a jaqueta de couro espalhada sobre meus ombros, encharcando meu jeans enquanto eu me ajoelhava no meio da tempestade que se formava.

Pisquei, então movi minhas palmas sobre a pedra lisa que colocamos para ela.

"Sinto tanto a sua falta, mamãe."

Minha voz ficou presa entre as respirações e parei, tentando formar uma pergunta no meio da tempestade, semelhante à que estava ao meu redor, embora esta estivesse dentro das paredes do meu coração.

"O que eu faço?"

Levantei e comecei a andar, a incerteza rastejando em meus pensamentos, o ódio por mim mesmo e pela decisão mais estúpida que provavelmente já tomei.

O dia em que as deixei.

"Eu errei, mamãe. Eu pensei que estava protegendo elas. É o que jurei fazer. Protegê-las de qualquer coisa que ameaçasse causar-lhes dano."

O som áspero da voz do meu pai berrou atrás de mim, momentaneamente me tirando dos meus pensamentos depreciativos.

"Bem, você errou, filho."

"Uh, ei, pai. Quanto tempo..."

Entrando na clareira, ele olhou para mim com decepção em seu olhar.

"Tempo o suficiente. Você sabe o que aquela mulher passou?"

Estreitando meus olhos para ele, me virei para encará-lo.

Outro tipo de raiva atingiu minhas veias ao pensar que meu pai sabia de algo que eu não sabia.

"Ela teve que criar aquela pequena garota sozinha nos últimos seis anos, Luke. Acredite em mim quando digo a você, não foi fácil para ela."

"Eu sei. Eu estava tentando protegê-las do que teria acontecido se eu tivesse ficado... Mas não sei mais se isso é verdade. Ela está diferente, pai."

Seus passos pesados soaram entre nós quando ele se aproximou e se curvou ao meu lado, colocou mais um buquê de rosas amarelas em cima do túmulo de minha mãe, então sentou a 30 centímetros de distância e olhou para mim com seus olhos sempre astutos.

Ele me conhecia, até os ossos. Ele sabia por que eu fiz o que fiz.

Mas isso não significa que ele gostou.

Não se passou um dia desde que eu fui embora sem que meu pai tivesse ficado quieto.

Ele sabia o quanto nos amávamos.

Às vezes, eu desejava não ter sido tão

teimoso. Então talvez eu abrisse meus olhos e realmente o ouvisse quando ele me disse que eu cometi um erro.

Um erro horrível.

Eu joguei fora a mulher mais forte deste mundo e junto com ela, nossas duas lindas filhas tinham perdido seu pai também.

Se isso não era pecado, eu não sabia o que era.

"Eu mantive contato com elas, mesmo quando você se recusou. Essa teimosia que você tem? Você herdou isso dela," ele disse enquanto inclinava a cabeça em direção ao túmulo da minha mãe. Eu concordei. Não era a primeira vez que alguém me disse isso.

"Filho, eu sei que você a amava. Ela era tudo para você. Qualquer um poderia ver isso. Mas você a machucou. Possivelmente além do reparo."

Meus olhos se arregalaram com sua última palavra, a dor aguda da possibilidade de realmente perder Kaelyn momentaneamente me cegando.

"Não diga isso, pai. Eu estava fazendo o que achei certo!"

Colocando a mão sobre meu ombro de forma bastante dura, a raiva encheu seu olhar.

"Você as deixou, porra! Você acha que por

um segundo aquela mulher vai te perdoar cegamente por deixá-las desamparadas? Não. Ela vai deixar você de fora. Então, se você acha que pode reconquistá-la com um sorriso de menino mau que você tem, você entendeu tudo errado, filho."

Ouvir a raiva e a preocupação em sua voz endurecida acalmou as palavras rápidas na minha língua.

Ele estava certo.

Não havia me ocorrido que poderia perdê-las até aquele momento.

Meu pai estava certo. Cada palavra que ele disse foi exatamente o que eu precisava ouvir, porque quando minha mão encontrou o metal da pedra de nascimento que usei contra meu coração, eu sabia o que tinha que fazer.

Eu poderia mentir para mim mesmo por mais seis anos se quisesse. Eu poderia dizer a mim mesmo que ela me perdoaria algum dia. Ela pode até permitir que eu veja as meninas nos fins de semana ou feriados.

Eu não queria isso.

Eu não queria as ligações noturnas da minha filha adolescente perguntando por que eu nunca estou por perto.

Eu não queria o olhar triste que Kaelyn me deu no saguão da casa dos meus pais.

Aquela que me disse o quão magoada ela ainda estava pela minha traição.

Eu queria a luz.

O bom.

Eu queria passar para sempre merecendo seu amor e seu perdão e seu calor.

Eu simplesmente não tinha ideia de como encontrar meu caminho de volta para tudo isso.

Mas o que eu sabia era que lutaria por elas.

Não importa o que esteja por vir, eu lutaria por elas.

"O que eu faço, pai? E se eu já as perdi?"

O arrependimento percorreu minhas veias mais uma vez, mas quando meu pai pegou minha mão e a apertou com força, tive uma estranha sensação de alívio.

Foi a primeira vez em muito tempo que vi uma luz no fim do túnel em que me encontrei.

"Você luta, filho. Faça isso e todo o resto virá."

CAPÍTULO 22

LUCAS

A porta de vidro do Wrecking Ball Studios bateu nas minhas costas quando entrei, minha cabeça, uma bagunça. Parecia que cada vez que eu me via dentro dessas paredes, era porque eu simplesmente não conseguia funcionar sem ter uma música para me acalmar. Recebi um telefonema esta manhã sobre uma entrevista para o cargo de assistente de escritório no estúdio. O estúdio de gravação que meu pai comprou para levantar meu ânimo havia se transformado desde a última vez em que pisei dentro dessas paredes. Nas últimas semanas, todos os meus três irmãos ajudaram a arrumar o lugar; substituir as velhas portas de metal por belas portas de vidro; colocar móveis no saguão e algumas mesas de escritório para acomodar a equipe que eventualmente usaríamos para ajudar o lugar a se esforçar. Ficou decidido entre nós quatro quem administraria o estúdio, quem o patrocinaria e quem assumiria o cargo de administração do escritório.

Colby foi para o lado da papelada do negócio enquanto Asher e eu decidíamos que juntaríamos nossas economias para investir. Tudo o que restou foram as operações do dia a dia. Ben e Natalie concordaram em dirigir e gerenciar o estúdio, dividindo o tempo entre seus turnos na oficina e as aulas que ela dava durante o dia.

Enquanto eu olhava para as salas, não pude evitar meu choque com a quantidade de trabalho que todos nós colocamos.

Era um negócio agora. Enquanto a área de recepção foi pintada de verde claro para receber os clientes, completa com uma pequena banca de café, áreas de espera e estações de recarga, nossos escritórios eram muito mais claros em cores e ambientes. Colby, a decoradora entre nós, insistiu que os escritórios que abrigariam nossos futuros clientes deveriam ser aconchegantes e convidativos. Eu realmente não tinha gostado de onde ela queria chegar até que vi com meus próprios olhos. Era perfeito. Meus irmãos já haviam começado a procurar recepcionistas, produtores e clientes experientes na música.

Tudo o que fiz foi fornecer a música em nosso nome.

No entanto, até agora, eu não tinha sido capaz de obter muitas faixas.

Achei que era o que acontecia quando uma parte crescente do seu cérebro estava ocupado por um tumor.

Abrindo a porta de vidro, peguei a bolsa de couro marrom que continha minha guitarra elétrica, a que eu quase nunca usava. No entanto, hoje eu precisava do zumbido do microfone e do som rítmico desta guitarra para alimentar as palavras que fluem por mim. Precisando ser libertadas.

Minha bunda bateu no banquinho em que sempre toquei, minha cadeira solitária, a única peça de mobiliário aqui além do microfone e os dois alto-falantes.

Minha Taylor deslizou para fora de seu estojo com facilidade, o exterior preto liso encontrando minhas mãos calejadas enquanto eu o manuseava e o colocava bem embaixo de um braço, engatado no meu joelho quando minhas mãos se encaixaram por meio do instinto. Comecei a tocar quando tinha nove anos. Desde então, para mim tocar guitarra era tão fácil quanto respirar. Às vezes, uma melodia em particular me bagunçava, mas sempre brinquei com ela até que parecesse perfeita.

Eu ouvi a porta da sala de exibição abrir e fechar quando meu agente e mentor lírico, Aiden, entrou. Quando meu olhar se levantou das cordas, eu balancei a cabeça para ele, vendo o sorriso que ele me deu.

Aposto que Ben o deixou entrar depois dos eventos do último mês ou algo assim. Ele sempre insistiu que Kaelyn era minha musa. E quando perdi meu ímpeto de escrever após nosso término, ele soube por quê. Mesmo se ele não tivesse dito na época, Aiden sabia o motivo. A única razão tinha sido ela.

Sempre seria.

Trabalhamos juntos desde que me formei em Columbia. Na época, eu tinha um mestrado em Gestão de Negócios com a esperança de abrir minha própria gravadora. Eu tive um sonho de encontrar as joias escondidas, os compositores desconhecidos e os músicos independentes e ajudá-los a lutarem. Afinal, se Aiden não tivesse me encontrado no meio da pequena multidão em um bar local há quase dez anos, eu não teria tido o sucesso que tive. Adorava escrever música. Eu adorava me apresentar também, mas o aspecto de criar uma música e moldá-la sem nenhuma interferência externa era algo que eu queria mais do que tudo. Mesmo na faculdade, eu sabia que fazer sucesso não era algo que eu queria. Eu só queria alcançar as pessoas com minha música. Trabalhar com Aiden e a gravadora fez isso por mim.

"Merda, você parece agitado, Aiden. Como você está?"

Saí do meu lugar e coloquei um braço em volta das costas do outro homem, então me movi para ver seu rosto. Ele cresceu consideravelmente desde a última vez que nos vimos, em Chicago no ano passado.

"Sim, estou bem, no entanto. Estou namorando de novo, então é isso."

Soltei uma risada estrondosa com suas palavras, surpreso para dizer o mínimo. Aiden não namorava há anos, desde o falecimento de sua falecida esposa, Emily. Encontros casuais, uma noite, foi o que esse homem fazia. Um namoro?

Outra risada cínica me deixou com o pensamento disso.

"Você tem bebido demais, cara? Você não está fazendo nenhum sentido."

Ele riu, um som áspero que ricocheteou nas paredes ao nosso redor, a câmara de som ecoando o som repetidamente.

"É sério, Luke. Eu gosto dela."

Eu recuei, olhando para ele, esperando que ele risse.

Talvez eu tenha perdido o contato com um dos meus amigos mais próximos, mas gostaria de pensar que saberia se ele tivesse se tornado o tipo de ter um compromisso sério. Acho que não sabia. O vislumbre de certeza em Aiden me disse que ele estava, de fato, sério. Colocando a mão em seu braço, eu balancei a cabeça.

Isso é tudo o que ele precisava porque ele sorriu largamente.

"Eu vou conhecê-la, certo?" Eu perguntei, sentando e continuando a tocar suavemente minha guitarra.

Coçando a nuca, ele se encostou na porta fechada e encolheu os ombros.

Droga, ele realmente gostava dessa garota. Ele estava nervoso com isso.

"Sim, quero dizer, nós só estamos nos vendo há uma semana. Ela só disse a sua melhor amiga hoje. Eu queria te perguntar uma coisa, no entanto. Você tem um minuto?"

Eu balancei a cabeça, coloquei minha guitarra contra a parede oposta.

"Vamos para o meu escritório. Vou pegar uma bebida pra você, cara."

Assentindo, ele me seguiu para fora da sala, para a área de recepção e pelo corredor em direção ao meu escritório.

Ele ainda estava coçando a nuca, algo que eu sabia ser um hábito nervoso dele.

Por que ele estaria nervoso, eu não tinha ideia.

"O que está acontecendo com você?"

Exalando, ele olhou direto nos meus olhos, sobrancelhas franzidas.

"Eu odeio fazer isso, mas preciso te pedir um favor.

Meghan..."

Que diabos?

"O nome dela é Meghan?"

"Uh, sim. Ela está em apuros e precisa de um emprego de meio período o mais rápido possível. Apenas o suficiente para pagar algumas das dívidas da faculdade. Eu me ofereci para ajudar, mas isso me levou um tapa na cara. Você acha que poderia ajudá- la? Como um favor para mim, Luke. Eu realmente apreciaria isso."

Talvez eu pudesse ter ignorado o fato de que a garota que é a melhor amiga da minha esposa tem o mesmo nome da mulher que Aiden está namorando. Mas depois de ouvir que essa garota é tão independente e teimosa quanto aquela que enfeitou este escritório, eu seria estúpido se pensasse que era uma coincidência.

"Merda, cara. Eu sei de quem você está falando."

Erguendo a cabeça, seus olhos se arregalaram com a minha resposta.

"O quê?"

"Meghan. Acabei de contratá-la."

Sentado em sua cadeira, Aiden me olhou como se eu tivesse duas cabeças. É uma coincidência e tanto.

"Minha Meghan?"

Assentindo, eu digo: "Acho que sim. Eu não tinha ideia sobre o problema dela com dívidas. Claro que vou ajudá-la. Eu provavelmente poderia aumentar seu salário um pouco, e os benefícios que estamos oferecendo também ajudarão."

Eu tinha certeza de que ele não estava

ouvindo nada do que eu estava dizendo pela expressão em seu rosto.

"Isso é loucura, cara. Mas obrigado. Por considerar. Ela é incrível. Eu sei que ela vai ser um trunfo aqui."

De pé, apertamos as mãos.

"Sim, eu aposto."

Mesmo concordando, tive uma sensação de aperto no estômago que me disse que isso não poderia ser bom.

Se Aiden e Meghan não dessem certo, eu estaria sem uma recepcionista.

Se Kaelyn decidisse que não queria nada comigo, ela não seria a única mulher mal-humorada com quem eu teria que lidar.

Enquanto o levava para fora, disse a mim mesmo que estaria tudo bem. Aiden era um bom homem. Meghan seria perfeita para nosso time e quando se tratava da minha garota, tudo que eu podia fazer era esperar que ela encontrasse uma maneira de me perdoar da mesma forma que eu esperava fervorosamente que um dia aprenderia a me perdoar.

Não há sentido em se preocupar com isso agora. Havia apenas duas coisas que teriam prioridade para mim.

Ficar bem e encontrar um caminho de volta para minha garota.

O toque suave do instrumento acalmou minhas preocupações no dia anterior para o fundo da minha mente, permitindo uma onda de calma tomar conta de mim. A melodia dolorosamente familiar tocando em meus dedos fez meu sangue esquentar com o desejo de matar a sede que me afetava por tanto tempo. Era nossa música. *Kaelyn e eu.* Durante as mamadas matinais e as raras noites de encontros que pudemos encontrar em nossas vidas ocupadas depois que Lily nasceu. Era nossa música na noite em que descobri meu diagnóstico e a escuridão começou a se espalhar por mim, o futuro tão escuro que eu não conseguia imaginar estar sob a luz de Kaelyn.

Quando comecei a cantar, a memória de seu lindo sorriso passou pelos meus olhos.

Ainda era nossa música.

"Que dia é hoje? E que mês?

Este relógio nunca pareceu tão vivo

Eu não posso acompanhar e não posso recuar Tenho perdido muito tempo.

Porque é você e eu e todas as pessoas

Sem nada para fazer, nada a perder E é você e eu e todas as pessoas

E eu não sei porque eu não consigo tirar meus olhos de você."

Fiz uma pausa, o zumbido atrás dos meus olhos se transformando em uma dor, que tornou difícil para mim evitar que minha cabeça caísse.

"Merda," eu murmurei, uma mão subindo para tentar aliviar um pouco da minha dor de cabeça. Não estava funcionando, porra. Ainda assim, eu continuei.

Como vou voltar a escrever se não consigo manter uma melodia simples?

"Todas as coisas que eu quero dizer

Só não está dando certo

Estou tropeçando nas palavras, você deixou minha cabeça girando

Não sei para onde ir a partir daqui."

As palavras fluíram da minha boca, meus dedos alternando entre cada acorde e minha respiração saindo áspera em minha concentração. Cada vez que tentava pensar na próxima linha, conseguia me lembrar, mas era como se as palavras estivessem se distanciando de mim, tornando-se apenas um borrão à medida que eu tentava alcançá-las com mais força.

"Porque somos você e eu e todas as pessoas..."

Eu não conseguia me lembrar agora, não importa o quanto eu tentasse. Meu sangue estava esquentando não com desejo, mas com raiva.

Eu deveria ser capaz de fazer isso. Era uma música. Uma música que eu sabia de cor há anos.

Inclinando minha cabeça para trás e rolando meu pescoço suavemente, disse a mim mesmo para respirar.

Estou bem.

Não importava que o Dr. Rhodes já tivesse me dito que algumas das coisas simples que eu fazia diariamente podem ser difíceis. A colocação do tumor pode afetar a função cognitiva. Memória. Mesmo saber a causa disso não tornava as coisas mais fáceis. Sempre confiei na música quando estava perdido em minha vida, sentindo como se o mundo inteiro estivesse contra mim ao mesmo tempo. Mas música?

Sempre esteve lá. Como uma brisa suave no ar de verão, isso me acalmava instantaneamente e permitia que os problemas que pareciam tão grandes em minha vida se tornassem suportáveis. Pelo menos por um tempo.

Não podia mais ter isso.

Eu não odiei muito na minha vida. Minha mãe sempre me disse que não adiantava alimentar essa energia negativa. *Perdoe.* Ela me falaria.

Mas eu odiava o câncer. Odiava a doença que havia levado minha mãe.

Esposa do meu pai.

A melhor amiga da minha irmã.

Minha mãe era a cola da nossa família e sem ela não éramos os mesmos. Eu não pensei que nunca seríamos. Acima de tudo, eu odiava o câncer por tirar a única coisa especial que eu tinha que lembrar dela.

Minha música.

A frustração gritou através de mim, minha raiva tão forte que não consegui mais mantê-la dentro de mim.

Andei pela sala, com as mãos agarrando a cabeça, um forte desejo de arrancar a porcaria que sempre tive sobre minha cabeça, puxando-me para baixo. Era uma coisa que eu queria manter para mim mesmo. Porque no momento em que o mundo ao meu redor visse minha careca, sentiriam pena.

Oh, pobre Lucas. Ele costumava ser um homem tão forte. Oh, ele deveria usar uma peruca ou algo assim. Pobre rapaz.

Quando meu punho atingiu a parede, uma

dor penetrante me atingiu, mas não me impediu. Meus dedos encontraram o concreto dentro do exterior bem pintado e toda a respiração me deixou. A explosão de energia que tinha se apoderado de mim diminuiu e eu abaixei minha cabeça em derrota.

Eu estava perdido. Quebrado. Nervoso.

Eu não queria me virar quando ouvi a porta atrás de mim se abrir.

Um par de olhos cor de mel arregalados me perfuraram, preocupação gravada nas manchas de ouro e verde dentro deles e eu congelei.

Ela estava aqui.

"Oh, Lucas," ela disse, as palavras saindo de uma boca pintada de vermelho, seus lindos lábios se estreitando enquanto ela se aproximava de mim.

Não me movi enquanto Kaelyn envolveu seus dedos finos em volta do meu bíceps e puxou meu braço pelo buraco que deixei na parede. Seus olhos amáveis eram tudo que eu podia focar enquanto ela segurava meu punho ferido e o sondava com os dedos.

"Isso dói?" Ela piscou para mim, nossas mãos ainda moldadas juntas, sua boca estava a apenas alguns centímetros da minha. Eu estava atraído por ela. Puxando uma mão gentil para baixo ao lado de seu rosto angelical, eu balancei minha cabeça.

"Não tanto quanto isso."

Mudei nossas mãos para o meu coração e as mantive lá, mesmo quando ela tentou puxar as dela, para ganhar alguma distância de mim. Eu precisava que ela soubesse o quanto ela ainda me afetava.

O seu hálito se espalhou pelo meu rosto, e eu respirei o cheiro de hortelã-pimenta.

Jesus, senti falta desse cheiro.

Baixando os olhos para nossas mãos unidas, Kaelyn acenou com a cabeça e como se pela atração carnal entre nós, sua cabeça bateu na minha camisa com um leve baque enquanto pressionava sua bochecha contra meu peito. Meu coração se torceu quando seu calor se infiltrou em mim, e eu não perdi tempo envolvendo meus braços em torno de seu pequeno corpo, aninhando sua cabeça sob meu queixo enquanto eu a segurava ferozmente.

Sua respiração estava quieta contra mim quando ela começou a cantar. Sua doce voz atingiu meus ouvidos com a força de um trem, fazendo minha respiração parar completamente. Ela estava cantando *nossa* música.

Minha respiração parou e, segurando seu

queixo, levantei sua cabeça e forcei seus olhos a perfurarem os meus novamente. Eu poderia me perder nesses olhos, para sempre.

Senti falta desses olhos.

"Você lembrou."

Assentindo, ela me deu um sorriso tímido, seus olhos sem a tristeza que tinha da última vez que conversamos. Agradeci a Deus por isso. Eu precisaria de todas as forças que tinha se quisesse reconquistá-la. Seu sorriso me deu um pouco mais.

"Acho que você deixou o microfone ligado. Podemos ouvir você."

Meus olhos se ergueram dos dela para espiar pela porta de vidro atrás dela. Asher se levantou, vestido com uma calça jeans clara e um sorriso de um quilômetro de largura em seu rosto.

Sim, eu devia uma a ele.

"Você me ouviu?"

Afastando-se um pouco de mim, ela puxou minha mão esquerda para as palmas das mãos, toques leves através das articulações machucadas que eu tinha me feito.

"Pelo menos isso não mudou. Sua música ainda toca as pessoas, Lucas."

Olhando para mim, ela pegou meu rosto em suas mãos e puxou até minha testa cair na dela.

"Isso me tocou."

O tempo pareceu parar naquele momento, a corrente de necessidade e atração tão potente entre nós que você poderia cortá- la ao meio. Seu hálito de hortelã me acalmou. O toque de suas mãos sobre meu coração causou uma onda de esperança dentro de mim. E a proximidade de seu corpo sexy pra caralho fez meu pau doer com o desejo de despi-la bem no estúdio, para toda a minha família ver.

Fazia tanto tempo e eu sentia falta dela a cada momento. Não importava que eu tivesse causado essa distância entre nós. Eu seria o único a encontrar um caminho para ela, mais uma vez. O inferno congelaria antes que eu colocasse isso em risco por causa do meu desejo de tê-la novamente.

Eu a teria novamente, algum dia.

Naquele momento, tudo o que importava era que estávamos juntos.

Tínhamos montanhas à nossa frente antes que eu pudesse realmente chamá-la de minha novamente.

Era só o começo.

CAPÍTULO 23

KAELYN

Ao som da porta se abrindo atrás de nós, eu recuei, minhas mãos pressionando contra os músculos rígidos do peito coberto de algodão de Lucas até que ele me soltou. Seu olhar caiu na minha boca quando pedi a seu irmão que me desse um tour pelo resto do edifício e meu núcleo reagiu com desejo. Eu dei um passo em direção a ele novamente, sem me preocupar em notar a presença de seu irmão atrás de mim, esperando.

"As meninas queriam ver você de novo. Você quer ir amanhã?"

Eu não podia acreditar que estava oferecendo isso, mas minhas meninas eram tudo o que importava para mim. E eu queria vê-lo novamente. Eu precisava de um encerramento. Se não por minhas filhas, então por razões puramente egoístas.

Um milhão de perguntas saltaram pelas paredes da minha mente e tudo que eu precisava era a resposta para uma.

Apenas uma.

Por quê?

Com um leve movimento da boca, ele acenou com a cabeça. O brilho de travessura em seus olhos me disse que ele queria me ver mais também. Afastando-me dele, corri para a porta, sem me preocupar em olhar para ele. Eu sabia que ele estava me observando partir. Eu sabia que aqueles olhos cor de oliva esfumaçados estavam me observando, como sempre fizeram.

O homem iria me arruinar se eu continuasse deixando ele me afetar dessa forma. O problema era que eu não tinha ideia de como me proteger desse homem. Ele era tudo para mim, mesmo durante os anos de dor e raiva. Os anos de perguntas e dúvidas e autocensura. Mesmo com o nascimento da criança que ele nunca conheceu ou nosso divórcio, que destruiu qualquer esperança que eu tivesse por nós.

Ainda pensava nele toda vez que fechava os olhos.

Lucas Jones.

Como eu deveria deixá-lo ir agora que ele voltou para minha vida?

"Kaelyn?"

Minha cabeça virou um pouco rápido demais em direção à voz familiar do irmão mais novo de Lucas, Asher.

"Uh, desculpe, o que você disse?"

Com um sorriso, ele balançou a cabeça e moveu-se em direção à parede das salas de gravação que se alinhavam na parede posterior da área de recepção. Para onde quer que eu olhasse, havia vidro. Era de tirar o fôlego.

"Eu amo as portas de vidro, há muita luz aqui."

Sorrindo, Asher acenou com a cabeça.

"Colby projetou tudo. Ela é tão boa nisso. Eu não tinha ideia até que entrei e vi."

Recuando, olhei para onde a mais jovem do clã Jones estava sentada admirando a tela de seu laptop na mesa no centro do espaço aberto.

Ela projetou tudo isso, em apenas algumas semanas. Ela era incrível.

"Você precisa tirá-la deste escritório abafado, Ash. Ela deveria estar na escola de design, ou talvez até mesmo começando seu próprio negócio. Isso é incrível!"

Ele sorriu com ternura quando ela levantou a cabeça, o afeto entre eles tão claro.

Eu sentia falta disso, especialmente depois de me mudar para tão longe da minha família.

Eu amava o Texas, mas sentia muitas saudades de Chicago.

Meus pais. Aria. Farah e Jaden. Todos os nossos amigos.

"Você sente falta, não é?"

Me afastando dos meus pensamentos, me movi pelo corredor enquanto nos aventurávamos mais no grande escritório que Asher compartilhava com seu pai. Ele havia investido muito neste lugar.

"Hmm?"

"Chicago. Você não sente falta?"

Acenando com a cabeça, sentei na poltrona que foi colocada no centro da sala, acompanhada por uma pequena cadeira e mesa de canto. Provavelmente era para os clientes se sentarem e relaxarem enquanto esperavam.

"Foi a cidade onde cresci. Eu queria que Lily e Avery crescessem lá, com meus pais morando na mesma rua e nossos amigos e familiares ao nosso redor. "

Ele me entregou uma coca-cola da geladeira e eu peguei com um leve sorriso.

"Mas você saiu, certo?"

"Eu precisei. Bem, eu não *precisava,* mas acho que necessitava. Para onde quer que eu olhasse, vi as memórias que Lucas e eu compartilhamos. Havia tantos lembretes, eu simplesmente não conseguia lidar com isso. Eu não poderia morar em uma casa que compramos juntos na esperança de ficar lá para sempre e criar nossos filhos. Tínhamos tantos sonhos, Ash."

Pegando minha mão, ele balança a cabeça. Ele sabe em primeira mão o que aconteceu entre seu irmão e eu anos atrás. Ele pode ser o único que poderia realmente entender.

"Eu sei o quanto meu irmão te amava. Quando ele saiu, ele estava uma bagunça. Não tenho certeza se isso ajuda. Ele não sabia o que fazer. Acho que ele estava um pouco perdido."

Assentindo, eu afastei o comentário áspero na ponta da minha língua sobre como ele me deixou, desamparada com uma filha que precisava dele. Eu precisava dele. Nossa filhinha precisava dele, mas ele não ficou por tempo suficiente para saber sobre ela.

Ele simplesmente se foi.

"Vamos, deixe-me mostrar a vista."

Asher deu um tapinha na minha perna enquanto se movia e eu o segui até a ampla janela ao lado de sua mesa e cadeira. Espalhando as cortinas de mogno, a luz do sol instantaneamente se espalhou pela sala. Até onde a vista alcançava, havia água. Era tão bonito. Assentindo, eu olhei para ele.

"Quase vale a pena lidar com seu irmão idiota, Ash.

Obrigada."

Rindo com vontade, ele me deu um daqueles seus sorrisos largos.

"Qual deles?"

Balançando minha cabeça para ele, eu não escondi meu sorriso.

Ele sempre teve uma maneira de levantar meu ânimo. Ele era engraçado e gentil. Apenas algumas das características que ele obteve de sua mãe, a mulher adorável que ela tinha sido. A porta de seu escritório se abriu e Lucas entrou, o ar ao meu redor engrossando instantaneamente. Meus olhos se moveram para cima em seu grande corpo, pousando na tinta preta que eu podia ver através de sua camisa branca de algodão. Minha boca se abriu em resposta.

"Oh, eu tenho que ir, Meghan está esperando por mim.

Obrigada, Ash."

Eu o abracei, dando-lhe um sorriso e me abaixei debaixo do braço de Lucas quando passei pela porta.

Quanto mais rápido eu me afastasse dele, melhor.

No momento em que saí da Wrecking Ball Records, a rajada de ar fresco e quente que correu sobre mim ajudou a acalmar o feixe de nervos que se formou na boca do estômago. Eu olhei para o céu do Texas para ver que o sol já estava se pondo. *Merda. Realmente não quero voltar para casa no escuro.* Meghan me mandou uma mensagem dizendo que o carro dela estava na loja e eu assegurei a ela que eu poderia andar um quilômetro e meio do estúdio de gravação para casa. Mas enquanto observava o sol se pondo no céu, fiquei hesitante.

"Kaelyn, o que diabos você está fazendo?"

A voz rouca de preocupação gravada pertencia a Lucas quando ele se aproximou de mim por trás, sua presença aumentando meus nervos de uma vez. Eu me virei e meus olhos instantaneamente perceberam o corpo do homem que estava na minha frente. Ele cresceu do jovem que ele uma vez foi e agora ele era todo homem, todo músculos e tônus. *Pare de cobiçá-lo, pelo amor de Deus!*

Eu me repreendi, mas como por vontade própria, meus olhos continuaram sua admiração.

"Eu...uh, estou indo para casa."

Balançando a cabeça quase com raiva, ele invadiu meu espaço e pegou minha mão na sua.

"Onde está seu carro, Kaelyn?"

Tirando meus olhos dos dele, tentei tirar minha mão de seu alcance. Mas ele não se mexeu, seu aperto em mim era firme e seguro. Eu pisquei, meu olhar preso ao dele enquanto ele se movia para frente e passava seu dedo sobre minha bochecha, movendo uma mecha perdida do meu cabelo atrás da minha orelha.

"Eu não gosto de dirigir sozinha," eu suspirei. Seus olhos se estreitaram, então suavizaram, pois ele deve ter se lembrado do porquê.

Meu irmão, Jeremy foi meu melhor amigo enquanto crescia. Ele tinha sido o tipo forte e silencioso, um protetor no coração. Quando eu estava na faculdade, ele e Aria sofreram um acidente de carro. Ele morreu instantaneamente.

Meu peito perfurou com uma dor antiga e

familiar com a memória. Pisquei para afastar a tristeza e o aperto da mão de Lucas apagou a memória.

"Posso te acompanhar até em casa?"

Assentindo, eu olhei em seus grandes olhos verde-oliva.

Deus, seus olhos eram tão bonitos. Lembro que eles foram a primeira coisa que notei quando nos conhecemos.

Uma sensação de calma caiu sobre nós enquanto caminhávamos lado a lado, nossas mãos dolorosamente próximas enquanto caíam entre nós. De vez em quando, arrisquei olhar para ele na esperança de que ele não notasse. Toda vez que ele me via, me lançava aquele sorriso tímido dele, que enfraquecia minhas defesas, só um pouco.

"Aqui estamos," eu suspirei enquanto virávamos para a minha garagem e uma grande mão calejada capturou a minha e me parou.

Aí está. Essa faísca de atração. O zumbido de necessidade. A luz da esperança. Ainda está aqui.

"Você sempre anda?" Ele perguntou, erguendo as sobrancelhas como se esperasse que eu mentisse. Eu gostaria, porque eu sabia que se ele continuasse sendo protetor como era, ele insistiria em me acompanhar sempre que eu precisasse ir a algum lugar. Eu tinha Meghan. Ela geralmente dirigia, então eu não tinha realmente necessidade de dirigir por um longo tempo. Com toda a honestidade, eu não podia pagar um táxi e não era realmente tão longe. Apenas alguns quilômetros. Na verdade, gostava da caminhada e do tempo para pensar, sem filhas para cuidar ou jantar para fazer ou um saguão cheio de clientes para agradar. Quando me aventurava no trabalho nos fins de semana, tinha um pouquinho de tempo para ser apenas eu. A mulher.

"Nos fins de semana, sim."

Os ombros de Lucas ficaram tensos, um sinal claro de que ele não gostava disso.

"Estou bem, Lucas. Você não precisa se preocupar..."

"Deixe-me acompanhá-la." Pressionando a mão na parte inferior das minhas costas, seu toque causou um arrepio em meu corpo, a atração entre nós fervilhando dentro do meu núcleo.

No momento em que minha porta é aberta, sua boca pressionada no topo da minha cabeça, o contato áspero contra minha pele lisa.

"Domingo?" Ele murmurou.

Fiquei em branco e então me lembrei da visita que ele pediu às meninas neste domingo.

Os pais dele estavam fazendo um churrasco em família e eu prometi a eles que Lily poderia ir.

Eles sentiram muito a falta dela.

Assentindo, me afastei dele e sorri timidamente.

"Domingo," eu sussurrei.

CAPÍTULO 24

KAELYN

A porta pressionada nas minhas costas enquanto eu me inclinava contra ela, meu coração ainda estupidamente acelerado com o toque de Lucas. No momento em que ele me tocou, toda raiva ou palavras rancorosas que eu poderia ter dito a ele se desintegraram. Tudo que eu sabia era o quanto eu sentia *falta* dele. Eu *ansiava* por ele. Achei que depois de todo esse tempo, ele não teria nenhum efeito sobre mim. Deus, eu estava errada.

"Então? Você vai apenas ficar aí ou se juntar a nós?"

A voz da minha irmã gotejava de curiosidade enquanto ela falava e eu tinha certeza que corei. Eu tinha quatorze anos? Não era como se eu nunca tivesse sido tocada por um homem. Mas Lucas Jones não era apenas um homem.

Ele era bruto nas bordas com o toque mais suave.

Ele era tão bonito com olhos que pareciam me seguir mesmo quando eu me escondia deles.

Ele era tudo que eu sempre quis e eu estava com tanto medo de deixá-lo entrar de novo que tremi com isso.

"Desculpe, eu estava perdida em pensamentos, eu acho!

Como você está?"

Eu sentei ao lado dela na poltrona e a abracei com força.

Rindo levemente, ela me olhou e eu sabia que ela não iria deixar o que acabou de ver ir tão facilmente.

Ela me pressionava porque me conhecia melhor do que eu mesma, às vezes. Eu seria uma idiota em pensar que ela faria vista grossa ao fato de que eu ainda nutria sentimentos por meu ex- marido.

Afinal, ela era minha irmã.

"Eu estou bem. Lily e eu fizemos o jantar."

Estreitando os olhos, olhei por cima do ombro para ver minha filha quase totalmente coberta de farinha com uma colher grande na mão, pingando com o que parecia ser massa de brownie.

"Oh, baby, deixe-me limpar você!"

Corri até ela e me ajoelhei ao lado dela para puxar sua camisa agora suja sobre a cabeça.

"Eu estou toda suja, mamãe. Eu sinto muito."

Sorrindo para ela, eu balancei minha cabeça, desamarrando seu tênis converse no processo.

"Bobinha. Eu não estou brava. Estou tão feliz que você se divertiu hoje."

Com um sorriso largo, Lily jogou os braços em volta de mim e me abraçou, com farinha e tudo. Eu poderia ter ficado brava com isso, mas não tive coragem de dizer a ela que este era um dos meus vestidos favoritos.

"Eu acho que é hora do banho, docinho. Vá em frente e escolha o seu pijama e eu estarei lá em breve."

Assentindo, ela saiu, deixando-me coberta de pó branco e manchas de massa de brownie.

Virando-me para Meghan e Aria, eu ri.

"Deixe-me colocá-la na cama. Vá se trocar e tome um copo daquele chardonnay que comprei ontem à noite. Você merece isso."

Ergui minha mão para Meghan, eu balancei minha cabeça.

"Não, está tudo bem, ela está..."

Dando-me um olhar que sei que significa negócios, ela passa por mim.

"Ela está exausta, Kaelyn. Deixe-me."

Assentindo, me sentei ao lado da minha irmã e pressionei a parte de trás da minha cabeça contra a almofada.

"O que aconteceu?"

Ela sussurrou, totalmente ciente de que eu estava evitando esse assunto até o último momento possível.

Um suspiro deixou meus lábios e eu pisquei meus olhos, virando minha cabeça para descansar em seu ombro. Eu estava muito cansada, mas precisava contar tudo a ela. Sempre foi assim conosco. Não éramos apenas irmãs, mas melhores amigas. Eu podia me lembrar de muitas noites sem dormir, quando ela conheceu seu agora marido, Gavin Thomas, e todos os detalhes sexy que ela revelou durante nossas conversas tarde da noite e às vezes, de manhã cedo.

Minha irmã foi quem me fez finalmente ver meus verdadeiros sentimentos por Lucas quando começamos a namorar. Eu estava me recuperando da morte de meu irmão quando adolescente, sem saber como arriscar meu coração com aquele tipo de dor novamente, mas minha irmã me fez sentar e me ajudou a ver isso.

Eu amei Lucas Jones.

Desde o início, a primeira vez que ele sorriu para mim, eu fui dele.

Ele era minha fraqueza.

Ele era tudo.

E então, um dia, ele se foi.

"Asher Jones veio à cafeteria quando eu estava saindo e se ofereceu para me levar para um tour pelo estúdio de gravação que seu pai havia comprado. Acho que era algo que eles queriam fazer há muito tempo e um prédio abandonado na Praça de Frankfurt estava à disposição."

Seus olhos se arregalaram, a sombra de um sorriso em sua boca.

"Eu sempre soube que ele se manteria fiel ao sonho que Candace tinha. Ela queria que todos os seus filhos fossem próximos, agora eles serão."

Zombando, fechei meus olhos novamente.

"Eles sempre foram próximos." "Não, na verdade não."

Olhando para ela novamente, pedi que ela

elaborasse. Sempre soube que a família Jones era a mais próxima possível. Como unha e carne. Eles até formaram uma banda em um momento do colégio. Asher, Ben e Lucas estavam sempre juntos, mesmo que acabassem brigando na maior parte do tempo. Mesmo depois que Lucas saiu, seus irmãos sempre permaneceram por perto, me verificando de vez em quando.

"Eles não são próximos assim há anos, Kel. Lucas parou de ir até a família não muito depois do divórcio."

Suas palavras abafadas, embora proferidas com uma suavidade de compreensão, causaram um soco no meu estômago do mesmo jeito. Nunca quis isso, mas quando percebi que Lucas não voltaria, fiz a escolha que era melhor para nós. Eu tive que fazer, por minhas meninas.

"Mas eles estão aqui agora."

"Sim."

Eu chutei meus sapatos e me enrolei no conforto da poltrona, uma questão pesando em mim.

"Por que agora?"

Dando de ombros, minha irmã desviou o olhar enquanto tomava um longo gole da taça de vinho em sua mão.

"Eles são um grupo muito unido. Faz sentido."

"Lucas estava lá. No estúdio. Ele viu que eu estava andando e não gostou. Ele insistiu em me acompanhar até em casa."

Inclinando-se para trás, suas sobrancelhas se ergueram enquanto seus olhos nublavam de curiosidade e admiração.

"Eu acho que ele quer você de volta."

Peguei a garrafa de vinho do lado dela no sofá e tomei direto da garrafa, precisando do sabor doce para obscurecer a possibilidade do meu cérebro já esgotado.

"Impossível, Ari. Ele estava apenas sendo legal."

Sorrindo como se eu estivesse me enganando, ela balançou a cabeça para mim.

"Se você diz, irmã mais velha."

Senti uma presença atrás de mim no momento em que virei na Terceira Rua na praça, meus pés me levando em direção à Joyous Cup para meu turno. Virei a cabeça na direção do som de pés se arrastando, mas não consegui ver nada, a escuridão do amanhecer ainda sombria no ar fresco. Era quase verão, mas o ar do sul aqui ficava bastante frio à noite e nas primeiras horas da manhã, embora eu pudesse chamar de noite, já que o sol estava longe de nascer ainda. Minhas mãos se apertaram nervosamente ao lado do corpo, um nó se formando na boca do estômago e meu pulso acelerou.

Alguém estava me seguindo.

Eu ouvi o rugido fraco de uma moto na rua atrás de mim e, por dentro, me castiguei. Por que eu estava tão nervosa hoje?

Aproximando-me do café, sorri para o post-it que Meghan deve ter deixado para mim na noite passada quando trancou as portas. Ela estava fora do trabalho hoje. Eu sabia que ela precisava de mais dinheiro, pois não estava acostumada a trabalhar meio período na empresa em que trabalhava como assistente. Sempre disse que ela deveria buscar mais, para melhor, mas ela insistiu que conseguir outro emprego era tudo de que precisava. Eu não estava prestes a lutar com ela por isso.

Verifique a geladeira dos fundos, Kel. É...

Veja.

Tenha um bom dia!

Com amor, Meg

Um sorriso estúpido se espalhou pelo meu rosto, apagando a ligeira carranca que o havia marcado na caminhada. Eu sabia que a geladeira não estava com problemas. Ela sempre me deixava um recado sempre que estava tramando algo, como agora, obviamente. Girando a chave para destrancar a porta, abri com o pé e fechei, pressionando o código no teclado do alarme. Depois que foi desarmado, acendi as luzes e me movi em direção à porta dos fundos para destrancá-la para quando minha barista entrasse. Tínhamos contratado algumas garotas novas nas últimas semanas e foi uma boa coisa, pois eu percebi que nosso negócio estava melhorando com a aproximação do verão. Uma batida suave na porta veio e empurrando-a um pouco, eu sorri quando Leah, minha mais nova contratada e uma garota doce, apareceu atrás dela. Ela havia trabalhado em uma padaria antes disso e eu sabia que ela se encaixaria perfeitamente.

"Ei, você chegou cedo! Como você está?"

Sorrindo timidamente, ela balançou a cabeça e me seguiu escada abaixo em direção ao escritório no porão.

"Eu estou bem! Animada para começar."

Assentindo, eu sorri para ela, vendo a energia fluindo dela.

"Eu também, Leah. Vamos fazer isso."

Levantando minhas sobrancelhas, esperei que ela colocasse o avental antes de segui-la escada acima e começar o dia. Era uma manhã de sábado e se o dia corresse conforme planejado, seria um dia agitado.

Minha mente vagou enquanto minhas mãos se ocupavam com a tarefa de preparar café. Preparamos um lote novo no momento em que entramos, apenas no caso de a abertura das portas ter estimulado uma corrida mais cedo. Não acontecia com frequência, pois abríamos às seis e meia da manhã e não havia muitos negócios na praça abertos tão cedo. Senti olhos em mim e virei minha cabeça para ver Leah me olhando com curiosidade enquanto abastecia as geladeiras de leite embaixo da cafeteria.

"Há algo errado, Leah?"

Balançando a cabeça, ela continuou sua tarefa e eu peguei um pano de limpeza úmido para limpar o fundo da cafeteria, onde eu tinha feito uma bagunça no processo de preparo.

"Você tem esse olhar distante. Você pode me dizer se estou me intrometendo, mas você está pensando em um homem? Namorado, talvez?"

Eu queria rir dos tons suaves em sua voz enquanto ela falava. Se ao menos fosse um cara casual que eu estivesse pensado. Mas não poderia estar mais longe da realidade em que me encontrava.

Parecia que desde que entrei na casa de Elsa e Garrett e encontrei Lucas parado ali parecendo todo homem e sexo e tudo que eu poderia querer - eu fui puxada para seu vórtice mais uma vez.

Eu queria lutar contra isso, mas sabia que ele não iria a lugar nenhum. Ele disse isso mais vezes do que eu poderia contar e, de alguma forma, pensei que talvez ele não quisesse dizer essas palavras totalmente para o benefício de nossas filhas. Ele estaria lá para Avery e Lily. Qualquer um podia ver o amor e a verdadeira devoção que ele tinha por nossas meninas apenas pela maneira como as olhava, como se fossem o sol e a lua. Para ele, eu sabia que eram.

Não pude deixar de pensar que ele queria mais, no entanto. Eu o conhecia a maior parte da minha vida e ele não era de desistir de uma luta. Mesmo uma que eu deixei claro que havia acabado há muito tempo.

"Ex. Foi há muito tempo, simplesmente não consigo parar de pensar nele."

Ela foi até a geladeira mais próxima do armário abastecido que eu estava limpando e olhou para mim com os olhos mais gentis.

"Talvez haja uma razão para isso. Parece cafona, mas acredito firmemente que tudo acontece por um motivo. Mesmo que o motivo não seja claro, às vezes você só precisa confiar que o destino fará sua mágica e você ficará bem."

Tive a estranha sensação de que essa garota era uma guardiã. Quer ela se desenvolvesse na cafeteria ou tentasse algo completamente diferente, eu tinha a sensação de que seríamos amigas.

"Obrigada. Acho que precisava de um lembrete disso."

Nos abraçamos com força, algo que

raramente fazia com as garotas com quem trabalhava, mas percebi que estava errada nisso. Cada menina com quem trabalho tem um lugar especial aqui e eu era grata por cada uma delas. "Você vai me deixar toda amassada, garota! Vamos abrir, certo?" Ela sorriu para mim, suas bochechas salientes ficando vermelhas de empolgação para o dia.

Rindo, eu balancei a cabeça, entregando-lhe o pano para limpar brevemente as coisas enquanto me aventurava no saguão e destrancava as fechaduras da porta da frente. No momento em que abriu, um par de olhos verde-oliva encontrou os meus, escurecidos pelo que parecia ser preocupação.

Eu perdi o fôlego enquanto me perdia em seus olhos, as chaves que eu tinha na fechadura há menos de dois segundos agora estavam frouxamente agarradas em minha mão enquanto meus olhos o observavam. Ele estava vestido com uma calça jeans wrangler preta com um rasgo em um joelho, Nike branco nos pés e uma camiseta azul marinho por baixo do couro preto que ele sempre usava quando ia conduzir.

Por que diabos o homem estava assombrando meus pensamentos aqui agora?

Eu estava no trabalho.

Eram seis e meia da manhã e meu cabelo provavelmente estava uma bagunça.

Oh, Deus. Tinha mocha na minha bochecha de quando abasteci os armários com calda há alguns minutos. Eu podia ver minha expressão imóvel na janela da porta agora às suas costas.

Corando profundamente, olhei em seus olhos e fiz uma careta.

A coragem deste homem...

"Eu preciso de um momento, Kaelyn."

"Estou no trabalho, Lucas. Tenho clientes..."

Uma risada forte o deixou e ele abaixou a cabeça para mais perto de mim enquanto falava. Quando seu hálito de menta caiu sobre meu rosto, meu corpo inteiro aqueceu com o contato.

Quando sua mão veio cobrir a minha na minha bochecha, senti meu rubor se aprofundar ainda mais.

"Você tem algo. Bem aqui."

Observei enquanto sua língua lambia lentamente seu polegar e ele passou a pele áspera por baixo do meu olho. Causando um formigamento contra as paredes do meu núcleo, minha atração por Lucas levando o melhor de mim.

"Só um minuto," ele sussurrou, sua voz aveludada.

Droga, por que ele não ganhava alguns quilos ou pelo menos perdia o cabelo?

Ele ainda é tão inegavelmente bonito como sempre foi. Exceto que ele mantém sua cabeça coberta. Sempre.

Eu ainda não o tinha visto com o cabelo solto ou mesmo com a cabeça descoberta e não tinha certeza do porquê, mas esse detalhe pesava sobre mim. Eu queria saber o porquê. Para tudo.

Eu só queria algumas respostas.

Aquelas que eu ainda não tinha conseguido tirar desse homem.

Talvez ele me contasse se eu desse isso. Então, eu concordei.

Pegando sua mão, lancei um olhar para Leah, que estava atendendo a única cliente na loja, uma mulher alta e loira que era regular.

"Sinto muito, Leah. Só vou demorar alguns minutos."

Olhando por cima da bebida que ela estava preparando, seus olhos se arregalaram quando ela viu o homem ao meu lado. Lucas

Jones. Visto de fora, ele pode parecer um menino mau, um rebelde, até um solitário. Mas para mim, ele era muitas coisas. Ele me confundia, para dizer o mínimo.

CAPÍTULO 25

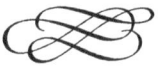

KAELYN

Sua presença pairava atrás de mim, o ar pesado com a atração que pairava entre nós enquanto eu o levava para baixo e fechava a porta do escritório atrás de mim, pressionando contra ela enquanto eu pisquei para seu rosto estoico. Foram-se os olhos cheios de emoção que tive um vislumbre alguns minutos atrás.

"Por que diabos você veio para o trabalho a esta hora do dia sozinha?"

A raiva estava irradiando dele, seus punhos cerrados ao lado do corpo no que eu pensei ser uma mistura de preocupação e frustração. Honestamente, eu não me importava. Eu era uma mulher adulta. Eu estava perfeitamente bem nos últimos seis anos, ele não se preocupou em nos verificar e eu estava bem agora.

Empurrando seu peito que me encurralou até a porta, suas mãos agarraram gentilmente as minhas para parar meus esforços.

"Kaelyn."

Uma respiração difícil me deixou enquanto eu continuava tentando afastá-lo, a raiva se infiltrando em meus poros e aumentando a frustração dentro de mim, quanto mais eu lutava contra suas forças.

"Me deixar ir."

Meu olhar zangado pousou no dele e vi algo quebrar dentro dele com as minhas palavras murmuradas. Instantaneamente, suas mãos se afrouxaram, mas eu não me movi como queria. Eu só olhei para ele. Eu vi a esperança quebrada nele. Não sei por que ele me deixou ir tantos anos atrás. Com tudo dentro de mim, eu queria. Eu queria saber. Eu queria entender. Eu queria ter aquela peça do nosso quebra-cabeça para que talvez, de alguma forma, pudesse seguir em frente.

O momento foi quebrado quando ele desviou o olhar do meu e colocou seu rosto no meu pescoço, mãos firmes agarrando meus quadris como se eu fosse escorregar para longe dele. Seu corpo estremeceu um pouco, e quando minhas mãos deslizaram ao redor dos músculos tensos de seus ombros, eu senti o hálito quente sair de seus lábios.

Eu estremeci com o contato, segurando-o ainda mais apertado enquanto ele se recompunha.

Uma parte da parede que eu construí em torno do meu coração se partiu enquanto estávamos lá, seu corpo moldado ao meu da forma mais íntima, o cheiro dele me envolvendo completamente. Sua voz áspera estava gravada em minha pele, o domínio feroz que ele tinha sobre mim nunca vacilou.

"Nunca mais vou deixar você ir, querida."

Levantando a cabeça, ele deslizou uma mão para minha mandíbula, me mantendo imóvel enquanto seu olhar penetrou o meu e um braço segurou em volta das minhas costas, fazendo com que minhas defesas vacilassem com a proximidade dele.

"L...Lucas, eu..."

Eu queria dizer muitas coisas. Quanto eu senti falta dele. Eu odiava que o amava e odiava com cada fibra do meu ser. Eu o odiei por nos deixar seis anos atrás. Eu o odiava por tirar de mim a única pessoa que possuiu meu coração. *Ele.* Era sempre nele que eu pensava quando ficava deitada na cama tarde da noite com os olhos bem fechados, minha alma implorando por uma resposta para seu desaparecimento. A resposta que eu ainda precisava agora.

Por quê?

Lucas ergueu meu queixo com o dedo e olhou para mim com olhos famintos, tristes e esperançosos.

Ele me queria.

Estava claro como o dia em seu olhar e isso me apavorou.

Inconscientemente, meu corpo pressionou mais perto do dele, meus braços ainda apertados sobre seus ombros, minha respiração ficando mais rápida enquanto meu coração batia violentamente com o contato de nossos corpos.

Eu precisava dele.

Era inevitável. Como a gravidade. Um puxão tão forte que fiquei com medo de que, se não o afastasse neste momento, ele se enterraria em meu coração novamente e eu cairia.

Desta vez, quase uma década depois da primeira vez que me apaixonei por ele, não sabia se havia solo firme o suficiente abaixo de mim para me salvar quando pousasse.

A ponta áspera de seu polegar pressionou meu lábio inferior enquanto tremia assim que sua boca mergulhou em minha mandíbula e seus lábios roçaram minha bochecha. Faíscas estalaram sob minha pele e meu sangue esquentou em antecipação pelo que estava por vir. Meus olhos se fecharam e minha boca se abriu quando suas mãos capturaram meu rosto. Ele ia me beijar. Eu sabia disso e ainda assim, a atração era muito forte. Muito potente. Muito real.

Eu não pude negar. Ele ainda estava enterrado em algum lugar dentro do meu coração e se todos esses anos tentando esquecer o homem não o tivesse apagado, eu sabia que nada o faria.

"Nunca." Lucas beijou uma trilha do meu queixo até minha bochecha, sussurrando em minha pele o tempo todo.

"Irei." O delicado traço de sua língua sobre a concha da minha orelha fez meu coração acelerar a um nível perigoso e minhas mãos foram para seu peito. A necessidade enrolada profundamente dentro da minha barriga enquanto eu o puxava para mais perto, minha boca consumida pela dele no próximo segundo.

Um suspiro audível me deixou, a sensação

de sua boca na minha parando meu coração instantaneamente.

Lucas. Lucas. Meu.

Minha alma estava clamando por ele quando ele esmagou minha boca com a sua com a força devastadora que era o próprio homem. Bruscamente, ele beliscou meus lábios para que eu abrisse para ele, impaciência irradiando de seus músculos tensos enquanto eu sentia cada um deles com a ponta dos meus dedos. Um gemido estrangulado me deixou e ele puxou meu lábio inferior entre os dentes e chupou violentamente, causando uma excitação no centro do meu núcleo. Eu só tinha uma saia para esconder das mãos que ele usou para agarrar ferozmente sobre meus quadris, o meu desejo que por ele aumentava ao saber que ele estava a apenas alguns centímetros de distância dos lábios molhados que imploravam por seu toque.

"Deixar." Lucas não perdeu tempo comigo enquanto lambia um caminho molhado descendo pela minha garganta e mordiscava a pele quente lá. Minha respiração ofegante e o farfalhar de nossas mãos famintas eram os únicos sons que nos cercavam.

"Você." A barra da minha blusa estava

puxada para baixo e meu ombro estava exposto.

"Ir. Novamente. Você entendeu?"

Quando sua boca fez contato com meu ombro, suas duas mãos se moveram para a parte de trás das minhas coxas, me pedindo para envolver minhas pernas em torno dele.

Eu envolvi, meus braços seguraram ao redor de seu pescoço quando meus olhos encontraram os dele, nossos corpos juntos e nossa respiração ofegante sendo a única coisa que nos separava.

Como eu pensei que iria superar esse homem?

Ele era tudo. Pecaminosamente atraente. Intenso. Honesto até demais. Protetor sendo a essência dele.

Meu.

O pensamento veio até mim e enquanto eu observava seus olhos claros e o calor sobre seu olhar, eu disse a palavra que sentia com tudo dentro de mim.

"Meu, Lucas."

O alívio se espalhou por sua expressão, o calor se transformando em algo mais profundo quando ele baixou a cabeça no meu peito e enterrou o rosto entre meus seios. Enquanto estávamos ali, outra palavra saiu dos meus lábios, uma que eu sabia que precisava de uma resposta para realmente seguirmos em frente com o que aconteceu entre nós. Nosso passado. Sua escolha que alterou nossas vidas, para sempre.

Eu precisava saber a verdade por trás disso se algum dia fosse capaz de perdoá-lo.

É mesmo possível?

"Por quê?"

Ele olhou para mim com pesar em seus olhos e eu disse a ele para me deixar ir. Ele não ia me contar. Eu só queria saber por quê. Eu merecia. Mas com este homem, era óbvio que eu teria que arrancar essas respostas dele. E mesmo assim, ele pode esconder a verdadeira razão de mim, por medo de que eu seja ferida.

Abaixei minha cabeça em minhas mãos e disse a mim mesma que ele não valia a pena.

Que eu superei Lucas Jones.

Que não importava se meu coração ainda batesse mais rápido por ele.

Que não importava se ele me fazia corar como uma colegial.

Que a visão de sua dor, mesmo agora, era demais para eu aguentar.

Mas mesmo quando esses pensamentos penetraram em minha mente, eu sabia que eram mentiras.

"Kel , olhe para mim."

Eu balancei minha cabeça, me afastando dele e parando perto da porta. Era como se ele tivesse uma atração magnética e eu simplesmente não conseguisse abrir a porta e deixá-lo parado aqui. Eu não conseguia fazer isso. Quando a palma da minha mão pressionou a superfície plana da porta do meu escritório, ouvi sua respiração atrás de mim.

"Por favor, apenas olhe para mim, querida. Por favor."

O tom suplicante de sua voz era demais para ignorar e fechando meus olhos, me virei e o encarei.

Eu esperava que ele me implorasse mais uma vez para abrir os olhos.

Nesse ponto, eu estava sendo um pouco teimosa. Eu sabia disso, mas evitaria olhar naqueles olhos assombrados por tanto tempo quanto fosse necessário. Porque quando eu olhava para ele, doía.

Não que me doesse fisicamente olhar ele. Ele era tudo que eu queria e temia que ainda fosse. Não, doía porque olhar para ele agora me dava esperança. Inevitavelmente, essa esperança me machucaria. Eu só não queria me machucar mais.

Meus olhos se abriram em uma maldição

murmurada vindo dele e eu pisquei quando vi o que estava nublando seu olhar.

Com desespero derramando da própria essência, Lucas agarrou meu rosto em suas mãos, tremendo com a emoção que o consumia. Eu nunca o tinha visto assim, tão cru, tão aberto, tão *assustado*. Gentilmente, ele inclinou meu rosto para encontrar seu olhar intenso até que meus olhos foram forçados para ele.

"Você acha por um momento que eu poderia ter saído do seu lado se tivesse outra maneira?"

Esfregando as pontas dos dedos na minha cabeça, seus dedos começaram a fazer mágica no meu couro cabeludo, massageando até que eu soltei a porta atrás de mim e passei meus braços em volta de sua cintura mais uma vez.

"Você era tudo para mim, Kaelyn. Porra, você sempre foi."

Ele passou os dois braços em volta de mim e falou na pele da minha garganta enquanto nossos corpos se moldavam em nosso abraço.

"Eu era um homem arruinado. Eu não sabia o que estava fazendo. Não tinha ideia do que fazer, mas tudo que sabia era que precisava proteger você. Tudo o que fiz foi para protegê-la da dor que agora vejo em seus olhos. Sinto muito, querida."

Pressionei minha testa na dele com as confissões que saíram de sua boca, meu coração apertando em meu peito com uma mistura de desejo por ele e medo do que estava por vir.

Nada fazia sentido, exceto o fato de que ele estava aqui comigo.

Mil perguntas ricocheteavam na minha mente, implorando por respostas, pela verdade.

Por quê?

Por que ele foi embora?

Por que ele não pôde ficar conosco?

Por quê?

Por que não fui o suficiente? Por que ele está aqui agora? *Por quê?*

Por que não o persegui naquele dia? Por que eu confiei cegamente nele?

Por que depois de todo esse tempo, ele não podia me dizer?

"L...Lucas."

Eu não sabia que estava chorando até que ele roçou as pontas dos polegares nas minhas bochechas e murmurou uma maldição, o calor em seus olhos fazendo meu estômago revirar e minha pele esquentar.

"Minha linda garota."

Lábios macios deslizaram sobre cada gota enquanto caíam no meu rosto, seu hálito fresco de menta me acalmando enquanto ele cuidava do meu rosto bagunçado.

Uma vez que ele teve certeza de que mais lágrimas não viriam, seus olhos penetraram nos meus e minhas mãos caíram em torno de seu rosto enquanto eu apenas *olhava para ele.* Ele era tão lindo que ainda fazia meu coração parar.

"Você era cada sonho que eu já tive, tudo embrulhado em um. Eu gostaria de poder voltar no tempo e consertar a escolha que fiz naquele dia, mas não posso. Tudo o que posso fazer é tentar provar que estou aqui, bem aqui, e juro para..."

Ele fez uma pausa e seu dedo envolveu o terceiro dedo da minha mão esquerda. Nós dois olhamos para baixo, para onde nossa pele se encontrava e estava lá, a marca que sobrou depois que eu tirei meu anel. O contorno escuro do anel que ele me deu estava bem ali para ele ver e eu deixei. Era mais uma cicatriz que ele havia me deixado.

"Sempre."

Era apenas uma palavra, mas continha uma vida inteira de promessas.

No momento em que a porta do meu

escritório se fechou atrás dele, soltei um suspiro pesado.

Eu queria afastá-lo, mas estar em sua presença novamente mudou as coisas completamente.

Apertando minhas mãos no meu cabelo, eu o segui de volta para o café e para o dia à frente.

~

LUCAS

Seu cabelo loiro caiu sobre suas costas enquanto ela o puxava para o lado e pedia o pedido ao cliente na frente dela, aqueles grandes olhos cor de mel brilhavam com gentileza e interesse. Meus olhos se deleitam com a imagem dela, fazendo o que ela amava. Fazer as pessoas ao seu redor felizes era a paixão da minha garota. Fosse aqui, na rua ou em casa com nossas lindas garotinhas, o calor que ela exalava era quase ofuscante. Esfreguei meus dedos sobre o colar que usava sob a camiseta fina. Era uma corrente simples da qual minha aliança de casamento estava pendurada. Eu não fui capaz de me separar dela depois de nossa separação e ainda não conseguia. Era uma parte de mim porque Kaelyn era.

Sempre foi. Sempre seria.

A fila na cafeteria diminuiu rapidamente, os tons doces da voz da minha garota motivando cada cliente a ir para Kinsley, que estava na caixa registradora ao lado dela. Eu só a tinha encontrado algumas vezes, mas podia ver aquele desejo de vida, de aventura, de mais nela. Ela era jovem, mas a escuridão em seus olhos azuis me disse que ela tinha uma vida difícil. A força dentro de cada uma dessas mulheres era tão clara em seus rostos, o curso que haviam vivido tão diferente.

Meus pensamentos sobre a outra mulher me deixaram completamente enquanto meu sangue esquentava e os cabelos da minha nuca se arrepiaram com a consciência da presença da minha garota. Um avental preto a cobria e seu maldito rosto lindo se espalhava com um sorriso de boas-vindas enquanto os clientes entravam e saíam da cafeteria.

Ela era linda pra caralho. Meu peito foi perfurado pela força de sua luz e eu sabia que só ela poderia causar esses sentimentos em mim. Ninguém jamais chegou perto de Kaelyn Anne Jones.

Enquanto eu piscava preguiçosamente e

sem vergonha observava ela, notei que ela segurava uma caneca branca quando se aproximava de mim. Seus dentes mordiam seu lábio inferior exuberante e minha calça jeans se esticou um pouco.

Eu a queria. Desejava.

Precisava.

O desejo por ela aqueceu minhas veias, acalmou meus demônios e acelerou meu coração acelerado.

Eu não sabia como era possível desejá-la tanto.

Eu gostaria de saber como conter a atração entre nós, mas seria fútil tentar.

Disso eu tinha certeza enquanto continuava a observá-la.

Um leve sorriso separou seus lábios e uma única mecha de seu cabelo loiro dourado caiu da presilha que prendia seus cachos no lugar. Franzindo a testa, ela colocou a mecha atrás da orelha e colocou a caneca fumegante na minha frente.

Um largo sorriso se espalhou pelo meu rosto enquanto eu olhava para a bebida que ela tinha me dado.

Abaixando meu nariz até a borda da caneca, inalei o doce aroma de hortelã-pimenta e chocolate ao leite.

Ela se lembrou da porra do meu café com leite. Ela pode ser mais perfeita?

"Querida."

Um rubor profundo cobriu suas bochechas enquanto movia minha mão para a dela que ainda segurava a caneca para mim. Pegando dela, eu balancei minha cabeça em descrença.

"Você adorava quando eu fazia isso para você." "Você lembrou."

Piscando rapidamente, Kaelyn assentiu enquanto fazia uma triste tentativa de limpar minha mesa. Já estava limpa, mas eu não disse uma palavra, sabendo o quão nervosa a deixava.

Mais do que tudo, eu queria que ela confiasse em mim novamente.

Eu não podia esperar isso, porque não tinha contado a verdade para ela.

Eu não tinha certeza se alguma vez faria.

Eu precisava protegê-la.

"Lucas, eu não esqueci. Acho que nunca conseguiria. Você foi o amor da minha vida."

Minhas mãos formaram punhos sob a mesa e eu tive que lutar contra o desejo de dizer a ela que não havia tempo passado conosco. Nós éramos isso. Tudo o que eu era, era por causa dela. Eu era o homem que era por causa do amor que ela me deu, a confiança que ela sempre teve em mim, o calor que ela espalhou sobre mim desde o primeiro momento em que nos conhecemos - era tudo para ela. Eu queria ser isso para ela também. Seu salvador, sua luz, seu protetor, *tudo* dela. E eu seria, não importa o que custasse.

Eu seria tudo para ela novamente.

Levantando, pressionei meu polegar em seu queixo e levantei seu olhar para o meu para que eu pudesse olhá-la naqueles lindos olhos dela.

Marrom e mel.

"Janta comigo."

As palavras saíram da minha boca antes que eu tivesse o bom senso de detê-las. Eu precisava mais dela. Eu precisava de tudo que pudesse conseguir.

A dúvida nublou seus olhos e ela tentou desviar o olhar de mim.

"Você terá um intervalo logo, certo?"

Assentindo, um suspiro deixou seus lábios como se ela pudesse sentir sua resistência a mim diminuindo.

"Eu não sei se eu deveria, no entanto. Kinsley ficará sozinha."

"Oh, não, ela não vai!"

A voz rouca que veio atrás de mim pertencia à melhor amiga de Kaelyn, Meghan.

"Freddie perguntou se eu poderia cobrir seu turno hoje. Vá." Afastando-se de mim, Kaelyn já estava balançando a cabeça. "Não, você já trabalhou seis dias..."

"E um dia eu estava treinando. Estou bem, Kel. Vá jantar. Tire o resto da noite de folga, Kinsley e eu ficaremos perfeitamente bem."

Elas se abraçaram brevemente e ouvi Kaelyn sussurrar no ouvido de Meghan.

"Eu vou, mas voltarei para fechar com vocês. Ok?" "Como quiser, docinho!"

Uma risada berrante me deixou e minha garota estreitou os olhos para mim.

"Algo nunca muda, hein?"

Olhando para mim enquanto eu a levava para fora, ela me perguntou: "O que isso quer dizer?"

"Você adora se manter ocupada, só isso. Você sempre gostou."

Assentindo, ela sorriu, provavelmente por causa da minha memória sobre ela.

Eu não tinha esquecido nada sobre ela. Nada.

"Eu gosto."

Ela ficou quieta enquanto eu a levava para onde eu havia estacionado minha Harley, nosso único contato sendo minha mão descansando sobre suas costas. Quando pisamos ao lado dela, percebi que esta era a primeira vez que ela a viu desde que eu tinha voltado.

"Você ainda tem sua Harley," ela sussurrou, quase para si mesma.

Eu balancei a cabeça, virando-a em meus braços para que eu pudesse olhar em seus olhos cor de mel.

Ela adorava conduzir comigo quando éramos apenas adolescentes, mas as coisas eram diferentes agora.

Se ela não gostasse da moto ou do perigo que ela simbolizava, ela teria desaparecido.

Nada mais valia a pena se preocupar. Eu a queria feliz, verdadeiramente feliz.

Isso significava colocar as necessidades dela, não importa quais fossem, acima das minhas.

"Você está bem com isso?"

Como se por instinto, minhas mãos caíram para agarrar sua cintura, meus olhos percorrendo seu rosto por até mesmo uma sugestão de hesitação. Tudo o que vi foi emoção.

"Estou muito bem com isso!"

Eu gentilmente puxei o capacete de motociclista cor de ônix sobre sua cabeça e prendi as tiras no lugar sob seu queixo. O sorriso tímido que ela me deu fez com que a preocupação persistente sobre ela desaparecesse.

Ela confiava em mim. Talvez não totalmente, mas neste momento, ela confia em mim.

O som do motor da moto me fez olhar para trás, para a bela que estava pacientemente sentada atrás de mim. Eu podia sentir seus olhos em mim, me observando, e adorei cada segundo disso. Deslizando uma mão para cada um de seus joelhos que estavam em volta de meus quadris, eu a incentivei a se aproximar.

"Envolva seus braços em volta de mim, querida."

O brilho de calor em seus olhos se espalhou como fogo quando ela fez exatamente isso, seus braços me agarrando ao redor do meu estômago. Eu saboreei a pressão suave de sua bochecha contra meu couro. Eu saboreei o domínio feroz que ela manteve sobre mim enquanto eu conduzia pela pequena rua. A rua levava ao centro da praça comercial e a uma delicatessen familiar que frequentei muito desde que me mudei para cá.

Havia um tipo de lugar quase idêntico em minha casa em Chicago e estar lá sempre me deu uma sensação de lar. Eu queria isso para minha garota também.

"Onde estamos indo?" Ela murmurou, sua voz rouca perto do meu ouvido.

Inclinei-me nela apenas o suficiente para ela sentir a mudança de nossos corpos. Minhas mãos se apertaram com força no guidão enquanto eu fazia uma curva fechada perto do lugar que tinha escolhido para o nosso jantar.

"Um lugar que venho frequentemente. Mas se você não gostar, podemos ir para outro lugar."

Eu a senti acenar enquanto desligava o motor da minha Harley e esperava até que ela se movesse para trás para eu desmontar. Eu a levantei gentilmente do assento e a coloquei na calçada.

Nossas mãos entrelaçadas enquanto ela olhava para mim, aqueles grandes olhos cor de mel brilhando com calor.

Ela nunca iria admitir, mas eu apenas a fiz me querer ainda mais.

Eu a levantei para sua própria segurança, mas se isso ajudasse a nossa conexão, eu com certeza não iria lutar contra isso.

"Pronta, querida?"

Ela balançou a cabeça e eu agarrei sua mão com um pouco mais de força enquanto nos aproximávamos da Deli de Ned, meu estômago apertando de nervosismo quanto mais perto chegávamos. Era apenas uma lanchonete, mas algo me disse que se ela não visse a semelhança que aquele lugar tinha com nosso antigo ponto de encontro de quando éramos crianças, isso significaria algo.

Sempre tivemos uma conexão, mas nas noites que passávamos nessas cabines, nos tornamos melhores amigos. Isso significava muito para mim, mesmo agora.

Abrindo a porta, ouvi seu suspiro.

Kaelyn passou correndo por mim, seus olhos se arregalando enquanto seu olhar vagava pelo interior do local. Eu podia ver seus olhos, cheios de alegria e aproveitei cada segundo disso.

Ela viu.

"Luke, esse é..."

"Não, não é de Harriett, mas parece, não é?"

Voltando para o meu lado, minha garota me surpreendeu quando ela jogou seus braços em volta de mim e me abraçou com algo forte. Meus braços vieram ao redor dela instantaneamente e eu a levantei contra mim para prolongar nosso abraço.

"Obrigada," ela sussurrou.

Piscando, ela se afastou para olhar para mim, seu olhar brilhando de felicidade.

"Eu não sabia o quanto eu sentia falta até agora. Casa." Mergulhando minha boca em sua testa, eu não a soltei ainda. "Eu também sinto falta, querida."

Assentindo, eu pude sentir o sorriso em seu rosto enquanto ela descansava sua bochecha contra a minha.

O som de um ronco bastante alto me fez deixá-la ir e puxá- la em direção à cabine mais próxima.

"Acho que estou com fome."

Ela riu, o som era tão inocente que eu absorvi como um idiota apaixonado.

Talvez fosse isso que eu era. Nesse caso, era grato por isso. Tê-la aqui comigo, era tudo.

"Vamos resolver isso agora."

CAPÍTULO 26

LUCAS

O som que saiu da boca da minha garota enquanto ela mordia o sanduíche de rosbife e queijo que ela pediu me deixou duro instantaneamente.

Ela iria arruinar o controle cuidadoso que eu estava tentando manter ao redor dela se continuasse fazendo esses malditos sons.

Ela me olhou e sorriu timidamente, suas bochechas levantando enquanto mastigava, aqueles olhos cor de mel brilhando enquanto a luz do sol os atingia através da janela ao lado de nossa cabine.

"Bom?"

Assentindo, ela limpou a boca com um guardanapo e uma mecha de seu cabelo caiu na frente de seu rosto no processo. Levantando minha mão da mesa pelo instinto que fervilhava sob minha pele de tocá-la, coloquei seu cabelo atrás da orelha com o que esperava ser um toque gentil. Estar em sua presença assim, estava causando meu desejo por ela aumentar, aquecer, se tornar o que eu sabia que seria o inferno que ela sempre causou em mim. Eu não estava lá ainda, mas com aqueles olhos castanhos como mel me observando, eu sabia que era apenas uma questão de tempo.

"Como você achou este lugar? Estou em Fredericksburg há anos, mas nunca encontrei este lugar."

Minha mão continuou a acariciar sua bochecha corada enquanto ela falava, sem nenhuma hesitação que ela teve em sua cafeteria.

"Meu pai passou por ele em um de seus passeios noturnos. Desde então, temos vindo aqui para almoçar e às vezes jantar nas noites de folga que Elsa não cozinha para nós."

A risada leve que borbulhou entre nós fez meu coração torcer em uma dolorosa lembrança e minha mente fez uma promessa a ela, mesmo que não soubesse que eu estava fazendo uma.

Vou fazer você rir assim diariamente, querida.

"Ele ainda conduz? Lembro que ele vendeu sua moto antes."

A última palavra é baixa, como um sussurro e sei que ela está se lembrando de nós. Odeio que essas memórias estejam contaminadas pelo pior erro da minha vida.

Não importava que eu tivesse pensado que a estava protegendo.

Eu a machuquei, deixei cicatrizes em seu coração tão profundamente que ela não conseguiu abri-lo para mim e foi isso que me abalava até o âmago.

Eu não só a queria de volta. Eu queria seu perdão.

Eu queria que ela confiasse em mim. Completamente.

Totalmente. Irrevogavelmente.

E quando ela voltasse para mim, eu estaria lá para pegá-la. Exatamente como deveria ter sido esse tempo todo.

Sorrindo ainda mais, Kaelyn se inclinou ao meu toque apenas o suficiente para eu segurar sua bochecha, meus dedos amando a suavidade de sua pele. A seriedade de nossa conexão nos cercou.

Eu mal notei a mudança no ambiente quando a música mudou acima de nós e então uma melodia encheu o espaço.

A música que começou a tocar era familiar, a mudança nos olhos da minha garota me dizendo que ela a ouviu também.

Roçando meu polegar sobre seu queixo e a adorável covinha que vincava sua pele, de outra forma impecável, peguei sua mão na minha sobre a mesa.

"Dance comigo."

O seu olhar estreitado foi quase cômico quando ela se afastou do meu alcance e olhou para mim com os olhos arregalados, sem acreditar.

"É a nossa música, Kaelyn. Vamos, dance comigo."

Ela mal acenou com a cabeça, e eu gentilmente a puxei para o meu lado enquanto nos movíamos para o centro do saguão, cercado por mesas e curiosos. Tudo o que eu via era ela, no entanto.

Suas mãos caíram no meu peito, os dedos estendidos como se ela só quisesse me tocar. Eu estava dolorosamente familiarizado com a sensação. Eu puxei seu corpo para perto, minhas mãos pressionando seus quadris para me certificar de que ela ficasse ali, em meus braços.

O tempo deixou de existir enquanto eu a segurava lá, suas mãos agarrando minha camisa e sua cabeça pressionada no meu ombro enquanto minha boca caía para beijar a pele ali.

"Lucas."

"Sim, baby."

Grandes olhos castanhos como mel encontraram os meus, e eu vi a emoção dentro deles. Meus joelhos fraquejaram com o desespero que vi em seus olhos, segurei-a com mais força enquanto nos encarávamos.

Eu nunca vou deixá-la ir. Ela é minha. Sempre foi, sempre será.

"Eu senti muito a sua falta."

Com a garganta apertada de emoção, meus olhos se suavizaram e minha boca caiu na dela, roçando levemente seus lábios como se fosse uma promessa do que estava por vir. Eu adoraria essa mulher para sempre, jurei isso a ela naquele momento.

"Minha garota," eu sussurrei, algo que parecia muito com esperança crescendo dentro de mim quando eu a peguei em meus braços mais uma vez.

Quando a música terminou, tirei minha mão das costas de Kaelyn e encontrei seu olhar quente. Porra, ela era tão bonita que era quase doloroso olhar para ela. Ela tinha o tipo de beleza que poderia parar seu coração e fazê-lo bater mais rápido ao mesmo tempo. O tipo de beleza que ficava ainda mais potente com o passar dos anos. Olhando para ela agora, eu vi as sombras da dúvida e da esperança cobrindo seu rosto voltado para cima e agradeci a Deus que pareciam estar diminuindo. As defesas da minha garota estavam diminuindo gradualmente.

Quando peguei a mão dela na minha e levantei-a à boca, soube que era um homem muito sortudo por estar em sua presença neste momento.

"Jesus, você sabe o que você faz comigo, Kaelyn?"

Seus olhos penetravam em mim enquanto a delicatessen vibrava ao nosso redor, alguns casais dançavam ao nosso redor enquanto outros se moviam para as portas após as refeições, mas tudo o que eu podia ver era ela.

Minha Kaelyn.

"O quê?"

Movendo minha mão para seu rosto, eu simplesmente precisava tocá-la.

"Você me arruína com esses seus lindos olhos. Você me salva com a luz que você emana ao meu redor toda vez que olha para mim, querida. Eu sou um idiota. Não nego, mas quando estou com você, espero ser melhor. Isso é o que você faz comigo."

Observei enquanto ela engasgou, piscando antes de olhar para baixo enquanto outro rubor cobria suas bochechas. Esfregando meu polegar sobre seu rosto, eu deleitei meus olhos nela.

Eu não poderia desviar o olhar se quisesse. Isso é o quanto ela me afetava.

"Você está pronta para sair daqui?"

Ela acenou com a cabeça e eu esperava que ela se afastasse de mim, mas ela não o fez. Ela pegou minha mão e enquanto eu a levava para a porta, eu lancei meu olhar de volta para o interior da delicatessen que eu a trouxe, um leve sorriso inclinando minha boca.

Sentindo seu olhar em mim, coloquei minha mão em suas costas e subimos de volta na minha moto.

A calma esmagadora que caiu em cascata por mim quando ela olhou para mim por cima do ombro causou uma torção em meu coração que só ela poderia me causar.

"Pronta?"

Eu a senti acenar contra mim e então partimos.

A pressão de seu corpo contra mim, seus joelhos embalando os meus, seus seios pressionando minhas costas enquanto ela se agarrava a mim era impossível ignorar. Eu me encontrei duro como uma rocha e sabia que com certeza não era a primeira vez.

Esta mulher era tudo o que eu poderia desejar, se ela me deixasse ser esse homem para ela.

Eu tenho que fazê-la ver que eu ainda sou o homem por quem ela se apaixonou anos atrás. Se ela pudesse abrir esse coração gentil para mim, eu não faria nada além de amá-la e protegê-la pelo resto dos meus dias.

Não demorou muito para que eu puxasse minha Harley para a calçada ao lado da cafeteria e Kaelyn continuou nosso abraço. Puxando aproximadamente a mão sobre o pano na minha cabeça, eu abaixei minha cabeça enquanto desmontava e a ajudei a sair também. Eu não conseguia tirar os olhos dela enquanto ela se ocupava em alisar o vestido para tirar as rugas que nossa pequena condução certamente causou. Eu sabia que ela estava evitando encontrar meus olhos, mas eu deixei. Eu também não queria me despedir.

"Ei, eu tenho que ir. Espere por mim."

Ela encontrou meu olhar, castanho escuro para meu oliva e sua cabeça assentiu sutilmente.

"E...estarei trabalhando até a hora de fechar." "Estarei aqui."

"Mas..." Ela tentou protestar, mas quando me aproximei dela, meus passos seguros e determinados, eu vi a luta deixá-la. Sempre fui um homem protetor. Esse fato não mudou e ela sabia disso.

"Ok."

Deixando minha boca cair para o lado da dela, eu falei contra sua pele aquecida.

"Obrigado."

CAPÍTULO 27

LUCAS

A onda de adrenalina ainda zumbia sob minha pele quando me aproximei da entrada do hospital, meus passos mais seguros do que minha mente. Eu estava uma bagunça.

Eu havia evitado esse encontro com o Dr. Rhodes por uma semana. Eu sabia que a consulta que se aproximava seria boa ou terrivelmente ruim. Pensar na ideia de que o câncer poderia ter desaparecido era algo que eu não permitiria. A pior coisa que eu poderia fazer era ter esperança.

Essa doença iria acabar comigo.

Eu tinha mais certeza disso do que qualquer coisa que jamais poderia ter. Mas se houvesse uma chance, eu teria que descobrir por mim mesmo. Eu não conseguia mais evitar o inevitável.

Quando entrei na sala de espera, reivindiquei o assento mais próximo à porta e recostei-me, precisando respirar fundo. Quase uma hora se passou enquanto eu estava sentado lá, esperando o médico. Ouvindo passos vindos do corredor ao meu lado, minha cabeça levantou para ver meu pai parado na minha frente.

De pé, estendi a mão para a dele.

"Olá, pai. Eu não sabia que você viria hoje."

Ele me puxou para ele e nos abraçamos, o aperto firme do meu pai me acalmando um pouco. Eu podia sentir a preocupação vindo dele. Eu gostaria de poder diminuí-lo de alguma forma, mas ele era meu pai. Se ele não se preocupasse, não seria o homem que era.

"Eu sei como isso pode ser difícil. Eu não perderia, filho."

Eu balancei a cabeça e nos sentamos, ambos ansiosos com nossa espera.

Eu odiava esperar, porra.

Sempre odiei, mesmo quando criança.

Recostei-me na cadeira, me preparando para as notícias que provavelmente viriam em minha direção.

Eu não estava pronto para mais notícias ruins.

Eu respirei fundo quando o que parecia um soco pousou no centro do meu peito.

Eu queria vencer isso. Por ela.

Uma voz profunda soou no saguão em que nos sentamos, uma voz com a qual eu estava familiarizado.

"Sr. Jones?"

Forçando-me a levantar da minha cadeira, eu balancei a cabeça.

Dr. Rhodes apertou minha mão, depois a do meu pai. Seus olhos estavam esperançosos, a visão de algo diferente de preocupação no médico me levando de volta por um momento.

Isso poderia ser algo bom? Será que Deus poderia ter ouvido minhas orações para encontrar meu caminho de volta para minha garota, para amar de novo?

A esperança cresceu dentro de mim enquanto eu o seguia até seu consultório, onde dois outros médicos estavam sentados, com jalecos brancos e o mesmo sorriso esperançoso que o Dr. Rhodes havia me dado.

Arriscando um olhar para meu pai, vi sua boca se inclinar e assenti, esperando que fossem boas notícias, assim como eu sabia que ele estava.

O médico apontou para as cadeiras no meio do consultório enquanto falava.

"Sente-se, Lucas, Sr. Jones. Eu tenho os resultados do seu último exame para revisar com você."

Os nervos formaram um nó apertado no meu estômago enquanto nos sentávamos, minhas mãos cerradas com força enquanto eu tinha que me forçar a não fugir dessa conversa.

Cada pior cenário possível passou pela minha mente, atrás das minhas orelhas, quicando em volta da minha cabeça como um monte de bolas de golfe e eu não aguentava mais esperar.

Eu odiava isso.

Eu precisava saber, se não por mim, então por elas.

Minha doce Kaelyn. Minha linda Lily.

Meu anjinho Avery.

"Não quero parecer rude, doutor, mas você está me matando aqui. Fale logo."

Ele ergueu os olhos dos papéis, assentindo.

"Ok, bem, são boas notícias, filho."

Eu congelei com suas palavras, precisando de mais, precisando de uma explicação.

"Elabore," eu quase rosnei, meus punhos contra meu pescoço enquanto eu olhava para os três médicos sentados na minha frente.

"Calma, filho," meu pai disse ao meu lado enquanto agarrava meu ombro, dando-me um pouco de sua força.

Respirei fundo e acenei com a cabeça.

Deus, por favor, não me tire da minha família, minha vida, meu tudo.

Eu orei internamente, ouvindo o farfalhar de resultados de exames do outro lado da sala.

"Boas notícias?" Meu pai perguntou, a voz rouca com o que parecia ser impaciência.

"Eu acredito que sim. O tratamento que aplicamos em você, embora rigoroso, parece ter dado certo. O tumor em seu cérebro diminuiu alguns centímetros. Isso não é muito se quisermos diminuí-lo apenas com quimioterapia e radiação, mas descobrimos uma maneira alternativa de tratá-lo."

Toda a respiração me deixou com pressa, meus olhos fechando enquanto o alívio me cobria completamente.

Seu tumor diminuiu.

"E como seria?" Eu cerrei meu corpo tenso de ansiedade, esperança e medo.

Eu estava apavorado pra caralho. De perdê-las. De me perder. Morrer.

O que quer que eu tivesse que fazer, faria em um piscar de olhos se isso significasse ser saudável e inteiro novamente.

E então eu as recuperaria. Desta vez, seria para sempre.

"Por meio da radiação e da quimioterapia que aplicamos em você, tenho visto ótimos resultados. Podemos operar para remover o seu tumor. Se for bem-sucedido, você estará em remissão em algumas semanas, Lucas. Dada a sua condição e a gravidade do tumor em seu cérebro, isso é o melhor que podemos esperar."

Eu me levantei e comecei a andar de um lado para o outro enquanto a informação que ele me deu, mexia com meu cérebro.

"Eu estaria em remissão?" Eu perguntei, as palavras saindo da minha boca todas de uma vez quando eu realmente percebi o que ele tinha dito.

Sem mais agulhas no meu braço. Sem mais remédios em minhas veias. Sem mais dores de cabeça terríveis. Sem mais náuseas. Eu ficaria curado.

Saudável. Forte.

Este é o meu bilhete para o para sempre. Para realmente ser o que minhas meninas precisavam a partir deste dia. Eu tenho que segurar isso.

Minha cabeça caiu entre meus ombros quando relaxei. Eu deixei meus medos irem.

Eu deixei tudo ir e deixei aquele sentimento

que floresceu em meu peito tomar conta de mim.

Eu senti *esperança*.

Sentando novamente, olhei nos olhos do médico e deixei minha boca se inclinar em um sorriso.

"Obrigado."

As sombras em seu rosto acalmaram a alegria em meu peito. Isso era bom demais para ser verdade?

Era uma pegadinha?

"O que é?"

"Lucas, dada a colocação do tumor em seu cérebro, devo informar que esta cirurgia não será uma tarefa fácil para nós. É uma operação muito longa, complicada e com riscos."

Que droga é essa?

Existem riscos?

O que poderia ser mais arriscado do que deixar esse câncer tirar minha vida?

Cruzei os braços sobre o peito e esperei que ele explicasse.

"Quais são os riscos para o meu filho se ele fizer esta cirurgia, doutor? Seja franco conosco."

"Podemos entrar e fazer uma remoção completa. É uma cirurgia muito arriscada e vamos precisar de algum tempo para nos prepararmos, no máximo alguns dias."

"O que você quer dizer com é arriscado? Você não faz esse tipo de operação o tempo todo?"

"Sim, mas o seu caso é diferente. O tumor dentro do cérebro está localizado a apenas cinco centímetros da parte do cérebro que controla a memória e a fala. Existem riscos de sofrer danos cerebrais, convulsões e perda de memória..."

Meu mundo inteiro parou quando ouvi os possíveis resultados desta cirurgia.

Eu estava com dificuldade para respirar, a dor perfurando minha cabeça por causa disso e meus olhos se fecharam como se eu pudesse fazer os riscos se desintegrarem apenas fechando-os. Levantando a mão para acalmar os médicos, eu sabia que não poderia continuar com aquela discussão, nem mesmo com mais uma palavra sobre os riscos que agora estava com medo de enfrentar.

"Espera."

Abaixei minha cabeça, a derrota me atingindo.

Eu não sabia o que fazer, mas não podia fazer isso.

"Eu não posso fazer isso."

Meu pai agarrou minha mão quando eu deixei minha cadeira, meus passos me movendo em direção à porta antes que eu pudesse pensar melhor. Eu só tinha que sair dali.

"Ouça-os, filho."

Minha voz tremia enquanto eu tentava falar, meu peito apertando com dor novamente.

"Eu poderia esquecer minha vida. Todas as minhas memórias, as pessoas que amo, tudo teria acabado?"

Dr. Rhodes assentiu, sem perder tempo enquanto contornava sua mesa e segurava meu corpo trêmulo.

"Lucas, me escute. Eu entendo que isso é difícil. Mas o que você está descrevendo é altamente improvável."

Forçando-me a respirar, eu balancei minha cabeça por seu tom suave.

Eu não podia arriscar.

Talvez isso me torne um homem egoísta, que assim seja. Não arriscaria perdê-las de novo ou pior ainda, esquecê-las. Não. Está. Acontecendo.

"Q...quais são minhas chances?"

Com um leve aceno de cabeça, observei a derrota cobrir suas feições.

"Não posso te dar um número exato, Lucas, não é tão fácil..."

A raiva e o medo fazem com que eu me solte de seu aperto e saia de lá.

Subindo na minha moto com as mãos trêmulas, eu fui embora.

CAPÍTULO 28

KAELYN

A rajada de vento estava brutal enquanto o carvalho no meu jardim da frente se movia junto com ele, como se a casca da árvore se tornasse parte da tempestade que o cercava. Eu tremia com a leve corrente de ar que vinha da janela enquanto estava ali. Enrolei as extremidades do meu suéter mais apertadas ao redor de meus ombros e me encostei contra a moldura da janela, meu olhar fixo no carvalho solitário do lado de fora da casa, suas folhas caindo de seus galhos enquanto lutava para ficar em pé. Não tínhamos uma tempestade como esta há algum tempo, ou mesmo uma chuva, por sinal. Tinha sido um calor seco e um vento quente nas últimas semanas. Eu sabia que era apenas uma tempestade, uma tempestade que faria o seu pior e depois iria embora, mas não consegui evitar a preocupação que havia surgido na minha barriga enquanto a via devastar e destruir o que estava ao redor.

Eu tinha chegado em casa algumas horas antes, feito o jantar e passado algum tempo em silêncio com as meninas enquanto as cobria com um cobertor, um dos filmes favoritos de Lily passando na televisão da sala de estar. Eu não queria colocá-las na cama ainda, mesmo que já tivesse passado da hora de dormir. Avery tinha medo de ruídos altos, sempre teve, e minha doce Lily, ela se assustava com o trovão, algo que ela tinha puxado de mim.

Eu as queria perto.

Eu ouvi pequenos passos e virei minha cabeça para ver a minha filha mais velha, seus olhos sonolentos piscando enquanto olhava para mim, grandes olhos verde-oliva cheios de curiosidade.

"Ei, docinho. Você está com sono?"

Ajoelhei na frente dela e falei baixinho, sabendo que Avery estava dormindo a poucos metros de distância.

"Sim." Esfregando os olhos, ela veio para os

meus braços e aninhou-se no meu peito, como sempre fazia.

Ela é a menininha da mamãe.

"Papai não está aqui, mamãe."

Suspirei, esperando que ela não pudesse sentir a preocupação emanando de mim enquanto pensava nele.

"Não, amorzinho. Vá em frente e deite-se. Eu irei te encontrar quando for hora de dormir."

Assentindo, ela deu um beijo na minha bochecha e me lançou um sorriso largo e cheio de dentes, do tipo que poderia fazer até mesmo o Hulk derreter. Ela tinha um daqueles sorrisos contagiantes que iluminavam uma sala inteira quando ela entrava. Deus, eu amava ter ajudado a fazer esta preciosa menina.

"Eu te amo, Lily."

"Amo você, mamãe."

Ela correu de volta para o sofá e no momento em que ela estava de volta ao lado de sua irmã, Lucas voltou à minha mente.

Depois do nosso almoço, ele nunca apareceu para me acompanhar até em casa, algo que era tão diferente dele que me preocupou inutilmente durante a maior parte da noite. Por que ele não veio?

Eu conhecia Lucas Jones e ele era um

homem determinado. Por um erro, eu diria. Uma vez que ele colocava sua mente em algo, não havia como impedi-lo de seguir adiante.

Era uma coisa que eu adorava nele.

Sua lealdade. Seu instinto de me proteger, não importa o quê.

Eu amei especialmente a maneira como ele me amava.

Ferozmente. Devotadamente.

Sem arrependimentos.

Parecia que não importava o quanto eu tentasse, não conseguia tirá-lo da minha cabeça ou do meu coração.

Ele estava preso ali e devia haver uma razão para isso. Eu só não queria admitir.

Abaixei minha cabeça em minhas mãos, sacudindo-a em frustração.

Eu o queria.

Eu soube disso desde o momento em que o vi novamente.

Toda vez que eu o via e ele me perfurava com aquele lindo sorriso dele, eu sentia outro pedaço da parede que eu construí ao redor do meu coração cair. Era apenas uma questão de tempo até que ele encontrasse o caminho de volta para dentro.

Se ele fizesse, ele ficaria?

Ou eu ficaria com um buraco ainda maior no meu coração quando ele inevitavelmente partisse de novo?

Eu ouvi o que parecia um motor de motocicleta vindo de fora e minha cabeça ergueu das minhas mãos para ver alguém parado do lado de fora, botas cobertas de terra e grama, cabeça baixa e um gorro de malha Bears cobrindo sua cabeça. Tinha começado a chover e lá estava ele, o único homem que sempre me fez sentir viva, inteira, quebrada, amada e real.

Lucas Jones.

Meu coração se torceu em meu peito quando corri para a porta e a fechei atrás de mim, meu coração batendo duas vezes mais rápido quando vi o estado em que ele estava.

Ele ainda estava vestido com a camiseta que estava usando esta tarde, mas seu couro tinha sumido. O jeans que ele estava usando agora estava rasgado em ambos os joelhos, a maioria, senão todo o jeans coberto de grama, sujeira e manchas de lama.

Ele estava uma bagunça.

Eu não conseguia respirar ao vê-lo, sabendo que algo havia acontecido.

Quando parei a apenas 30 centímetros dele

e meus olhos encontraram o corte horrível em sua testa, eu congelei.

"O que aconteceu?"

Ele balançou a cabeça, suas mãos molhadas suavemente acariciando minhas bochechas enquanto ele olhava para mim com os olhos cheios de pesar e esperança. Eu agarrei seus pulsos com dedos trêmulos, precisando tocá-lo.

"Eu bati minha moto. Ei, venha aqui, querida."

Toda a respiração me deixou em um sopro e eu pressionei meu rosto na curva de seu pescoço, pressionando beijos leves por toda a pele ali.

"Estou bem. Está tudo bem."

Eu poderia ter perdido ele. Eu poderia ter perdido ele. Eu poderia ter perdido ele...

As palavras correram pela minha mente repetidamente enquanto eu sentia meu coração estilhaçar com a realidade disso.

Ele estava de volta à minha vida há um mês e tudo o que consegui fazer foi afastá-lo de mim o máximo que pude.

Lágrimas silenciosas caíram pelo meu rosto quando seu aperto forte aumentou em torno de mim e ele me segurou quando eu deveria estar segurando ele.

"E...eu não posso acreditar... Você está aqui. Espera."

Eu me afastei dele e puxei meu rosto do lugar onde senti uma saliência no tecido de sua camisa. Eu não sabia o que tinha acontecido comigo, mas se tornou muito importante para mim ver o que era. Poderia ser algum amuleto sem sentido, uma corrente ou um colar, mas eu precisava ver.

Pisquei através da umidade em meus olhos enquanto implorava a ele com meus olhos até que ele acenou com a cabeça, pegando minha mão enquanto eu rapidamente o levava para dentro.

Eu gentilmente fechei a porta da frente contra a chuva devastadora e o vento lá fora e tudo que eu podia ver era ele.

"Lucas."

Disse seu nome como uma oração antes de empurrar o tecido de sua camisa com dedos desesperados.

Seus olhos demonstraram uma compreensão pela qual eu estava grata quando ele inclinou a cabeça para que eu puxasse o tecido dele completamente.

Meus dedos deslizaram pelo seu pescoço em toques leves como uma pena, sentindo cada curva e fenda sob sua pele. Ele havia crescido em sua própria pele nos anos em que estivemos separados, eu podia ver na carne agora. Não havia como adivinhar o que havia por baixo de suas roupas, eu estava vendo, sentindo, divertindo-me com isso.

Uma corrente simples caiu ao redor de seu pescoço quando ele a removeu e tirou minha mão de seu peito, levantando minha palma enquanto colocava o pingente em minha mão aberta.

"Eu nunca tiro. Posso não ter sido capaz de impedir nossa queda, mas me separar disso não era algo que eu estava disposto a fazer."

Eu engasguei quando vi a aliança colocada na palma da minha mão, toda de ouro com uma gravura de prata estragando o interior do anel com uma mensagem que combinamos muito antes de nosso casamento.

Nosso amor é infinito. - Kaelyn

Meus olhos se encheram com a umidade novamente, mas desta vez, eu não lutei contra.

"Eu nunca parei de acreditar em nós, querida. Por favor, me diga que ainda não te perdi."

Sua voz continha tanta emoção e eu tive que olhar em seus olhos para ver se era verdade. Quando o fiz, poderia chorar com o amor que encontrei ali.

"Lucas." Lágrimas caíram pelo meu rosto enquanto eu finalmente sentia o amor que havia zumbido sob a armadura do meu coração todo esse tempo por este homem. *Alguma vez eu realmente parei de amá-lo?*

Eu não tinha certeza como, mas minhas costas estavam pressionadas contra a madeira da porta do meu quarto e as mãos de Lucas estavam cobrindo meu rosto enquanto ele silenciosamente enxugava minhas lágrimas.

"Querida, deixe-me entrar. Deixe-me amar você de novo, deixe-me ver aquele seu lindo sorriso todos os dias de merda. Para ver seus olhos comoventes, tão cheios de luz que você me cobre no momento em que me olha. Deixe-me ser sua casa, sua rede de segurança, seu amante, seu melhor amigo. Deixe-me ver enquanto nossas filhas crescem e deixe-me envelhecer com você. Não posso prometer que jamais farei algo que faça você duvidar do meu amor por você ou que sempre direi ou farei a coisa certa, mas juro que passarei o resto da minha vida fazendo a dor que te causei uma memória distante. Protegerei seu coração disso pelo tempo que for preciso. Tudo que você precisa fazer é me deixar entrar."

Eu engasguei com suas palavras, tão verdadeiras e cruas com a emoção que cativou nós dois que perfuraram meu coração com tanta luz que eu poderia iluminar o mundo com isso.

Mas quando olhei em seus olhos, fiquei apavorada.

CAPÍTULO 29

KAELYN

A mistura de emoção que cresce dentro de mim quando Lucas está diante de mim, seus profundos olhos verde-oliva cheios de calor e arrependimento, cria uma esperança dentro de mim.

"Eu não quero fugir," eu sussurro, minhas mãos agarrando seus ombros em necessidade.

Lucas mergulha sua boca na minha testa e coloca um beijo de boca aberta na minha pele.

"Então, querida, deixe-me mostrar a você. Eu vou te contar tudo. Apenas me deixe entrar."

Estou assentindo antes mesmo que ele diga suas palavras. A parede que protegia meu coração dele estava rachando e caindo enquanto eu me moldava a ele e envolvia minhas pernas ao seu redor, então ele não teve escolha a não ser me levantar em seus braços.

Seus braços me seguraram como se eu fosse escapar a qualquer momento, seus passos seguros nos levando para o meu quarto, onde ele se sentou na borda da minha cama, nunca me deixando ir. Sua boca esmagou suavemente a minha e faíscas voaram sob minha pele quando eu provei seu perfume verde de inverno e o cheiro áspero que ele emana. Meus lábios se abriram em um profundo gemido e quando mergulhou sua língua sobre a minha, sussurrei seu nome.

"Porra, Kaelyn," ele rosnou contra nossos beijos, afastando a boca para me queimar com seu olhar intenso. Pisquei minhas lágrimas e corri minhas mãos sobre sua cabeça, uma necessidade aguda de remover o que a cobria fazendo uma aparição.

"Eu..."

Só então, eu ouvi a risada de duas meninas fora do quarto e fui lembrada do que eu pretendia fazer antes de Lucas me distrair apenas alguns minutos atrás.

"Eu tenho que colocar as meninas para dormir. Você quer vir comigo?"

Um sorriso incrivelmente lindo se espalhou

por seu rosto enquanto ele balançava a cabeça, seus lábios roçando os meus mais uma vez.

"Eu ficaria honrado."

O enorme sorriso que cobriu o rosto de Lily enquanto seu pai a carregava escada acima era contagiante e eu me encontrei sorrindo de volta para ela. Eu sabia que nosso caminho pode não ser fácil e eu ainda precisava de respostas dele se tivéssemos alguma esperança de seguir em frente, mas enquanto levava Avery escada acima e ouvia a risada de minha filha enchendo a sala, me senti feliz.

Alegre, implacavelmente, feliz.

"Você está todo molhado, papai."

Assentindo, Lucas fez cócegas em Lily sob seu queixo enquanto eles se sentavam em sua cama, seus olhos nunca deixando os dele enquanto o observava.

"Eu estava preso na tempestade, querida. Estamos todos seguros agora."

Enquanto eu os observava, meu peito se encheu de amor.

Ele as amava muito e eu sabia que elas nunca seriam as mesmas se ele partisse novamente.

No entanto, de alguma forma, eu sabia bem no fundo que isso não aconteceria.

Ele nos queria. Todas nós.

Por enquanto, isso era o suficiente.

Não foi até duas histórias depois que os olhos de Lily se fecharam e sua boca se abriu, seu rosto relaxando enquanto ela adormecia. Puxando delicadamente os cobertores até o queixo, ele beijou sua bochecha e sussurrou algo baixo demais para meus ouvidos.

Eu coloquei Avery suavemente para não empurrá-la, seus olhos mais pesados a cada segundo.

"Durma, menina. Vejo você de manhã." "Eu te amo, mamãe."

Pressionando um beijo no topo de sua cabeça, observei seus olhos se fecharem.

"Até a lua, querida."

Senti a mão áspera e quente que só poderia pertencer a um homem em meu quadril e levantei minha cabeça para encontrar seu olhar.

"Preparada?"

Eu balancei a cabeça, inclinando-me para o lado dele e fechando a porta do quarto de nossas filhas atrás de nós.

Lucas pegou minhas mãos e silenciosamente me levou para o sofá da sala, então sentou ao meu lado.

"Você se lembra do último dia que passamos juntos?" Ele perguntou, sua voz baixa enquanto falava comigo.

Eu balancei a cabeça, o zumbido de preocupação e curiosidade cobrindo minha pele formigando.

Eu queria saber tudo, desde que ele voltou às nossas vidas, isso era tudo que eu queria. Por que, agora que ele estava se abrindo para mim, eu estava com medo de ouvir?

Ele apertou minhas mãos suavemente, as pontas ásperas de seus dedos alisando minhas palmas com conforto.

"Você foi ao médico naquele dia, você estava evitando, mas eu insisti."

Um leve sorriso se espalhou por seus lábios quando ele balançou a cabeça, seus olhos ferozes enquanto ele olhava para mim.

Ele não queria me dizer isso. Eu podia ver em seus olhos.

Mas por quê?

"Você sempre cuidou de mim. É uma das coisas que adorei em você. Sua força."

Sorrindo, peguei seu rosto em minhas mãos e puxei suavemente antes de sua testa tocar a minha.

"Eu sei que você está com medo de me dizer, mas você precisa. Nunca seremos capazes de superar nosso passado se não o enfrentarmos de frente."

Ele afastou seu rosto do meu apenas alguns centímetros, seus olhos verdes cativando os meus instantaneamente.

"Juntos?"

Eu balancei a cabeça, tirando minhas mãos de sua mandíbula e colocando-as contra seu peito.

"Juntos."

Assentindo, ele respirou fundo, nunca tirando os olhos de mim, e começou a falar.

"Seria apenas uma consulta médica de rotina. Um simples check-up. Eu tinha evitado porque não via sentido, não até estar diante do médico, porque em vez de um atestado de saúde limpo, obtive algo completamente diferente. Eu não esperava por isso.

Como diabos eu deveria esperar isso?"

Ele fez uma pausa e deve ter ouvido meu suspiro porque começou a esfregar círculos nas minhas mãos novamente.

Exceto que desta vez, o gesto fez pouco para me confortar. Eu estava apavorada, mas ainda assim, eu o deixei continuar. *Fosse o que fosse, enfrentaríamos juntos.*

O mantra se repetia enquanto nos abraçávamos naquele momento.

"Fui diagnosticado com câncer de cólon no estágio dois. Eles disseram que achavam que tudo começou no meu estômago e se espalhou. Eu não sabia o que fazer, Kaelyn. Eu era um homem perdido. Eu assisti minha mãe lentamente se tornar uma casca da mulher que ela um dia foi por causa do câncer que devastou seu corpo. Eu não poderia permitir que você assistisse isso acontecer comigo. Isso teria quebrado você."

Minhas mãos caíram no meu colo enquanto eu tentava entender o que ele havia dito.

Câncer.

Estágio dois.

Fui diagnosticado com câncer de cólon em estágio dois. Oh.

Deus.

Não...

Um gemido me deixou enquanto eu caia no chão ao lado do sofá e comecei a chorar.

Eu não poderia parar, mesmo que tentasse. Era como se cada dor que senti desde que ele partiu tivesse aumentado e eu simplesmente não podia mais ser forte.

Ele estava doente.

Quando eu estava comprando sapatos e roupinhas de bebê e depois de sua traição, ele estava doente.

Quando eu chorava em minha cama todas as noites, implorando por uma resposta para a dor que devastava meu coração, ele adoeceu.

Quando ele voltou para a cidade e eu o afastei, ele passou todo esse tempo *doente.*

E eu nunca soube.

Como ele não me contou isso?

Nós éramos casados. Com alegria, paixão e loucamente apaixonados e a pior parte de si mesmo que ele havia escondido de mim.

Seis malditos anos e ele escondeu isso de mim. Eu ao menos conhecia esse homem?

Ou eu apenas disse a mim mesma que conhecia quando meu coração se apaixonou por ele novamente enquanto eu o observava com nossas filhas?

Acho que nunca deixei de amá-lo e o tempo todo ele manteve esse grande segredo de mim.

Quando um par de braços fortes e quentes veio ao meu redor, eu me afastei, me afastando dele enquanto a raiva crescia, sombria e grande e desagradável, não deixando nenhum calor para ele agarrar.

"Querida, por favor, fale comigo." "Não."

Fiquei de pé com as pernas trêmulas, meus soluços eram o único som no quarto enquanto eu olhava para ele.

Eu queria entender isso de alguma forma, mas simplesmente não conseguia.

Eu não sabia se algum dia entenderia isso.

Isso não.

"V...você tinha câncer."

Acenando com a cabeça, ele deu um passo à frente, mas com um breve aceno de cabeça, deu um passo para trás novamente.

"Eu tenho câncer."

Meu peito foi perfurado com uma dor cegante ao saber e meus joelhos enfraqueceram com a necessidade de tocá-lo.

Eu soltei um suspiro trêmulo dos meus lábios e fui para frente, minhas mãos alisando seu rosto enquanto eu falava novamente.

"O que aconteceu?"

Ele deve ter entendido a gravidade da minha pergunta porque ele nem tentou me distrair dela.

"Ele se espalhou. Eu estava fazendo tratamentos de quimioterapia por quatro meses antes de serem interrompidos e os médicos me disseram que eu estava ficando fraco demais para lidar com eles. Um mês depois, disseram-me que estava em remissão. Fiquei muito feliz, mas mesmo assim sabia que não merecia você. Eu não merecia sua luz, sua gentileza, seu amor."

Minhas mãos cobriram o tecido contra sua testa e eu segurei seus olhos, totalmente verdes e dourados no meu marrom enquanto o puxava de sua cabeça completamente.

Meus dedos correram sobre a parte de trás de sua cabeça, nus até meus dedos, sem nem mesmo um traço de cabelo à vista.

Meus olhos, inchados e vermelhos, fecharam-se com a enormidade deste momento.

"Há dois meses me disseram que meu câncer havia voltado e, desta vez, estava pior. Querida, preciso que você me escute. Ei, olhe para mim."

Meus olhos foram capturados pelos dele quando eu balancei a cabeça, minhas mãos apertando as dele em um gesto silencioso para ele continuar.

Enquanto a enormidade de sua doença crescia dentro de mim, eu queria *odiá*-lo.

Eu simplesmente não pensei que pudesse, porque meu coração sempre precisou dele, mesmo quando eu não sabia disso na época. Mas como eu poderia *perdoá*-lo por isso?

E como poderíamos seguir em frente se eu não pudesse?

Uma respiração profunda deixou Lucas e eu senti seu hálito mentolado em meus lábios.

Eu olhei para ele e pude sentir meu coração batendo descontroladamente por ele, mesmo agora.

Como isso era possível?

"Disseram-me que o tratamento que recebi, quimio e radiação para interromper o crescimento de glóbulos brancos em meu corpo e diminuir o tamanho do tumor, foi bem-sucedido."

Eu engasguei e ele aumentou seu aperto em mim.

"Eles podem operar para remover o tumor, mas há riscos."

Ele fez uma pausa, seus olhos assombrados encontrando os meus e seu aperto mudando para o meu pescoço enquanto ele erguia meu queixo e fixava aquele seu olhar tão profundamente no meu que parecia que ele estava olhando diretamente para a minha alma.

"Querida, posso ter vivido no limite a maior parte da minha vida, mas até eu sei que há coisas muito importantes para arriscar perder. Não posso voltar atrás e mudar o pior erro da minha vida, deixando você. Se eu pudesse voltar, eu teria pedido que você me amasse..."

Meus dedos pressionaram sua boca enquanto uma memória atacava minha mente com suas palavras.

Quando éramos jovens, no colégio, a mãe de Lucas adoeceu. Ela foi diagnosticada com linfoma. Isso o tinha esmagado. Mas, ele estava esperançoso, sempre assegurando-lhe que ela não perderia seu casamento, seus filhos, seu quinquagésimo aniversário de casamento com seu pai, mas era apenas uma questão de tempo até que ela desistisse de sua luta, ele sabia disso. Perto do fim, Lucas ia para o quarto do hospital todas as noites e cantava uma música para ela. A música que ele costumava cantar estava em um loop dentro da minha mente enquanto Lucas olhava para mim, esperando que eu dissesse algo.

"E...eu poderia ter te amado por isso," eu sussurrei.

Ele acenou com a cabeça, uma máscara de medo e determinação cobrindo seu rosto.

"Não posso arriscar perder os momentos que vamos compartilhar, Kaelyn. Não posso arriscar perder você para sempre. Lamento não ter visto isso antes, mas vejo agora. Você teria me amado por isso."

Eu balancei a cabeça, afastando-me dele enquanto a tristeza e a raiva dentro de mim atingiam o auge.

Eu simplesmente não conseguia ficar em sua presença por mais um momento.

Eu precisava ficar longe dele se eu tivesse uma chance de chegar a um acordo com tudo.

"Você está fugindo," ele sussurrou, suas mãos estendendo- se para mim quando me aproximei da porta do quarto nas minhas costas.

Eu balancei a cabeça, embora eu odiasse.

"Eu não quero fugir."

Suas mãos capturaram uma das minhas e seu domínio, feroz e inabalável, me manteve cativa.

Eu queria ficar lá para sempre.

"Então fique."

Eu balancei minha cabeça novamente, não sendo capaz de fazer muito mais.

"E...eu não posso. Eu preciso de... tempo. Não consigo entender tudo isso, não sei se conseguirei. Quando você saiu, me machucou. Mas saber que você me *enganou* assim, isso me *estilhaça*. Apenas, por favor, me dê um tempo."

Seus olhos se fecharam no que eu pensei ser uma derrota e ele acenou com a cabeça, não me permitindo escapar dele ainda.

Eu apertei sua mão na minha mais uma vez, meu coração dolorosamente dividido entre a minha necessidade de ir para ele e a agonia que estar em sua presença agora estava me dando.

Quando me afastei dele, ouvi-o sussurrar meu nome.

Minha mão pousou na maçaneta do meu quarto, mas algo dentro de mim não me deixou abri-la e, portanto, o afastei.

Virando apenas o suficiente para encontrar seu olhar desesperado, minha voz falhou enquanto eu falava.

"V...você vai ficar?"

Assentindo, Lucas pressionou uma grande mão bronzeada sobre o peito para capturar o anel que tinha.

"O tempo que você precisar, querida."

Eu me sentia cansada ao me abaixar no banho quente que havia tomado, precisando de algo para aliviar a dor em meu coração e a tensão em meus músculos após um longo dia de trabalho. O calor da água do banho me acalmou instantaneamente, meus membros relaxaram e minha cabeça caiu suavemente na borda da banheira para descansar lá. Meus olhos se fecharam e a umidade escorregou debaixo deles quando me lembrei do olhar desesperado de Lucas, seu aperto firme, suas palavras e a escolha que eu estava enfrentando agora.

Eu pensava que o amor era fácil quando era jovem, mas sabia que não era verdade. O amor era a coisa mais horrível, porém mais gratificante que encontrei na minha vida e eu sabia que tinha isso com ele. Sempre tinha sido ele.

Eu exalei bruscamente, o zumbido da raiva ainda é intenso debaixo da minha pele devido aos acontecimentos da noite. Eu odiava isso.

Tudo isso.

Todas as noites eu era afastada dele e todas as noites ele perdia mais um momento que poderia compartilhar com Lily e Avery. Eu odiava que ele tivesse feito uma escolha por mim, uma escolha insuportável, mas ainda assim, uma escolha que ele não tinha o direito de fazer sozinho.

Se ele tivesse me dado escolha, eu o teria escolhido. Todos os dias, todos os segundos, todos os momentos. Minha mãe uma vez me deu um conselho sobre o amor.

Ela havia dito: *Kaelyn, o amor é escolher uma pessoa, todos os dias. Uma pessoa para cuidar, uma pessoa para amar, proteger e ser grata para sempre. Se você não conseguir encontrar isso, continue procurando. Porque ele a encontrará quando você menos espera.*

Eu abri meus olhos, uma corda de esperança envolvendo meu peito quando percebi que ela estava certa. Eu o teria escolhido, todos os dias.

O homem que eu escolhi amar estava longe de ser perfeito.

Ele era lindamente falho. Ele era um protetor. Isso estava enraizado nele desde muito jovem e isso nunca mudaria nele.

Sentei, enrolei os braços em volta dos joelhos e mais uma vez fechei os olhos. Não porque estava cansada, mas simplesmente porque sempre que o fazia, eu o via.

Você acha por um momento que eu poderia ter deixado você se tivesse outra maneira? Você era tudo para mim, Kaelyn. Você sempre foi.

As palavras que ele me disse enquanto tentava me fazer ver do que eu estava me escondendo passaram pela minha mente.

"Eu era um homem arruinado. Eu não sabia o que estava fazendo. Não tinha ideia do que fazer, mas tudo que sabia era que precisava proteger você. Tudo o que fiz foi para protegê-la da dor que agora vejo em seus olhos. Sinto muito, querida."

"Eu fui um idiota de merda."

Saí da banheira com pressa, puxando a

toalha em volta do meu torso com um puxão forte. Eu estava cheia de luz e uma esperança hesitante que finalmente me permitiu aceitar. Eu não ia fugir mais disso. Eu ia abraçar isso.

Eu iria abraçá-lo.

Eu o afastei todo esse tempo e, o tempo todo, ele estava me protegendo.

Eu não poderia culpá-lo por isso, mesmo se quisesse. Era parte do homem incrível, brilhante e doce que ele era e *eu amava cada parte dele, mesmo aquelas que nos separaram.*

Se enfrentasse o mesmo obstáculo, eu teria contado a ele?

Eu teria contado para nossas filhas que estava com uma doença que me tiraria delas tão cedo?

Não. Instintivamente, eu sabia que não teria forças para isso. Era uma situação impossível em que ele se encontrava.

Uma coisa que eu sabia era que o apoiaria. Eu suportaria essa tempestade ao seu lado e faríamos isso juntos.

Não sendo capaz de suportar ficar longe dele nem por mais um minuto, eu deixei cair minha toalha e abri a última gaveta debaixo da pia do banheiro, tirando o robe azul marinho para vestir. Quando fui fechar com o pé, meus olhos se fixaram na caixa de anel solitária que estava no fundo.

Minha aliança de casamento.

Eu não fui capaz de me livrar dela mesmo depois de nossa separação, meu coração não me permitiu. Agora, enquanto eu cuidadosamente abri a caixa e coloquei o ouro cravejado oval na minha mão esquerda, eu sabia por quê.

Era para ficar neste dedo. Eu nunca deveria ter tirado.

Minha mão tremia quando finalmente pousou na porta do banheiro e respirei fundo, sabendo o que tinha que fazer agora.

CAPÍTULO 30

KAELYN

Saí do meu quarto para o corredor escuro, meus passos me levando para a sala mal iluminada, onde eu podia ouvir o som audível de um ronco. O som aqueceu meu coração. Eu podia me lembrar de dormir ao lado dele e aquele som me embalava para dormir todas as noites. Eu amei aquele som. Enquanto me movia ao redor do sofá, eu o vi. Lucas ficou lá, sua cabeça quase caindo enquanto ele dormia. Eu me ajoelhei e o observei. Sua cabeça estava descoberta, cílios longos cobrindo uma parte de suas bochechas enquanto descansava no travesseiro que ele colocou sob sua cabeça em algum momento da noite. Eu o tinha visto dormindo o suficiente para saber que estava inquieto. Algo o incomodava, mantendo uma noite de sono saudável e repousante apenas à distância. Eu enrolei meus dedos sob sua cabeça e massageei seu couro cabeludo, algo que eu aprendi que o ajudaria a se sentir confortável em noites como esta. Por apenas um momento, Lucas se inclinou ao meu toque, buscando meu conforto antes que seus olhos se abrissem e eu fosse recebida com olhos arregalados cheios de preocupação e esperança, a mesma combinação potente que corria em minhas veias enquanto eu estava sentada lá, observando-o com admiração. Eu escovei meus dedos sobre seu rosto enquanto empurrava o cobertor que o cobria para o lado, enrolando meu corpo no espaço ao lado dele.

"Kaelyn," ele sussurrou, um milhão de perguntas em cada palavra. Eu inclinei minha cabeça para trás para o conforto de seu peito e balancei levemente.

"Lucas." Ele deve ter visto as respostas que precisava dentro do meu olhar, porque acenou com a cabeça.

"Durma, agora," ele murmurou. Seu braço serpenteava firmemente em volta das minhas costas enquanto dedos suaves alisavam as mechas do meu cabelo, permitindo-me descansar contra seu aperto forte enquanto eu sonhava.

A sala estava iluminada com as luzes da árvore de Natal quando entrei, meu rosto doendo instantaneamente com o enorme sorriso que irradiava dele. Eu apostaria dinheiro que isso foi obra de Lucas. Desde o Dia de Ação de Graças, sua mãe, uma mulher doce com o mesmo cabelo loiro escuro e olhos verde-oliva, não parava de falar sobre o Natal. Eu sabia que ela odiaria perder o feriado e passá-lo com sua família, mas Lucas encontrou uma maneira de trazer isso para ela. Dei duas batidas leves na porta do quarto do hospital e seus olhos se abriram para me ver, sorrindo gentilmente para mim. O calor que ela exalava parecia cobrir toda a sala enquanto eu me movia para dentro e me sentei ao lado de onde seus filhos estavam parados, copos de papel azuis cheios de cidra de maçã em suas mãos bastante grandes. Meus olhos pousaram no homem que roubou meu coração, Lucas Jones. Seu cabelo comprido estava preso em um coque na parte de trás de sua cabeça e seus grandes olhos verdes, com minúsculas manchas de ouro ao redor das íris, estavam intensamente focados na história que sua irmã mais nova, Colby, estava contando a ele. Eu não conseguia me concentrar nisso enquanto meus olhos vagavam por ele. Eu só estive longe dele por algumas horas porque tinha que assistir às aulas, mas ainda assim, eu senti sua falta. Ele deve ter sentido meu olhar, porque ergueu os olhos da irmã e me encarou, aqueles olhos grandes me cativando instantaneamente. Um sorriso torto se espalhou por seu rosto, a visão dele dolorosamente bela. Eu tinha visto isso mais vezes do que eu poderia contar, mas todas as vezes, tirava meu fôlego.

"Oi, baby." Afastando-se do lado de sua mãe por apenas um momento, ele veio até mim e me ergueu nos seus braços, suas mãos pousando na minha cintura enquanto ele me segurava perto.

"Senti sua falta," murmurei contra seu pescoço. Ele apertou seus braços em volta de mim.

"Não tanto quanto eu senti sua falta."

Ele inalou o meu cheiro, seu nariz no meu cabelo.

"Você me acalma tão facilmente, Kaelyn. Como você faz isso?"

Eu olhei para ele e pressionei meus polegares em seu queixo suavemente.

"Eu te amo, simples assim. Está pronto?"

Ele assentiu. Eu o observei pegar a mão de sua irmã e acenei para ela quando eles saíram. Mudei-me para o assento mais próximo da cama de Candace, pegando sua mão quente nas minhas enquanto me sentei com ela.

"Como está se sentindo, Sra. Jones?"

Ela estreitou os olhos para mim, embora eles ainda sorrissem para mim.

"Já disse um milhão de vezes, querida, é Candace. E eu estou bem."

Eu balancei a cabeça, apertando sua mão na minha, sabendo que ela mente para nós.

Ela mente e diz que está bem quando não está.

Ela mente quando diz que se sente melhor quando seus filhos perguntam, só para diminuir a preocupação com ela.

Ela mente para si mesma quando diz que vai ficar boa logo, quando sabemos que é apenas uma questão de tempo.

Se eu pudesse fazer um desejo e realizá-lo em minha vida, seria que ela pudesse ficar.

Mas eu tinha certeza de que não é assim que a vida funciona. Mas eu desejei que Deus apenas realizasse esse desejo.

A porta se abriu suavemente, puxando meus olhos para Lucas quando ele entrou na sala com seu estojo de violão pendurado sobre um de seus ombros revestidos de couro. Todos os domingos fazíamos isso. A família inteira se reunia em torno de Candace e Lucas cantava para sua mãe a música favorita dela. Ela sempre nos disse que era isso que a mantinha forte. O amor de seus filhos. Eu sorrio, sabendo que isso é verdade.

Eu ajudei Candace a levantar os travesseiros que

estão colocados atrás de sua cabeça para que ela pudesse realmente ver seu filho quando ele se sentou ao lado dela, seu violão em seu colo quando ele começou a tocar.

Lucas lançou um breve olhar para trás e pegou minha mão, seu olhar verde profundo me prendendo em suas profundezas por um momento. Sua mãe começou a tossir, o som era curto, áspero e cheio de dor.

"Você está bem, mamãe? Eu posso esperar..."

Ela o estava silenciando antes mesmo que ele soltasse as palavras, seu tom era inabalável.

"Não. Fico ansiosa por isso todas as semanas. Agora, cante para mim, garoto."

Sorrindo gentilmente para sua mãe, ele acenou com a cabeça.

Os acordes ecoaram pelo quarto quando ele começou sua música, as notas acústicas criando uma doce melodia com a qual todos estávamos familiarizados, especialmente Candace.

Sua voz quebrou no meio da música e eu pressionei minhas mãos em seu peito, dizendo a ele da única maneira que pude que eu estava aqui. Eu não iria a lugar nenhum, não sem ele.

Quando ele olhou para mim, eu sabia que ele podia ver o amor em meus olhos, como sempre.

Erguendo meu rosto para ele, eu sussurrei em

seu ouvido enquanto ele olhava para sua mãe, *tristeza emanando de sua própria essência.*

"Eu vou te amar durante isso."

Meus olhos se abriram quando um raio de sol caiu sobre a sala ao meu redor, me desorientando por alguns momentos. Senti um par de braços quentes envolvendo minha cintura e as cócegas dos pelos do peito sob minha bochecha. As janelas da minha sala de estar me cumprimentaram e, quando movi meus olhos para a cozinha, vi o que havia me acordado. Meghan, vestida com um par de jeans skinny apertados que eu gostaria de poder usar e sua camisa marrom com ombro de fora, estava na cozinha, servindo- se de um pouco de café. Seus olhos se ergueram e ela sorriu quando me viu.

"Eu te disse," ela murmurou, seu sorriso se alargando ainda mais. Eu sorri, agora percebendo o que me trouxe aqui, esta manhã.

Lucas.

Eu sorri enquanto aninhava meu rosto em seu pescoço, sabendo que tinha que agradecer a ela por muitas conversas noturnas enquanto eu lutava para abrir meu coração para ele. Mas agora, deitada contra Lucas e inalando seu perfume de canela e especiarias, me senti segura. Como se eu estivesse onde pertenço.

Demorei um pouco para chegar aqui, onde podia perceber o que estava no fundo do meu coração e os sentimentos que nunca me haviam deixado e agora que o tinha feito, estava tão agradecida à minha melhor amiga por nunca me enganar nas últimas semanas. Ela poderia ter me dito para fugir dele, mas eu acho que ela sabia o quanto eu ainda me importava com esse homem e é por isso que eu a amava tão ferozmente.

Movendo suavemente seu braço na minha barriga, deixei o sofá e caminhei devagar em direção à cozinha. Eu ouvi o que parecia um rosnado de Lucas enquanto ele dormia e isso me fez sorrir.

"Ei, estranha."

Meghan sorriu e nós nos abraçamos com um abraço muito necessário.

"Ei. Onde você esteve?"

Ela se inclinou para trás com a minha pergunta, a culpa nublando seu rosto, ela não tinha estado muito aqui em casa. Entre meus turnos na cafeteria e seus turnos lá também, não nos víamos há quase uma semana. Eu perdi essa garota.

"Me desculpe, eu só tinha que encontrar um novo emprego. Sei que tenho ajudado você com a cafeteria, mas preciso de mais. Para me sentir útil, eu acho."

Meu coração doeu por ela. Eu odiava que ela estava passando por essa transição terrível. Estando sem emprego durante a maior parte da infância de Avery, foi difícil. Você se acostuma a ter aquele propósito de trabalho que precisa ser feito a cada dia e não ter isso pode ser difícil. Eu vivi isso, sei como ela deve ter se sentido. Eu gostaria que ela tivesse me deixado ajudar, de alguma forma.

"Eu poderia ter ajudado você a encontrar algo, Meg."

Ela acenou com a cabeça, entregando-me uma xícara de café fumegante.

"Eu sei, mas eu tive que fazer isso sozinha. Eu encontrei algo."

O orgulho me encheu com a notícia e eu sorri até minhas bochechas doerem.

"Onde?"

Ela fez uma pausa e ouvimos a agitação na sala de estar.

"Kaelyn," uma voz áspera chamou, o tom áspero causando arrepios cobrindo minha pele e um rubor surgindo em meu rosto. Perto daquele homem, era como se eu fosse uma adolescente de novo, incapaz de esconder minha atração por ele.

"Eu..."

Ela sorriu, beijou minha bochecha e pegou meu café.

"Tenho a sensação de que vocês dois têm algumas coisas para conversar. Vou levar as meninas comigo para a cafeteria, deixá-las ver como o trabalho da mamãe funciona, ok?"

Eu sorri, apenas imaginando os sorrisos no rosto das minhas garotas hoje.

"Elas adorariam isso, Meg. Obrigada."

Ela acenou com a cabeça, vestindo sua jaqueta jeans e pegando as chaves do balcão.

"Vocês merecem algum tempo sozinhos. Levem todo o tempo que precisarem e todos nós jantaremos esta noite."

Eu balancei a cabeça, agachei-me sobre meus joelhos quando avistei Avery correndo de seu quarto, vestida e pronta para ir.

"Oh, você está tão bonita, querida. Tia Meg vai levar vocês hoje, o que acha?"

Ela me deu um sorriso enorme, fazendo com que o amor que eu sentia apertasse meu coração enquanto as duas garotas me envolviam em um abraço, cada uma me dando um beijo antes de correr atrás de Meghan e sair pela porta. Eu parei na porta, acenando para elas enquanto o carro que Meghan dirigia saía da nossa garagem.

"Querida..."

Sua presença me envolveu como uma carga de eletricidade e eu me virei em seus braços, o aperto firme que ele tinha em meus quadris nunca diminuiu. Impaciente, seus dedos flexionaram contra o tecido felpudo do robe que eu usava, o material de repente coçando e desconfortável. Eu não poderia desviar o olhar dele mesmo se quisesse, a intensa mistura de luz e escuridão que rastejava entre as manchas de ouro e verde em seus olhos tornava difícil desviar o olhar por um momento.

"Lucas."

Seu nome saiu dos meus lábios em um sussurro enquanto eu era atraída mais profundamente em seu olhar, seus braços, sua presença.

Não importava que ele tivesse quebrado meu coração. Não importava que eu estivesse apavorada com o amor que compartilhamos.

Tudo o que importava era este momento, bem aqui. Tudo o que importava éramos nós.

Quando seu olhar se desviou para minha boca, partiu-se.

Passei meus braços em volta de sua cintura e ele segurou meu queixo enquanto procurava meus olhos mais uma vez. Quanto mais ele olhava para mim, mais a necessidade por ele cresce em meu peito.

"Você não fugiu."

Meus olhos lacrimejaram quando ouvi o medo em sua voz, o medo de que eu ainda iria fugir dele, fugir de nós. Tudo o que eu sabia fazer quando ele tinha voltado às nossas vidas era apenas isso, fugir. Mas eu não queria mais fugir. Eu só queria estar bem aqui, com ele.

Com um suspiro trêmulo, eu balancei a cabeça.

"Eu sinto muito. Eu o empurrei quando tudo que deveria ter feito era puxá-lo para mais perto. Estou com muito medo de amar você de novo, Lucas, mas eu amo."

Lágrimas pesadas caíram pelo meu rosto quando a minha última resistência a esse homem caiu e nossos corpos se uniram, dedos desesperados segurando enquanto nossos olhares nunca se desviaram. Eu podia ouvir a batida pesada do meu coração dentro do meu peito, a batida firme dele era a única coisa que eu conseguia me concentrar enquanto procurava em seus olhos brilhantes as palavras que ele diria.

Eu sabia, mais do que tudo, que este era o momento. O momento que eu contaria a nossas filhas nos anos que viriam, aquele que seria uma fonte de força no que quer que viesse a seguir para nós; este foi o momento em que o deixei entrar.

Suas mãos, tremendo com o significado de minhas palavras, cobriram minhas bochechas e antes que eu percebesse sua boca estava na minha. Eu engasguei contra o seu beijo, cada músculo do meu corpo relaxando enquanto o sabor rico de canela dele cobria meus sentidos e acalmou minha alma instantaneamente. Em seu beijo, encontrei minha casa, aquela que estive procurando por tanto tempo.

"Tem certeza, querida? Porque isso não será fácil. Não sei o que virá a seguir para nós. Estou com tanto medo de perder aquela luz com a qual você me cegou, a luz com a qual você continua a me abençoar e assim fazem nossas lindas filhas. Não sei quanto tempo terei para amar este presente que você está me dando, Kaelyn, mas irei. Eu vou valorizá-lo pelo tempo que eu puder."

Minha pele formigou de medo potente do futuro que ele descreveu. A ideia de perdê-lo agora que finalmente o havia achado insuportável demais para sequer pensar nisso. Eu tentei piscar para afastar as lágrimas que se juntaram em meus olhos enquanto eu pressionava minha boca em sua mandíbula, tentando dar-lhe consolo, mesmo que fosse um pouco.

Quantas noites perdemos, ambos perdidos nas metades que tínhamos, sem saber como ser verdadeiramente inteiros de novo?

Muitas.

Eu os queria de volta. Todos os momentos que perdemos quando estávamos perdidos e separados, mas eu sabia que pensar assim era inútil. Tudo o que eu podia fazer agora era amá-lo, assim como sabia que ele me amaria.

Meus dedos pressionaram a parte de trás de sua cabeça e eu implorei com meus olhos para me dar o que eu precisava. Consolo. Esperança. E acima de tudo, seu amor.

Essa era a única coisa que eu sabia que nos ajudaria a superar isso.

"Venha comigo," sussurrei, uma ideia de como mostrar a ele como eu estava me preparando. Sua mão caiu na minha enquanto ele acenava com a cabeça, cedendo facilmente. Ele devia saber o quanto eu precisava dele naquele momento, porque não disse uma palavra, ele apenas me seguiu enquanto eu o levava para o quarto de hóspedes que eu mantinha fechado.

Nossos passos foram a única coisa que ouvi enquanto o levava escada acima.

"Para onde estamos indo, querida?"

"Shh, eu preciso te mostrar uma coisa."

Eu segurei seus olhos por cima do ombro enquanto falava e ele acenou com a cabeça, embora seus olhos estivessem cheios de perguntas.

Eu fiz isso até a última porta à direita do corredor e levantei minha mão para o topo da moldura da porta para recuperar a chave que sempre deixei lá.

Uma coisa em que insisti quando nos mudamos para o Texas foi me livrar das memórias. Eu não aguentava os lembretes à nossa volta, visto que vivíamos em Chicago nos meses depois que li aquela carta que ele havia me deixado em nossa cama, naquela noite em que ele deixou nossa casa e nunca mais voltou.

Eu havia feito as pazes com a decisão que ele havia tomado naquele dia, mas a cicatriz que sobrou só ficou maior e mais profunda conforme eu era lembrada por tudo ao meu redor. Nossa casa, o parque na esquina de nossa casa para onde levávamos Lily quando bebê, o restaurante italiano na cidade que guardava tantas memórias incríveis para nós. Mesmo ver nossas famílias tinha feito a dor aumentar e eu simplesmente não poderia viver assim por mais um dia. Então fiz o que faço de melhor, fugi. Ao destrancar a porta, contei a Lucas todos os detalhes que me levaram à decisão de deixar minha casa e também contei a ele como não fui capaz de suportar a separação de nossas memórias para sempre. Por um tempo, sim, mas não por toda a vida. Eu os tinha guardado.

Com um puxão suave na fechadura, empurrei a porta com o pé.

Senti Lucas inspirar profundamente quando acendi a luz e ele viu o quarto. Para qualquer pessoa que visite nossa casa, pode parecer apenas um covil aconchegante. Tinha dois sofás, uma mesa no canto, uma pequena televisão montada na parede e uma pilha de videogames na parede oposta. Eu vi os olhos de Lucas vagarem ao redor do quarto enquanto ele absorvia tudo, então sorri enquanto ele balançava a cabeça levemente, a raiva infiltrando-se em seu olhar.

Não era raiva de mim, eu sabia disso. Era raiva de si mesmo. Raiva por ele ter feito isso conosco.

Raiva pela doença estúpida que impediu que mais um milhão de memórias espalhadas pelo quarto acontecessem. Raiva de si mesmo.

Gentilmente, puxei sua cabeça para baixo

para encontrar a minha e olhei para ele com o coração aberto e um olhar aberto.

Não estávamos aqui para relembrar nosso passado, estávamos aqui para perceber que valia a pena lutar pelo que restou.

Um amor que vale a pena ter, sempre valerá a pena lutar, docinho.

As palavras do meu pai ficaram obscuras em minha mente enquanto eu olhava nos olhos de Lucas, sabendo que ele ainda não tinha visto.

"Lembro-me de cada momento, Lucas. Mas estes não são os únicos que faremos. Haverá muitos mais."

"Mas eu..."

Balançando minha cabeça, eu o puxei para a poltrona mais próxima e fui até a porta do armário de madeira de pinho que estava atrás dela. Peguei a caixa do violão empoeirada e velha do armário e coloquei a seus pés.

"Você não vai me perder, querido. Eu prometo."

Eu fixei meu olhar no dele e finalmente vi a esperança em seus olhos. *Ele acreditou em mim.*

CAPÍTULO 31

LUCAS

Kaelyn sentou na minha frente e colocou seu violão em seu colo. Eu lancei meus olhos para o instrumento, minha curiosidade despertando. Eu imaginei que ela teria jogado fora o violão que eu tinha dado a ela no nosso primeiro aniversário de casamento, a lembrança disso tinha que ser difícil para ela.

Um sorriso tímido se formou em seus lábios quando ela colocou os dedos na ponte, cada dedo dedilhando amorosamente os acordes. Uma dor profunda ressoou dentro de mim quando reconheci o que ela estava tocando para mim.

De jeito nenhum eu seria capaz de suportar

essa música se não fosse ela tocando, mas aqui estava ela, me dizendo de outra forma que ela estava nisso. Meu coração se retorceu em uma agonia agridoce enquanto eu esperava que fosse verdade.

"Kel," eu suspirei, querendo impedi-la apenas para que eu pudesse colocá-la de volta em meus braços. Estávamos separados por seis malditos anos e todos os dias eu queria isso, bem aqui. Eu a queria.

Agora que a tinha comigo, faria qualquer coisa para mantê- la aqui.

Enquanto eu pudesse ficar nesta vida com ela, eu a apreciaria e o amor que ela estava me dando.

Seus olhos castanhos ergueram-se para os meus e eu vi o calor refletido neles, sabendo que era tudo para mim. Cada grama disso. Seus dentes desceram até o lábio inferior e seus olhos caíram dos meus, sua concentração agora focada exclusivamente em dominar o ritmo de seu próximo acorde. Tocar violão sempre foi difícil para ela, mas aprendeu para mim. Ela sempre quis me apoiar. Rangendo os dentes, eu queria me dar um soco por ser tão cego. Se eu tivesse confiado em nosso amor, nunca teria machucado essa mulher linda e forte. Ela era doce e verdadeira, genuína e gentil, atrevida e sexy, e ela era minha.

Sempre foi. Sempre seria.

Kaelyn Anne Jones sempre pertenceria a mim. Coração. Corpo. Alma. Mente.

Eu a estimaria pelo resto de meus dias.

Essa foi a minha promessa para mim mesmo.

Eu vi sua sobrancelha franzir enquanto se frustrava, sua boca formando uma carreta em seu rosto ainda corado. Ela estava tão sexy naquele momento; eu só tinha que ir até ela.

Eu caminhei em direção a ela e quando seus olhos se ergueram, sua boca se abriu e o zumbido de atração que nos rodeava aumentou. Enrolando meu corpo atrás dela no chão, puxei-a para o meu colo e coloquei minhas mãos sobre as dela em seu violão, meu corpo instantaneamente ganhando vida com seu toque.

Porra, as coisas que essa garota faz comigo deveriam ser ilegais.

"Assim, querida."

Apressei seus dedos a espalharem sobre o acorde, para relaxar em torno da palheta que ela segurava entre o polegar e o indicador. Tocar um instrumento era como respirar. Você tinha que apenas deixar acontecer.

Senti seu corpo inteiro derreter no meu enquanto eu aliviei cada nota entre nossos dedos e logo estávamos tocando a harmonia.

"Pronto?" Ela sussurrou, sua voz quase inaudível.

Eu balancei a cabeça contra seu cabelo, pressionando beijos lá enquanto o sangue em minhas veias corria e a expectativa de ouvi-la cantar para mim, fazendo com que seu efeito em mim aumentasse ainda mais.

Eu a ouvi exalar, seus olhos piscando para os meus e então ela começou a cantar.

Sua voz me envolveu e eu senti a esperança explodir dentro de mim. Eu não conseguia mais dizer a mim mesmo que estava sozinho. Esta linda garota estava aqui comigo e ela não iria a lugar nenhum.

Mergulhei meu nariz em seu pescoço e inalei seu perfume de morangos e creme, a essência dela me dando a força que eu estava precisando por tanto tempo.

Não fui capaz de enfrentar o futuro incerto sozinho. Mas agora que eu a tinha, eu sabia que poderia.

Ela é minha graça salvadora.

A mão de Kaelyn subiu para minha bochecha enquanto eu me agarrava a ela, minha resistência à sua luz cegante desapareceu completamente.

"Juntos," ela sussurrou. Eu movi minha cabeça de sua pele aquecida e balancei a cabeça, pressionando minha boca ao lado de sua cabeça mais uma vez antes de abaixar até seu ouvido para cantar para ela.

Sua voz sumiu e eu continuei a cantar para ela, minha voz irregular e desconexa com o amor que eu tinha por ela, o amor do qual eu nunca iria me esconder novamente. Isso estava me salvando. Acho que isso sempre me salvou, mesmo quando eu não era capaz de admitir.

Minha graça salvadora.

No momento em que parei de cantar, Kaelyn rastejou do meu colo, levando o instrumento com ela e o calor de seu corpo contra o meu.

Que diabos?

"Kaelyn."

Eu a ouvi suspirar enquanto colocava o violão de volta no estojo, ouvi a porta do armário se abrindo do outro lado da sala.

"Kaelyn."

"Eu preciso de um minuto, Lucas," ela suspirou, embora não houvesse gelo nas palavras. Eu estava prestes a ir buscá-la quando ela se virou e correu de volta em minha direção, seu ritmo me derrubando enquanto ela caía em cima de mim, seu corpo exuberante cobrindo o meu. Um grunhido baixo me deixou com o contato de seu calor atraente contra meu pau. Mesmo com as roupas de baixo que eu usava, ainda sentia isso.

Sua boceta estava a centímetros do meu alcance e se eu não me afastasse dela, não seria capaz de me impedir de reivindicá-la.

"Querida, você precisa sair de cima de mim."

Sua cabeça apareceu no meu pescoço e eu vi a fome em seus olhos.

"Meu controle está prestes a quebrar, querida. Acabei de te ter de volta e te quero tanto que poderia explodir com isso. Se você não quer isso, você precisa sair de cima de mim."

Ela acenou com a cabeça, sua boca se abrindo em outro suspiro quando ela se afastou de mim e eu não poderia mentir para mim mesmo para dizer que não foi um golpe. Mas eu tinha acabado de tê-la de volta. Tínhamos tempo.

Mesmo que meus dias estivessem contados, ainda tinha tempo com ela. Hora de amá-la como ela merecia ser amada.

Totalmente, completamente, incondicionalmente. Se ela me deixasse.

Enquanto Kaelyn se levantava, seus olhos brilhantes olharam para mim por cima do ombro, a expressão de fome que eu tinha visto ainda tão clara. Sentei e deleitei meus olhos na minha linda garota. Seu corpo esguio estava coberto com o robe de noite azul marinho que ela usava, seu cabelo loiro uma bagunça sexy como o inferno em torno de seu rosto e seus olhos arregalados e abertos para mim. Segurei meus punhos ao meu lado e me forcei a não aterrorizá-la. Ela era tão linda que me tirou o fôlego.

"Lucas," ela sussurrou. "Sou sua. Não se controle mais. Eu sou sua. Sempre fui e sempre serei."

Quando as palavras deixaram sua boca, ela se virou e me atingiu com aquele sorriso brilhante dela e eu estava perdido. Eu me levantei e corri para ela. No momento em que a alcancei, soube que não seria capaz de ir devagar.

Eu ia devastá-la. Reivindicá-la.

E então, e só então, eu iria demorar um pouco com ela.

Se eu pudesse convocar o controle para fazer isso.

"*Leve-me.*"

Puta que pariu. Esta mulher seria a minha morte.

"Kaelyn."

Ela enrolou os braços em volta do meu pescoço e deu um beijo quente de boca aberta na minha mandíbula antes de liberar sua língua para alisar minha pele superaquecida. Meu pau se ergueu instantaneamente.

"Querido," ela murmurou. O carinho quebrando minha última resistência. Com um puxão forte, joguei a faixa de seu robe no chão e minhas mãos percorreram sua cintura nua enquanto eu a levantava em meus braços. Um suspiro agudo a deixou, seus olhos arregalados enquanto ela me observava e então minha boca estava sobre ela. Este beijo não foi como todos os nossos outros. Não era doce e não era macio. Estava machucado, áspero e fora de controle.

Eu ataquei o doce sabor de seus lábios antes de mordiscá-los com impaciência, fazendo-a engasgar. Eu empurrei minha língua profundamente nas profundezas de sua boca sedosa. Eu soltei um gemido profundo dela enquanto comia, flexionando meu aperto sobre ela enquanto subia as escadas para o nosso quarto.

Sim, *nosso*.

Eu não ia dizer a mim mesmo que isso era qualquer coisa, exceto o que era.

Eu a estava reivindicando novamente.

Tudo que ela tinha para dar, ela me daria esta noite. Eu não esperaria mais um segundo para tomá-la.

Sua respiração saiu ofegante enquanto ela movia sua boca sob a minha, beliscando meus lábios enquanto eu tentava afastá- los. Uma risada rouca me deixou e eu balancei minha cabeça com suas travessuras.

Seu atrevimento ainda estava lá.

Minha linda garota ainda estava lá, apenas esperando que eu a reivindicasse como minha mais uma vez.

Exceto desta vez?

Seria para sempre.

Minha bota bateu na porta com um chute e ela cedeu.

Enrolei seu cabelo sedoso em volta do meu punho e esmaguei minha boca na dela mais uma vez.

"L...Lucas." "Eu sei."

Seus pés caíram no chão e eu baixei meus olhos para encontrar os dela, os marrons que encontrei explodindo de amor e necessidade por mim. Corri a ponta do meu polegar sobre sua bochecha corada e observei sua boca se abrir enquanto seu desejo por mim aumentava.

"Vire para mim."

Quando ela o fez, convoquei o último fragmento de controle que tinha em mim e abaixei minha boca para a parte de trás de seu pescoço, convocando outro gemido gratificante de seus lábios.

Minha boca se aventurou pelo seu pescoço, mordendo, lambendo, provocando, torturando sua carne quente, meu pau esticado, diminuindo meu controle completamente em torno dela.

Eu tirei seu cabelo do caminho que minha boca tomou e puxei seu robe fortemente até que ele caiu longe de seu corpo.

Tomei fôlego, mas nada veio.

Tentei dizer algo diante da beleza delicada com que meus olhos se deleitavam, mas não tive palavras.

"Sim." Pressionei minha boca em seu ombro e mordi levemente. Ela gemeu no que eu pensei ser frustração.

"Porra."

Minhas mãos cobriram seus seios, a sensação de seus mamilos exuberantes e tensos com a necessidade do meu toque sob meus dedos e eu rosnei em seu cabelo.

"Cama," ela suspirou, cerrando os olhos fechados contra a sensação dos meus toques torturantes.

Eu balancei a cabeça, movendo-a para a cama e colocando- a contra os travesseiros, meus olhos percorrendo cada centímetro dela. Suas bochechas estavam vermelhas e seus olhos com muitas promessas que eu poderia ficar dentro de seu olhar por horas, procurando cada mancha pela emoção que estava dentro dela.

Meu olhar desceu para seu pescoço, onde uma única corrente estava em sua garganta, nua.

Meus joelhos bateram no colchão com um leve baque e sussurrei o nome dela.

Ela era uma deusa.

No momento em que minha boca caiu para o pico apertado de seu seio, um som irregular a deixou e suas mãos subiram à minha cabeça para me segurar lá.

"Deus, Lucas," ela gemeu, sua calcinha incitando a tempestade de desejo dentro de mim.

Lambendo sua carne, gemi com seu calor, seu cheiro, sua sensação.

"Linda."

Sua cabeça caiu relaxada em seu

travesseiro enquanto eu me movia para amar seu outro seio, minhas mãos torturando seus montes com movimentos suaves de meus dedos.

"Preciso tanto de você. Por favor."

Em seu apelo, eu balancei a cabeça e saí da cama para ficar no final, meus olhos nunca deixando o banquete que estava diante de mim.

"Eu tenho que te dizer, querida, eu não posso ser gentil com você esta noite. Eu simplesmente não tenho isso em mim. Eu te quero muito."

Sua respiração sumiu e sua voz rouca chegou aos meus ouvidos.

"Eu te quero tanto, querido. Sou sua."

Minha calça jeans caiu no chão com um baque e eu tirei minha camiseta sobre a minha cabeça, não perdendo tempo em voltar para ela. Tinha que tê-la naquele momento, isso era tudo que importava.

Somente ela.

Subindo nela, mergulhei minha boca na dela e juntei nossos lábios levemente e enquanto suas mãos pressionavam meu peito acima do meu coração, eu tinha certeza que ela podia sentir meu coração batendo como a porra de um trem.

"Vou reivindicar você, Kaelyn. Corpo e coração. Não há retorno."

Ela engasgou ao ouvir minhas palavras, suas mãos cobrindo meu rosto. Seu olhar estava desesperado enquanto ela olhava bem dentro de mim, no meu coração.

"Eu nunca mais quero que você me deixe de novo, Lucas. Você entendeu?"

A raiva zumbia sob sua voz e eu balancei a cabeça, selando minha boca sobre a dela enquanto falava contra seus lábios.

"Nunca."

Com um suspiro ofegante, ela acenou com a cabeça, seu corpo relaxando debaixo de mim e suas coxas abertas para mim.

Eu cerrei meus dentes quando lancei um olhar para os lábios nus de sua boceta e levei dois dedos em sua abertura, um grunhido profundo vindo de mim quando senti o quanto ela precisava disso.

"Porra, você está encharcada por mim."

Kaelyn jogou a cabeça para trás e gemeu, o som foi longo e desconexo. Eu beijei seu pescoço enquanto empurrava meus dedos dentro de suas profundezas úmidas, convocando cada som dela que eu podia antes de levá-la ao seu limite e então deslizei meus dedos encharcados completamente com ela.

Seus olhos, arregalados e zangados, encararam os meus e eu dei a ela aquele sorriso que eu sabia que derretia seu coração, sabendo que ela pode estar com raiva de mim agora, mas sabendo que não havia como eu permitir que a primeira vez que ela gozasse fosse por causa dos meus dedos.

Eu precisava senti-la.

"Seu desgraçado."

Enquanto eu ficava de joelhos e abaixava meus cotovelos em cada lado de sua cabeça, sua raiva sumiu e seu corpo inteiro ganhou vida quando ela envolveu aquelas pernas longas e delgadas em volta de mim e guiou meu eixo grosso para sua abertura. Cerrei os dentes ao sentir seus dedos quentes me acariciando, me guiando para o doce céu que me esperava. Minha boca cobriu seus lábios relaxados e eu sussurrei contra eles.

"Eu te amo pra caralho, querida."

Senti o aperto de seu corpo quando ela ouviu minhas palavras e suas mãos empurraram meu peito até que puxei minha cabeça para trás.

Merda.

Eu não tinha planejado deixar isso escapar da minha boca, mas eu precisava que ela soubesse.

Eu era dela. Completa e inegavelmente dela, para fazer o que quisesse, mesmo que isso significasse que ela nunca poderia me perdoar por como eu a magoei. Eu ainda estaria aqui, ao lado dela.

Porque ela me possui.

Meu corpo. Minha alma. Meu maldito coração e tudo o que ele continha dentro de suas câmaras.

Foi por ela.

"L...Lucas. Não..."

Eu balancei minha cabeça e a deixei descansar contra a dela, meu pau tenso que se dane.

Este momento precisava acontecer antes de qualquer coisa, porque isso seria o que eu me lembraria no instante em que me entregasse de novo a ela, para a eternidade.

Mesmo que a doença que devastou meu corpo me levasse amanhã, eu sempre estaria com ela.

Uma vida inteira nunca seria longa o suficiente para eu amar essa garota.

Mas a eternidade duraria para sempre.

Eu sabia disso nas profundezas da minha alma.

"Eu sou um idiota, Kaelyn. Não vou mentir para você e dizer que nunca vou te machucar novamente porque posso machucar. Mas posso prometer que, desde que você me deixe, vou te amar com tudo o que tenho. Porque eu te amo. Sempre amei, querida."

Seus olhos nunca deixaram os meus enquanto se enchiam de umidade e amor por mim, o calor que estava lá me cobrindo naquele momento que compartilhamos.

"Nunca deixei de te amar, Lucas Jones. Não importa o que venha a seguir para nós, querido, vou te amar por isso."

Eu entrei nela com um golpe suave, não sendo capaz de me impedir de reivindicá-la por mais um segundo e nós dois paramos com o contato. Ela engasgou, eu gemi. Eu acalmei, ela agarrou meus quadris para que eu me movesse.

"Rápido," ela gemeu, enquanto minhas mãos desesperadamente agarravam os travesseiros enquanto eu me movia dentro dela, cada impulso mais profundo, mais áspero, menos gentil do que o anterior.

"Devagar," eu murmurei. Envolvi minha mão em torno de seu quadril enquanto ela tentava se mover, mas não pude deixar. Eu disse que perderia o controle com ela, mas não podia agora. Eu precisava fazer amor com ela.

Sua boceta me ordenhou enquanto eu a

amava, minha boca devastando a dela com ainda menos controle e seus gemidos cobriram o espaço que nos rodeava.

"Lucas," ela engasgou contra o nosso beijo, sua respiração ofegante em meu ouvido.

"Sim, querida," eu sussurrei, empurrando nela em um golpe, minha espinha formigando quando meu controle começou a escapar novamente. Ela choramingou enquanto eu saía de suas profundezas, sua boca quente beliscando meu peito em sua necessidade por mim.

"Vou gozar, querido."

Eu peguei meu ritmo então, desesperado para dar a ela tudo o que eu tinha.

"Oh, bem aí!" Ela gritou no meu ouvido enquanto eu esfregava seu clitóris com o polegar, sentindo o aperto de seus músculos ao meu redor. Ela chamou meu nome como se fosse uma oração enquanto fazia, seu corpo relaxando e seus olhos se fechando enquanto ela caía no esquecimento que eu havia dado a ela.

Ela era a coisa mais linda que eu já tinha visto.

Minha espinha cedeu e eu caí contra ela, gozando dentro dela enquanto eu dava cada gota que eu tinha.

Seus olhos piscaram e ela puxou minha cabeça em seu peito, cobrindo minha boca com seu sabor doce mais uma vez.

"Amo você," ela sussurrou enquanto se afastava, seus lindos olhos fechando-se.

Meu peito torceu ferozmente com amor por ela enquanto eu pressionava um beijo no topo de sua cabeça e sussurrava de volta para ela.

"Até a lua, baby."

~

KAELYN

Mordi meu lábio em concentração enquanto meus olhos percorriam as características de seu rosto, como se eu apenas olhasse para ele por tempo suficiente, eu poderia fazer isso durar para sempre.

Eu tinha perdido muito tempo protegendo meu coração dele, do amor que ele poderia me dar. Eu não tinha sido capaz de ver o que estava bem na minha frente cada vez que ele aparecia na minha porta e me atingia com seus olhos verde-oliva. Cada vez que ele sentava na parte de trás do saguão em meu café na cidade, seu olhar aquecido me observava.

Eu via isso agora.

Ele era o homem que eu amava.

O homem que me amaria de todo o coração e me protegeria com seu último suspiro.

Eu poderia ter perdido ele.

A verdade com a qual ele me bateu nas últimas vinte e quatro horas deveria ter me assustado. Isso deveria ter me aterrorizado e deveria ter feito com que eu protegesse meu coração ainda mais.

No entanto, isso não aconteceu. Porque eu conhecia o homem e conhecia seu coração.

E eu o amava.

Eu não podia mais negar.

Os braços de Lucas se esticaram sobre sua cabeça, fazendo com que os músculos de seu peito se contraíssem, tornando-se tão óbvios que eu me coçava para roçar meus dedos sobre eles. Ele ainda não tinha aberto os olhos, mas sorriu. A visão dele é tão irresistivelmente belo que não pude evitar de inclinar-me sobre os cotovelos e dar um beijo leve em sua bochecha quando ele acordou.

Olhos olivas profundos como o mar se abriram e sorriram para mim, também.

"Bom dia, querida."

Pressionando minha mão no meio de seu peito, eu balancei a cabeça.

"Você dormiu?" Eu senti o sangue correr

em minhas bochechas enquanto eu corei. Ele me pegou.

Eu estive olhando para ele durante toda a manhã.

"Um pouco," eu disse, dando um beijo leve em seu peito antes de deslizar para fora dos lençóis para começar meu dia.

A mão de Lucas pegou a minha e olhos preocupados procuraram meu rosto.

"Onde você está indo?" "Café da manhã."

Enquanto seu estômago roncava, uma risadinha me deixou.

Excitação zumbia em minhas veias com a ideia de cozinhar para ele novamente.

Ele sempre gostou de me ver cozinhar.

E sempre nos divertíamos muito na cozinha.

"Você está corando, Kel," ele disse para mim, puxando-me em seus braços, uma vez que ele colocou sua calça jeans, seu olhar quente vagando sobre mim como uma carícia.

"Eu estava pensando na cozinha," eu suspirei, indo em direção à porta do quarto antes de decidir contra isso.

Ontem à noite fizemos amor. Eu não esperava que fosse assim, mas isso não me surpreendeu muito com este homem. Se a memória não me falhava, ele tinha a tendência de mudar de ideia no momento em que ficamos nus.

"Hmm," ele gemeu, sua voz áspera no meu ouvido enquanto ele nos pressionava contra a parede mais próxima, sua respiração contra a minha pele instantaneamente me fazendo desejá-lo novamente.

"Parece que me lembro de fazer algumas coisas perversas com você."

Sua boca desceu para o meu peito e ele chupou um dos meus mamilos em sua boca, faíscas de prazer explodindo sob minhas pálpebras com o contato.

Jesus, ele tinha a melhor boca. E mãos.

E...

Eu olhei para baixo e vi seu jeans esticado, seu desejo por mim tão claro como o dia.

"Eu me pergunto, querida," outro beijo de boca aberta pousou em meu peito enquanto ele torturava meu outro seio com toques provocadores e lentos.

"Oh, Lucas..."

"Você tem chantilly na geladeira?"

Eu não conseguia me concentrar, pois tudo em que conseguia me concentrar eram as lambidas tentadoras de sua língua cobrindo meus mamilos e endurecendo os picos no contato. Quente e cheia, minha ânsia por ele se aglomerava no meu núcleo e o que parecia ser um gemido me deixou quando ele cruelmente tirou sua boca.

Desgraçado.

"Kel," ele suspirou, seu hálito de canela caindo sobre meu pescoço em uma onda de sensações.

"Kaelyn." Ele beijou minha garganta rudemente, alisando a picada de sua barba por fazer com uma lambida suave de sua língua.

"Anne." Outra mordida, outra lambida. "Jones."

Minha mente clareou com o sobrenome que eu não usava há anos, meus olhos se abrindo para encontrar a intensidade de seu olhar.

Espere, ele me perguntou algo?

A sobrancelha de Lucas levantou e eu me lembrei.

Chantilly.

Oh, meu.

"Está na porta, ao lado da calda e..."

Os olhos cheios de fome de Lucas se iluminaram como se fosse Natal e, lentamente, seus braços caíram de mim.

"Fique aqui."

Eu fiquei, vendo sua bunda sexy como o inferno se afastar de mim e em direção à minha geladeira.

Quando ele abriu, arrisquei uma olhada na hora no relógio do forno.

Mal eram duas da tarde e parecia que dias se passaram no tempo que passamos juntos.

"Ah, aqui está."

Lucas voltou direto para mim e a promessa de coisas impertinentes em seus olhos fez meu núcleo apertar em antecipação.

"Cama," ele grunhiu, o som tão sexy que eu tive que beijá-lo.

Minha boca tocou a dele e seu aperto impaciente moveu-se para a minha bunda enquanto ele me içava de volta em seu grande corpo, nem por um segundo me soltando enquanto subia as escadas e voltava para o quarto.

Falei contra seus lábios em um sussurro, não querendo me separar do gosto de beijá-lo.

"Queria cozinhar para você, Lucas."

Ele mordeu meu lábio de brincadeira e eu senti seu sorriso contra o nosso beijo e meu peito aqueceu com a visão dele.

"Mais tarde." "Mas..."

Eu ouvi o som dele chutando minha porta e ri de sua impaciência.

"Você vai quebrar minha porta," eu sussurrei e ele deu de ombros.

"É substituível."

Inclinando minha cabeça para o lado enquanto caia no colchão com um leve baque, eu não conseguia tirar meus olhos dele.

"Feche os olhos, querida."

Pisquei e meu olhar caiu para a lata de chantilly em sua mão.

"O que você vai fazer com isso, querido?"

Dando um sorriso pecaminosamente atraente, ele encolheu os ombros como se não fosse grande coisa.

"Vamos, Kaelyn. Você não quer brincar?"

Deus, eu queria.

Eu queria tudo com ele.

De agora em diante, eu era dele.

Eu não gostaria de nenhuma outra maneira.

Fechei meus olhos, excitação e uma necessidade profunda por ele desenrolando dentro da minha barriga enquanto eu fazia isso.

Eu quase podia sentir a aura de atração engrossar em torno de nós quando ele caiu de joelhos na cama, as palmas grandes de suas mãos alisaram minha coxa e ele as abriu para ele. Meu coração dobrou de ritmo quando meu corpo se abriu para seu olhar errante.

Pela primeira vez em muito tempo, não tive certeza da minha beleza quando ele olhou para mim. Eu sabia que meu corpo não era o mesmo de antes e havia aceitado esse fato há muito tempo.

Ter dois bebês fazia isso com uma mulher e eu pensei que teria sorte de ser agraciada com apenas alguns quilos extras em volta da minha cintura, algumas estrias na minha pele e uma pequena cicatriz da cesariana de quando Avery nasceu.

Eu sabia que eu era bonita, mas algo sobre estar aberta ao seu olhar fazia o desejo de me cobrir passar sobre mim.

"Não se atreva, Kaelyn."

A voz áspera de Lucas estava contra meu ouvido e suas mãos contra cada um dos meus seios enquanto eu os cobria com as minhas. Talvez não tenha sido intencional, mas imediatamente me arrependi da minha dúvida.

"Kel," ele suspirou, a palavra cheia de afeto por mim.

"Você sabe o quão bonita você é para mim? Eu não consigo respirar com a visão de você. Você me enfeitiçou completamente, sua beleza, sua força, sua bondade - isso me consome. Nunca duvide disso."

Eu abri meus olhos e fui imediatamente cativada por seu olhar aquecido, o toque de seu polegar sobre meu lábio despertando minha atração por ele, mesmo enquanto meu coração se enchia de amor que eu estava com muito medo de admitir por tanto tempo.

"Obrigada."

Satisfeito com a minha resposta, sua boca desceu pelo meu torso, a varredura lenta de sua língua contra a minha pele fazendo meu núcleo ficar com muita necessidade.

"Linda."

Ele soprou a palavra na pele entre minhas coxas enquanto me encorajava a abrir minhas pernas para ele. Quando o fiz, a sensação de chantilly fresco logo acima do meu centro quente me fez gritar por ele.

"Lucas! Deus, isso é..."

Cantarolando contra a pele da minha barriga, eu o senti sorrir.

"Frio?"

No momento em que ele me cobriu com sua boca molhada, o calor de sua respiração fez com que minha fome por ele atingisse um novo pico e minhas mãos agarraram desesperadamente sua nuca enquanto ele me comia. Lambidas exuberantes e beijos tentadores estimularam meu desejo em uma tempestade que só ele poderia lançar e ele com certeza sabia disso.

"Lucas, você está me torturando. Por favor."
"Paciência."

Eu senti outra onda de sensação de frio na minha pele, mas desta vez, foi dentro do meu centro onde eu precisava tanto de sua boca para me agraciar. Meu sangue esquentou com o pensamento dele me provando lá.

Deus, eu o queria tanto que doía.

"Agora," eu suspirei e então sua boca estava em mim.

Varrendo sua língua dentro de mim, Lucas me reivindicou de outra maneira.

O puxão de seus lábios me fez arquear as costas e minhas mãos caíram para meus seios.

Senti seu olhar em mim e o puxão afiado de seus lábios enquanto sua boca cobria meu clitóris.

E eu caí.

Um milhão de faíscas se reuniram dentro do meu núcleo quando gozei, o grito de seu nome caindo dos meus lábios a única coisa que eu conseguia entender.

Lucas continuou a lamber minha umidade, sua boca devastando, adorando e suculenta no meu centro.

Quando minha respiração voltou ao ritmo normal, pisquei para ele e mordi meu lábio.

"Estou uma bagunça," sussurrei, sabendo que ele acabou de sujar meus lençóis. Não me importei naquele momento porque estava completamente exausta. Sua boca moveu-se lentamente pelo meu corpo provocadoramente e meus braços envolveram seus ombros tensos no momento em que ele estava ao alcance.

"Ei, querida."

Eu levantei minha cabeça do travesseiro e o beijei. O doce sabor dele e dos meus próprios sucos fazendo com que o calor em nosso beijo aumentasse e seus braços se apertassem em volta de mim possessivamente.

Eu poderia ficar em seus braços assim para sempre, mas eu sabia que em poucas horas nossas meninas estariam em casa.

"Junte-se a mim para um banho?"

Lucas olhou para mim com um carinho suave, sua boca descendo suavemente para a minha testa e ele acenou com a cabeça contra mim.

"Lidere o caminho."

CAPÍTULO 32

KAELYN

A água quente parecia celestial quando Lucas me levou para dentro do jato. Ele estendeu um braço longo e bronzeado na minha cintura e enquanto ele derramava meu sabonete com perfume de morango em sua palma, seus olhos fixaram-se nos meus. As sombras que eu tinha visto em seus olhos no dia anterior vieram à superfície de seu olhar e, como que por instinto, estendi a mão para ele. Pressionando minha palma no centro de seu peito, esperei. Eu sabia que ele me contaria tudo e eu sabia que o que estava se formando dentro dele era o medo. Estava claro como o dia em seus olhos verde-oliva. Eu só queria tirar isso dele. Ele lutou por essa tempestade, essa luta sozinho e agora que eu estava aqui com ele, eu só queria que ele me deixasse carregar um pouco da carga. *Se ele me deixasse.*

"Querido," eu sussurrei, puxando-o para mim sem se importar com o sabonete que ele segurava. Ele caiu no chão, mas eu não pude me importar. Eu precisava que ele olhasse para mim novamente. Eu precisava apagar seus demônios da única maneira que eu sabia.

Minhas mãos subiram para seu rosto e sua cabeça inclinou para baixo para olhar para mim, eu vi a umidade em seus olhos profundos. Parecia que meu coração se partiu em dois com a visão.

Ele sempre foi minha força, minha rocha, meu protetor, meu *escudo* de quão cruel o mundo tinha sido quando eu era apenas uma adolescente e meu irmão foi tirado de mim. Mas agora que eu o vi desmoronar, eu não aguentava, não aguentava ver sua dor.

Ferido.

Cru.

Quebrado.

Ele tinha sido despojado de sua força pelo medo que invadiu dentro dele e eu sabia que eu era a única que poderia tirar um pouco disso.

"L...Lucas."

Gentilmente, puxei sua cabeça para o meu peito e enrolei meus braços sobre seus ombros e enquanto eles tremiam sob meus dedos, eu o segurei lá enquanto ele soltava tudo.

Ele não precisava ser forte agora porque eu seria sua rocha.

Sua força. Sua salvadora.

"Eu poderia perder você, Kaelyn. Eu poderia te esquecer completamente, esquecer cada momento, cada fodido segundo... tudo estaria acabado..."

Seu peito se moveu rapidamente contra mim enquanto ele lutava para controlar suas emoções. Eu provei as suas lágrimas quando beijei seu rosto mais e mais, na esperança de que eu poderia tirar sua dor com o meu amor.

Vou te amar por isso, Lucas. Eu prometo. Eu nunca vou deixar você escapar novamente.

Pertencemos um ao outro.

Essas três palavras envolveram meu coração e me deram força enquanto ele sussurrava seus medos para mim no box do chuveiro mal iluminado, abrindo o último fragmento de seu coração para mim.

"Eu poderia perder minha capacidade de falar com você, de sussurrar para você à noite e cantar para nossas meninas pela manhã..."

Eu o silenciei suavemente, meus braços

envolvendo seu grande corpo o mais longe que puderam até que nosso abraço se tornou inquebrável e quando ele se agarrou a mim, eu fiz o mesmo.

"Eu poderia esquecer minha vida inteira, Kel."

A necessidade de eu entender era forte em sua voz e não conseguindo mais ficar sem seus olhos, soltei meus braços em torno dele e puxei sua cabeça para cima com dedos gentis.

"Eu vou te amar por isso, querido. Se você me esquecer, vou ajudá-lo a se lembrar. Se você não consegue ver, vou mostrar para você. E Lucas, se tudo que eu puder fazer, for segurar sua mão enquanto isso, eu farei isso."

Seus olhos se fecharam quando ele balançou a cabeça, e eu senti a tensão de seu medo deixá-lo quando ele mergulhou sua boca na minha em um beijo de dilacerar a alma. A maneira como ele me beijou pareceu curar minha alma de sua dor e quando ele me ergueu contra a porta do chuveiro e empurrou seu pau tenso dentro de mim, eu gemi seu nome. O desejo quente dentro de mim se desdobrou em minha barriga enquanto ele me possuía, coração, corpo e alma. Tudo que eu tinha para dar, eu dei a ele enquanto me amava devagar, com reverência, com paixão. Pressionei minha boca em seu coração quando gozei e senti nossas almas se conectarem quando ele se soltou de mim, meu nome uma oração em seus lábios.

"Amo você pra caralho, Kaelyn. Eu sou um homem quebrado, mas com você, me sinto completo."

Lágrimas quentes deslizaram pelo meu rosto enquanto ele arrastava seu eixo grosso para fora de mim quase completamente, em seguida, bateu de volta dentro de mim em um impulso rápido que roubou meu fôlego.

"Mais uma vez, querida," ele implorou, sua voz um apelo sexy no meu ouvido e eu não pude resistir.

Lucas esmagou meus lábios sob os dele, seu hálito de canela um afrodisíaco aos meus sentidos. Ele me possuiu com sua boca e me salvou com as palavras doces que ele me disse e quando eu o soltei, eu sabia que nunca seria a mesma novamente.

Abaixando-nos suavemente para o chão de ladrilhos, ele me embalou em seus braços e sussurrou em meu ouvido, o calor em sua voz profunda pedindo meus olhos abertos.

"Você é a porra da minha graça salvadora. Você sempre foi. E eu sei o quão forte você é. A força que você exala vem de como você cria nossas meninas. Como você mantém o negócio de seu pai prosperando a cada dia e como você me dá tantas esperanças, embora você devesse estar correndo na direção oposta."

Pisquei para a intensidade de seus olhos e balancei minha cabeça suavemente.

"Jamais, Lucas."

Seus olhos explodiram de amor quando ele balançou a cabeça e gentilmente pegou meu rosto em suas mãos, pressionando sua testa na minha para que apenas um pequeno espaço nos separasse. Meu batimento cardíaco combinava com o dele debaixo dos meus dedos e eu sabia que estava exatamente onde deveria estar, em seus braços.

"Juntos?" Ele sussurrou, apertando as suas mãos em mim enquanto eu suspirava.

Eu balancei a cabeça, sabendo que o que viria a seguir para nós pode ser a coisa mais difícil que já tivemos que fazer, mas pronta para lutar por ele, não importa o custo.

"Juntos."

~

LUCAS

Eu agarrei a mão da minha garota suavemente enquanto puxava minha caminhonete para fora do seu estacionamento, cada nervo dentro de mim em chamas com a escolha que tínhamos feito apenas alguns momentos antes.

Eu ia arriscar.

Eu ia fazer a cirurgia.

Por ela.

"Vai ficar tudo bem, querido," ela disse, sua voz doce e inabalável caindo sobre mim e me acalmando.

Ela tinha um jeito que acalmava minha alma, não importa o que estivesse caindo sobre mim e rezei para que a calma me levasse até o fim.

"Com você ao meu lado, quase acredito nisso."

Quando ela me agraciou com seu sorriso lindo, inclinei-me sobre o console e pressionei minha boca na dela. Ela engasgou e eu tomei uma longa tragada de seu cheiro inebriante, memorizando seu sabor para mais tarde.

"Lucas," ela suspirou.

"Sim, querida?"

Uma risadinha a deixou quando inclinou a cabeça para o lado e cobriu a boca para que eu não a beijasse novamente.

Mulher teimosa.

"O semáforo está verde."

Merda! Eu sorri para ela e a contragosto mudei minha atenção para a estrada à nossa frente. Paramos primeiro na cafeteria dela, depois nos dirigimos para a casa do meu pai.

Eu tinha que dizer meu adeus.

Meu estômago afundou com o pensamento de que isso fosse realmente um adeus.

Parei em um local aberto bem em frente ao Joyous Cup, uma cafeteria e padaria que pertencia à família da minha garota por gerações. Eu sabia que Kaelyn amava esse lugar e por isso também o amava.

Apertando sua mão suavemente, olhei para ela, aqueles olhos castanhos como mel me cativando instantaneamente.

"Deixe-me abrir sua porta, querida."

Eu dei a volta na frente da caminhonete e peguei sua mão, ajudando-a a sair da porta e coloquei um braço sobre seu ombro antes de nos aventurarmos a subir os degraus. Eu ouvi o que parecia ser uma criança correndo de dentro e sabia que devia ser a minha garotinha, Lily. Ela tinha a tenacidade de sua mãe para a vida, o entusiasmo por coisas simples, e toda a ousadia que as mulheres Morgan carregavam com elas também.

Abrindo a porta, peguei Lily enquanto ela

corria para mim, seus olhos cheios de calor e amor.

Eu esperava por Deus que eu sempre tivesse aquele amor para voltar para casa.

Kaelyn saiu do meu lado e eu desci até a altura de Lily, segurando suas mãos nas minhas.

"Vamos sentar, Lily Bear."

Seus olhos se arregalaram e quando ela assentiu, eu sabia que minha filha inteligente sabia que algo estava errado.

Eu não queria dizer isso às nossas garotas, mas tinha que contar. Se houvesse outra maneira, eu já a teria encontrado.

As mãos quentes de Kaelyn apertaram meus ombros por trás enquanto eu me sentei com Lily e Avery na poltrona na parte de trás do saguão, meu corpo inteiro cheio de preocupação e ódio por esta notícia.

Eu tinha que contar a verdade a elas, mesmo que odiasse.

"Tenho que dizer para vocês uma coisa e sei que vai ser difícil, mas preciso que vocês sejam fortes por mim, Lily. Vocês podem fazer isso?"

Ela acenou com a cabeça e Avery olhou para mim com os olhos arregalados, o medo em seu olhar.

Eu a puxei em meus braços e envolvi um

braço protetor em torno de sua cintura fina e mordi a bala.

"Eu estou doente. Há algo em meu cérebro que está me machucando e os médicos não sabem se podem me ajudar, mas eles vão tentar."

Lily piscou uma, duas, três vezes e então seus olhos se encheram de lágrimas.

Meu coração se partiu em dois.

"Venha aqui, baby."

Fungando, ela rastejou para o meu colo e se agarrou ao meu pescoço, seus soluços soando em meu ouvido e o que parecia ser seu punho apertando meu coração com sua dor.

Sinto muito, baby. Eu nunca quis te machucar.

"Ei, vai ficar tudo bem, Lily. Os médicos vão me curar."

Ela afastou o rosto de mim e então seus olhos avermelhados encontraram os meus. Eu gentilmente enxuguei suas lágrimas, desejando com tudo que eu tinha que eu pudesse removê-las de alguma forma.

"Você vai voltar, certo? Eles podem consertar sua cabeça, certo?"

Havia tanta esperança em seus olhos que não pude dizer que não sabia.

"Assim que eles me curarem, eu juro para você."

Levantando seu dedo mindinho, ela sorriu um grande sorriso cheio de dentes para mim e isso baniu o frio do meu coração, deixando seu calor entrar para me acalmar.

"Promessa de mindinho?"

Eu balancei a cabeça, beijei a cabeça de Avery e fiz a mesma promessa.

"Eu prometo para vocês duas."

Senti a luz dos olhos de Kaelyn em mim e erguendo minha cabeça, a vi sorrindo para mim.

Era tudo que eu precisava naquele momento.

"Eu te amo," ela sussurrou em meu ouvido e isso me deu a força que eu precisava para superar isso.

Pressionando minha boca na dela suavemente, eu sussurrei de volta para ela.

"Até a lua, baby."

CAPÍTULO 33

KAELYN

*E*u observei enquanto Lucas entrava na casa de seu pai e fechava a porta, sabendo que desta vez ele precisava estar com eles para dizer adeus. Eles o haviam acompanhado nesta luta e eu sabia que lhes devia muito pelo apoio que continuavam a dar a ele. Elsa, pode não ter sido sua mãe em todos os sentidos da palavra, mas ela o amava como se ele fosse seu próprio filho.

Todos nós tínhamos muita sorte de tê-la em nossas vidas.

Eu olhei para o anel que estava na minha mão esquerda e levantei-o ao meu coração enquanto fazia uma oração.

Deixe-o viver.

Por favor, não o tire de nós. Por favor...

Meus olhos se abriram com o toque suave contra a minha janela e vi Garrett parado ali, seus olhos amáveis em mim. Sorrindo, saí da caminhonete e fui para seus braços.

"Obrigado," ele sussurrou, e por cima do ombro eu vi Lucas e Elsa vindo em nossa direção.

Eu balancei a cabeça contra ele, sabendo que ele estava grato pelo amor que eu dei a seu filho e continuei a dar. Afastando-me do nosso abraço, sorri.

"Obrigada."

"Oh, querida, estou tão feliz em ver vocês dois juntos, como deveria ser. Venha aqui."

Eu sorri para a voz doce de Elsa e fui até ela, abraçando-a ferozmente e fechando os olhos por um momento.

"Estou com tanto medo, Elsa."

Eu a senti me apertar com mais força e sua bondade me deu a força que eu precisava hoje.

"Ele vai precisar de você, Kaelyn."

Eu me afastei dela e beijei sua bochecha, então senti um forte par de braços me envolvendo por trás.

"Eu estarei com ele."

"Pronta?" A voz profunda de Lucas soou

em meu ouvido e olhando para ele, eu balancei a cabeça.

Quando ele abriu a porta para mim, dei um beijo em seu queixo, dizendo-lhe sem palavras o que sentia em meu coração.

"Pronta," eu suspirei.

Segurei sua mão com força quando entramos no Centro Médico de Câncer Anderson e nos viramos em direção à espaçosa sala de espera à direita do prédio. Fileiras e mais fileiras de cadeiras vermelhas alinhavam-se nas janelas e no centro da sala, ao longo de cada parede e canto. Meu estômago afundou quando vi quantas pessoas estavam sentadas na sala de espera, esperando um médico. Eu olhei para Lucas enquanto ele falava com a enfermeira de cabelos brancos e olhos gentis na mesa, de costas para mim enquanto falava.

Quanto tempo esperaremos até ver alguém?

E se ele mudar de ideia antes de termos a chance de ver o médico?

"Você está bem, querida? Vamos esperar nos elevadores, a enfermeira me disse que meu médico estava subindo agora."

Eu me acalmei quando sua voz veio sobre

mim e eu balancei a cabeça quando ele pegou minha mão na sua.

Seus braços me envolveram por trás enquanto ele embutia suas palavras na pele do meu pescoço enquanto esperávamos, e embora eu tivesse silenciado algumas de suas preocupações esta manhã, eu sabia que elas ainda estavam sob a superfície.

"Estou com tanto medo disso, Kel. Se eu te perder de novo..."

Virando-me para o medo potente que ouvi em sua voz, eu balancei minha cabeça com veemência.

"Não vai acontecer, querido."

Ele suspirou, balançando a cabeça, e seus profundos olhos verde-oliva me cativaram novamente.

"Não mereço essa chance, mas juro que vou valorizá-la. Eu farei essa chance que você está me dando durar para sempre."

Eu sabia que uma vida inteira nunca seria suficiente ao seu lado. Tomando sua mão na minha e pressionando minha boca em seus dedos, eu sussurrei, "Para sempre."

As portas do elevador se abriram e três médicos saíram, todos vestidos com jalecos brancos justos.

Sorri para aquele que tinha olhos calorosos

e gentis e sabia que esse devia ser o médico que Lucas havia me falado.

Dr. Rhodes.

"Dr. Rhodes, que bom ver você de novo."

Meus olhos percorreram o rosto de Lucas, vendo a máscara cair sobre suas feições enquanto ele escondia suas emoções do mundo exterior. Eu podia ver sua dor, no entanto, porque o conhecia. Eu conhecia seu coração.

"Lucas, estou tão feliz por você estar aqui. Você está pronto para sua cirurgia?"

Lucas olhou para mim e eu enrolei meus braços em volta dele, precisando dar-lhe força em seu momento de necessidade. Era a única maneira que eu sabia como ajudá-lo no que viria a seguir para nós.

Ele acenou com a cabeça, seus olhos, tão cheios de medo e amor, nunca deixando os meus.

"Venha por aqui, Sr. Jones. Temos uma sala preparada para você se trocar."

Assentindo, Lucas envolveu seu braço em volta das minhas costas enquanto seguíamos os médicos.

Entramos em uma sala de exames e o médico apertou minha mão. Lucas viu a troca e apertou seu braço em volta de mim com posse.

"Doutor, essa é a minha..."

Dando um passo à frente, sorri e, embora fosse forçado, esperava que ele não percebesse.

"Eu sou Kaelyn."

O médico acenou com a cabeça, seu olhar parecendo compreender quando ele percebeu quem eu era.

"Eu ouvi muito sobre você, Srta. Morgan. É ótimo conhecê-la, finalmente."

A sobrancelha de Lucas baixou e eu vi a tensão irradiando dele em ondas.

"Vou dar a vocês alguns minutos."

Quando ele saiu da sala, fui puxada de volta para o conforto dos braços de Lucas e o contato nos acalmou. Um suspiro baixo o deixou enquanto ele se agarrava a mim, inalando meu perfume enquanto me segurava lá.

"Algumas coisas nunca mudam, hein?"

Eu provoquei e a risada resmungona que o deixou aqueceu meu coração.

Deus, adoro esse som.

"Eu sempre vou te proteger, querida."

Eu rio contra ele, inclinando-me para trás e pegando seu rosto em minhas mãos para realmente olhar para ele.

"Eu sei."

Não sei quanto tempo ficamos ali, apenas abraçados antes que os médicos viessem com uma maca para levá-lo para a cirurgia, mas eu sabia que não era nem de longe o suficiente para mim. Pressionei minhas mãos em seu peito e ele abaixou a cabeça na minha por mais um momento.

"Eu te amo," eu sussurrei, meu coração torcendo dolorosamente com a angústia quando nos despedimos.

Por favor, não o tire de mim. Por favor...

Ele me beijou, oh, tão suavemente enquanto sussurrava:

"Até a lua, baby."

Quando ele deu um passo para trás, meu coração estilhaçou de medo pelo que viria a seguir para nós.

Não importa o que seja, eu sabia que o amaria.

Com tudo o que sou, nunca mais me esconderia disso.

Segui os médicos que o empurraram para a sala de cirurgia e repeti minha oração enquanto segurava sua mão com força na minha, sem querer soltá-la.

"Kaelyn," ele murmurou, aumentando seu aperto em mim quando alcançamos as portas. Aproximei-me dele no momento em que uma enfermeira colocou a mão em meu ombro e me disse que eu não poderia continuar.

Como eles podem me impedir de ir com ele? Ele é meu mundo inteiro.

"Ele é meu marido," eu menti e ela acenou com a cabeça, me soltando.

Talvez tenha sido errado da minha parte mentir sobre a necessidade de ficar com ele, mas não me importei no momento.

Lucas precisava de mim.

"Estou aqui, querido."

Seus olhos verdes tinham muito amor por mim e meus joelhos fraquejaram.

"Estou voltando para você, querida."

Baixando minha boca para o topo de sua cabeça, eu acreditei em sua promessa.

Quando ele olhou para mim mais uma vez, vi uma eternidade em seu olhar. Eu sabia que nem sempre seria fácil com este homem, mas valeria a pena. Cada segundo, cada luta, cada beijo, cada noite em seus braços. Nosso amor sempre foi um pelo qual vale a pena lutar. Eu sabia que sempre seria.

FIM

EPÍLOGO

LUCAS

UM ANO DEPOIS

Saí para a luz do sol da manhã de verão e respirei fundo. Quando olhei para o céu azul, muito azul, senti paz. Pegando as duas canecas fumegantes da mesa logo após a porta, levei-as para o balanço da varanda, onde encontrei minha garota sentada com seu leitor kindle nas mãos. Seus olhos brilhantes cor de mel levantaram quando eu me aproximei e seu sorriso ameaçou me derrubar. Porra, ela sempre teria esse poder sobre mim?

Quando coloquei o café ao lado dela, eu sabia no fundo da minha alma que ela iria. Eu apreciaria o efeito que ela tem sobre mim todos os dias. Assim como fazia todas as manhãs, inclinei-me e levantei o queixo dela, segurando seus olhos, tão cheios de carinho, amor e luz que fizeram eu me apaixonar por ela novamente. Eu toquei minha boca suavemente sobre a dela e provei seu hálito matinal, a doce essência dela me engoliu por inteiro.

"Bom dia, querida."

Ela mordeu o lábio onde eu tinha acabado de tocá-lo e um lindo rubor cobriu suas bochechas.

"Bom dia, querido."

Eu caí de joelhos diante dela e a promessa em meus olhos a fez estender a mão para mim, suas mãos deslizando em volta do meu pescoço e seus olhos se encheram de caloroso afeto novamente.

"Eu tenho algo para te dizer."

Desta vez, quando seus dentes desceram até o lábio inferior, eu sabia que era porque ela estava preocupada.

Pegando suas mãos, contei a ela a melhor notícia que tinha ouvido desde o dia em que os médicos no Texas nos disseram que eu não tinha tumor. Desde então, passei todos os dias agradecendo às minhas estrelas da sorte e a esta mulher, aqui mesmo, por me salvar e por me amar durante a luta mais difícil que já tive o prazer de enfrentar. Decidimos voltar para casa em Chicago uma semana depois e compramos uma casa no estilo de rancho a algumas cidades de distância da cidade. Eu estava extremamente feliz e quando fui ao meu check-up anual com o Dr. Rhodes, recebi um atestado de saúde limpo. O câncer não havia voltado. Eu estava finalmente livre para dar a ela o para sempre que eu havia prometido a ela em uma sala de exames mais de um ano atrás.

Eu era um homem de sorte.

Eu tinha tudo o que sempre desejei, exceto por uma coisa. Eu planejava corrigir isso, agora.

"Diga-me, querido. Não importa o que seja, eu vou..."

Eu segurei seu rosto em minhas mãos enquanto a silenciei, precisando dizer isso a ela.

"Você me amou por isso. Eu fiz meu check-up anual no centro de câncer ontem."

"Seu desgraçado! Por que você não me contou? Eu poderia..."

Beijando sua testa na esperança de acalmá-la, continuei.

"Eu não queria te preocupar. Querida, estou saudável."

Ela suspirou e enquanto as lágrimas

enchiam seus lindos olhos, ela se jogou em meus braços.

Com um grunhido baixo, ela caiu em cima de mim.

"V...você está saudável," ela sussurrou, como se ela ainda não pudesse acreditar.

"Sim, querida. E agora só tenho uma pergunta a lhe fazer."

Tirando sua cabeça loira de onde estava no meu peito, seus olhos cor de mel se arregalaram.

"O quê?"

Sorrindo para ela, enrolei meus dedos nas mechas macias de seu cabelo.

"Há uma razão para eu estar de joelhos, Kaelyn." "Oh."

Ela rastejou para fora de mim e quando me ajoelhei e abri a caixa de anel que escondia no bolso da calça de moletom, ouvi seu suspiro audível.

"L...Lucas..."

Lágrimas quentes caíram sobre nossas mãos unidas e eu pressionei minha testa na dela enquanto implorava para ela dizer sim.

Eu tinha tudo o que poderia ter desejado em nossa bela vida juntos, mas precisava que ela fosse minha esposa.

Eu não poderia ficar mais um momento sem perguntar a ela.

"Querida, sou um idiota. Mas eu te amo com tudo que tenho. Eu sempre amei. Você me amou através da minha luta e continua a me cegar com sua luz a cada dia. Você vai me dar a honra de ser minha esposa, de novo?"

Seu choro irrompeu entre nós e ela acenou com a cabeça furiosamente, sua voz tremendo enquanto tentava falar através de suas lágrimas, aquelas que eu esperava que fossem felizes.

"Eu não a...amaria nada mais, querido. Agora coloque esse anel no meu dedo!"

Eu ri, meu coração apertando com felicidade quando deslizei o anel cravejado de diamantes sobre seu dedo anular da mão esquerda e pressionei minha boca nele.

"Amo você," murmurei enquanto a puxava em meus braços, segurando-a com firmeza.

Ela sussurrou seu amor por mim em meu ouvido, a faixa fria de meu anel contra meu pescoço.

"Para sempre?" Ela murmurou, sua boca caindo contra a minha enquanto ela se mexia, nossa necessidade um do outro potente no ar de verão.

"Uma vida inteira nunca será longa o suficiente com você, Kel."

Eu levantei sua camisola assim que seus dedos urgentes rasgaram a faixa do meu moletom, no momento em que empurrei seu canal roubando meu fôlego, como sempre.

"Vamos apontar para a eternidade," ela suspirou e eu a beijei longa e fortemente enquanto nos movia para o esquecimento.

"Combinado."

Caro leitor,

Esperamos que você tenha gostado de ler *A Ruptura de Lucas*. Reserve um momento para deixar uma crítica, mesmo que curta. A sua opinião é importante para nós.

Atenciosamente,

Amanda Kaitlyn e Next Chapter Team

PLAYLIST

You and Me por Lifehouse
The Art of Letting You Go por Tori Kelly
Make You Miss Me por Sam Hunt
In My Veins por Andrew Belle
The Weight of Us por Sanders Bohlke
Can't Shake You por Gloriana
I'm Going To Love You Through It por Martina
McBride
Wings por Birdy
Giving It All (To You) por Haley and Michaels

AGRADECIMENTOS

Durante a jornada de escrever a história de Lucas e Kaelyn, me tornei uma bagunça emocional. A bela história que se desenrolou diante de mim foi completamente inesperada, mas é isso que torna a escrita de romance tão querida em meu coração. Primeiro, deixe-me agradecer à minha família. Pai, seu apoio por cada livro que escrevo significa muito para mim. Você sempre me disse que se eu fizesse o que amo na vida, nunca trabalharia um dia sequer. Eu realmente acredito nisso quando estou escrevendo. Para o resto da minha família incrivelmente solidária, eu simplesmente amo vocês. Abby, Leah, Stacy, minhas betas, vocês são todas incríveis e eu agradeço suas palavras gentis, mas construtivas, durante este processo. Outra pessoa que me dá muito apoio é minha grande amiga no meu trabalho diário, Alex. Você me apoia através de todos os meus humores insanos, o drama que a minha vida lança no meu caminho e a minha dispersão cerebral na manhã do café quando eu simplesmente não consigo me concentrar. Eu te amo, garota. Ellen, minha mãe, embora não sejamos tão próximas quanto eu gostaria, nossas conversas significam muito para mim, obrigada.

À minha designer e boa amiga, Alora, obrigada por ter sido paciente comigo enquanto fazíamos essa capa incrível. Você é absolutamente incrível, amor! E à minha editora, Letícia, muito obrigada por respeitar minha voz ao ler isso. Sei que nem sempre é fácil, mas sua ajuda nessa história é muito apreciada.

E, claro, a todos os leitores que me deram uma chance, saibam que vocês são todos muito importantes para mim enquanto me aventuro nesta jornada de ser uma autora. Os blogueiros e maravilhosos animadores e apoiadores que conheci enquanto escrevia A Ruptura de Lucas foram todos tão amáveis, *eu amo todos vocês.*

Então, apenas, obrigada.

Muito amor,
Amanda Kaitlyn

SOBRE A AUTORA

Amanda Kaitlyn é autora de romances sedutores e tensos. Ela é uma romântica incurável no coração. Livros de Kristen Proby e Stephanie Meyer influenciaram sua escrita. Uma coisa que a inspira é a música. Country, pop, rock, Amanda gosta de tudo. Quando jovem, ela adorava contos de fadas. Conforme crescia, ela percebeu que essas histórias mudam. O amor nem sempre é perfeito e a luta desse amor é o que a impulsiona a escrever as histórias que ela faz. Entre as páginas de seus livros, você encontrará um romance verdadeiro e sincero, emoções fortes e muita sedução.

Conecte-se com Amanda

Site da Autora:
http://romancebyamandakaitlyn.com

Instagram:
http://instagram.com/amandakaitlyn_author

UM TRECHO DE
FINDING BEAUTIFUL

História de Aria e Gavin

Série Trinity: Livro 1

Amanda Kaitlyn

SINOPSE

Um amor que não pode ser ignorado.

Um homem que tem como objetivo protegê-la, custe o que custar.

GAVIN

No momento em que a vi, soube que ela seria minha. Eu vi as sombras em seus olhos esmeraldas.

Senti sua necessidade por mim na primeira vez que nos tocamos.

E eu caí.

ARIA

Fui atraída por ele desde o primeiro momento em que nossos olhos se encontraram.

Ele era elétrico.

Ele era inegavelmente atraente. Mas o pior de tudo?

Ele me queria.

Eu sabia que estava com problemas. Mas de alguma forma, eu confiei nele.

Coisas boas nunca davam certo para mim.

O homem que eu pensava ser o único para mim se tornou meu pior pesadelo e mesmo depois de escapar de sua presença, os demônios do meu passado me seguiram.

"Respire, Aria. Cristo, por favor, apenas respire por mim."

Gavin entrou na minha vida como um furacão, virando meu mundo de ponta-cabeça. Eu não queria me apaixonar por ele, era inevitável.

Desde o primeiro momento em que nos conhecemos, ele reivindicou meu coração.

Eu sabia que ele faria, não importa o que fosse necessário para protegê-lo.

Quando as sombras das quais lutei tanto para escapar ameaçam nos separar, o amor que encontramos pode ser suficiente para perseverar?

Ou nossa luta estará perdida?

"Eu vou te dar o mundo, Linda. Este é apenas o começo."

Finding Beautiful é o primeiro romance completo de uma série ambientada na agitada cidade do vento. Cada romance pode ser lido como único, onde um novo casal será apresentado.

PRÓLOGO

"*A*ria, olhe," Farah sussurra de nossas mesas contíguas, enquanto nos sentamos no final da aula de história do Sr. Nelson. Seus olhos castanhos se concentram em alguém do outro lado da sala, suas sobrancelhas finas levantadas enquanto ela inclina a cabeça para o lado daquele jeito que me diz que ela está olhando para um cara. E ela gosta do que vê.

"O quê?" Eu sussurro, olhando para o meu caderno cheio de anotações que devo memorizar para a próxima aula. Minha melhor amiga excessivamente animada não para de me cutucar, mesmo quando tento em vão ignorar minha curiosidade para quem ela está olhando.

A última coisa que me interessa é algum atleta que Farah está de olho, mas inferno, estou curiosa. Irritada, eu me viro para onde ela inclina a cabeça e sigo o movimento apenas para ofegar audivelmente, vendo um par de olhos castanhos chocolate me encarando de três mesas a frente. Eu tinha razão. Ele é o que você chamaria de atleta. Um boné do Lakers está colocado baixo em sua cabeça e há três garotas em torno dele, querendo sua atenção enquanto ele tem seus olhos fixos em mim. Ele não está olhando, não daquele jeito que os meninos olham para você com apenas uma coisa em mente. Ele está apenas olhando para mim. Com curiosidade. Com admiração. Eu sei quem ele é, praticamente todo mundo na Beaumont High sabe. Bryce Williams, um veterano. Ele é o zagueiro do nosso time de futebol e definitivamente não precisa de beleza. Olhos castanhos chocolate, cabelo preto desgrenhado e uma estrutura musculosa - ele é o sonho de qualquer garota. E ele está olhando para mim? Sem chance. Minhas bochechas ficam vermelhas com o pensamento e eu rapidamente viro minha cabeça para ver se há alguém atrás de mim, mas não há ninguém. Oh Deus, sou eu. Por que diabos ele estaria olhando para mim?

"Ele está olhando para você!" Minha melhor amiga jorra quando me viro para vê-la mordendo o polegar de empolgação.

Quando eu olho para o menino, suas sobrancelhas estão levantadas e ele tem um largo sorriso brincando em seus lábios carnudos. Eu sei que deveria desviar o olhar. Minha irmã me alertou para ficar longe de meninos como ele, especialmente depois de ouvir o que as pessoas falam sobre ele. Eles dizem que ele é perigoso; que sua última namorada, Kristy Jenkins, fugiu para uma escola particular depois de apenas dois meses de vê-lo. Olhando para ele agora, não sei se acredito nesses rumores.

CAPÍTULO 1

Seguro o medalhão na palma da minha mão e respiro fundo para me acalmar. As dançarinas, mulheres jovens por quem me apeguei nas últimas três semanas de treinamento sem fim, prática e obsessão em nos prepararmos para o dia de hoje, deslizam elegantemente sobre o piso de madeira, massas de graça e beleza. Eu observo e espero estar tão confiante quando eu me apresentar. Abordo meu treinador, mentor e parceiro de dança de seis anos, Eli Jones, e tento cobrir minhas mãos trêmulas com o xale que estou segurando. Não sei por que estou tão nervosa. Dançar é como andar para mim. Faço isso desde que tinha idade suficiente para colocar um pé na frente do outro. Tem sido uma válvula de escape para mim durante as noites solitárias do ensino médio e os dias estressantes de exames do colégio, e especialmente durante meus quatro anos na Julliard. Tem sido meu alívio da vida cotidiana. Mas esta será a primeira vez, desde minha internação no hospital, há quatro meses, que dançarei na frente de uma plateia. Ah, merda. E se eu cair de cara? Com minhas mãos tremendo terrivelmente, essa é uma possibilidade.

Meus pensamentos errantes são interrompidos por uma mão em meu ombro, me apertando por trás.

"Você vai se sair bem, Aria," Eli sussurra no meu ouvido com outro aperto nos meus ombros. Eu sorrio porque tenho medo de que, se eu falar, não vou conseguir fazer minha dança antes de conseguir sair dela.

Eu tenho que fazer isso. Para mim. Por tudo que suportei e por todas as pessoas que me levantaram nas inúmeras vezes que caí.

O lento instrumental de uma melodia de Celine Dion começa, e eu deslizo as sapatilhas de balé com laços dourados em meus pés e prendo meu cabelo preto ondulado em um coque em preparação.

Eu respiro fundo enquanto deslizo para o

chão. Parece que cada momento que leva a isso está aumentando meus nervos já em frangalhos. Meu corpo está tenso da ponta dos pés às pontas dos dedos. Eu não faço isso há muito tempo, estou com medo de errar. O que eles dizem sobre andar de bicicleta? Aprendendo a dirigir? Se você aprendeu uma vez, certamente se lembrará de como fazê- lo, não importa quanto tempo tenha se passado. Eu realmente espero que isso seja verdade.

Eu estico meus dedos para o teto, e enquanto faço isso, meus olhos se movem rapidamente para ver meu treinador de dança sempre solidário olhando para mim. Quando ele acena com a cabeça, eu sei que posso fazer isso. Eu tenho isso. Respirando fundo, eu começo a deslizar, certificando-me de ficar em sincronia com a música tocando lá em cima. Perto, longe, onde quer que você esteja, eu acredito que o coração continua. Mais uma vez você abre a porta e você está aqui no meu coração e meu coração continuará indefinidamente. Meus olhos se fecham com as palavras cheias de emoção, de profundidade. Eu me movo para expressar tudo dentro de mim, e logo não preciso nem pensar no ritmo ou nos passos ou nas pessoas do programa de dança da minha academia observando cada movimento meu. Eu sou uma com meu corpo, a música angelical e o batimento cardíaco dentro do meu peito. Minha perna direita levanta como se estivesse em transe, enquanto a outra levanta na minha frente em um arco perfeito. Eu mantenho essa posição por meio de algumas notas do violino e, em seguida, deslizo de volta para a posição para terminar. Quando os acordes de violino terminam, vou para o meu grande final e acerto-o com graça enquanto o público me aplaude. Um sorriso grande se espalha por meus lábios, levanta minhas bochechas e faz meus olhos arderem com a necessidade de mantê- los abertos enquanto vejo o número de pessoas aplaudindo e comemorando avidamente.

Este é meu mundo e meu amor. Tudo que eu preciso, eu percebo. Com a dor e a tristeza dos últimos quatro meses, estou em paz quando estou dançando. A dor, o desgosto e o medo que senti quando acordei no hospital semanas atrás simplesmente desaparecem.

Estou presa em um par de braços magros, mas musculosos, assim que estou ao alcance e eu rio enquanto Eli me levanta do chão e ri no meu ouvido. Ele me aperta suavemente enquanto se agarra um pouco mais ao nosso abraço.

"Você, minha senhora, está de volta."

Eu encontro seu olhar e aceno com a cabeça, sabendo que realmente estou de volta. Eli me solta quando vejo minha irmã Kel parada nos camarins. Correndo apressadamente para alcançá-la, ela me abraça com tanta força. Seu cabelo loiro dourado me envolve e eu a abraço de volta enquanto as lágrimas ardem em meus olhos.

"Você foi incrível, Aria. Estou tão orgulhosa de você, querida." Ela sorri contra a minha cabeça e eu fungo em sua camiseta dos Rolling Stones. Pisco algumas vezes para que ela não pense que estou triste hoje, porque não estou.

"Obrigada por vir, Kel," murmuro, enganchando um braço no dela para sair com todos os outros no edifício. Viramos assim enquanto ela fala apenas para os meus ouvidos.

"Eu não teria perdido isso por nada neste mundo. Só lamento que mamãe não tenha vindo."

Eu fecho meus olhos e me lembro de ser forte. Minha mãe não fala comigo desde que meu irmão mais velho e seu filho amado morreu. Ainda me lembro do momento em que ele desmaiou. Eu estava ao lado da cama de Jeremy com meu braço em uma tipoia enquanto ele lutava para respirar. Um motorista bêbado correu para o lado dele da cabine e sofreu hemorragia interna, além de costelas quebradas e ferimentos graves na cabeça. Não tínhamos ideia se ele acordaria e, mesmo que o fizesse, será que ele se lembraria de nós? Ele seria nosso Jeremy? Ou ele seria um vegetal para o resto de sua vida? No final, porém, seu coração não foi forte o suficiente e ele morreu exatamente uma hora e vinte e dois minutos depois de ser levado ao pronto-socorro. Isso me esmagou. Inferno, isso me quebrou junto com Kel, e especialmente minha mãe, que colocou toda a culpa em mim. Acho que a dor deve ser demais para ela e a única maneira de lidar com isso é ficar com raiva. Do mundo. De mim. Mas Deus, doía.

Eu não percebo que as lágrimas estão caindo até que picam minhas bochechas e queixo. Kel as enxuga, seus olhos âmbar cheios de preocupação. Sinto muita falta dele.

"Está tudo bem," eu sussurro, lutando para controlar minhas emoções. Kel envolve seu braço em volta de mim e me leva até seu carro, sabendo que tenho que me mover, para fazer outra coisa que não reviver aqueles momentos terríveis. Atravessamos o estacionamento e avistamos um carro esporte amarelo-canário com uma listra preta detalhada em cada lado.

Posso dizer pela marca que é um Jaguar relativamente novo. Não sei muito sobre carros, mas este deve ser o carro mais sexy que já vi. Cada centímetro é elegante, pintado no tom mais claro de amarelo, e os desenhos de um lado com linhas finas de azul marinho e preto contrastam fortemente com o amarelo brilhante. O capô está levantado e vejo um par de quadris estreitos pressionados contra um pneu enquanto trabalhava sob o capô.

Eu perco o fôlego quando um par de penetrantes olhos azul- acinzentados se fixam nos meus e juro que meu coração para de bater. Parece que o ar ao meu redor está carregado de alguma coisa quando olho para a frente. Minha respiração vacila quando vejo o homem parado a menos de seis metros de distância. Com cabelo castanho despenteado que me dá vontade de passar os dedos por ele e um olhar que me faz parar onde estou, estou hipnotizada. Seus olhos cativam os meus, duas nuvens de um azul brilhante e cinza. Suas maçãs do rosto magras e nariz complementam seu rosto perfeitamente. Sua boca é esculpida e inclinada em um meio sorriso. De alguma forma, isso faz meu sangue esquentar em antecipação. Gradualmente, meus olhos percorrem seu corpo. O homem está vestindo uma camisa social branca que abraça seu peito da melhor maneira e está desabotoada na parte superior, junto com jeans Wrangler preto e sapatos sociais pretos para combinar. Quando meus olhos voltam para os dele, ele inclina a cabeça para o lado como se perguntasse: você está me olhando? E não posso evitar as borboletas que voam em meu estômago. Ele é... lindo. Meu cérebro parece acompanhar tudo o que meus olhos estão captando e eu imediatamente me pergunto, o que diabos estou fazendo? Não é como se eu nunca tivesse visto um homem bonito antes. Parece que meus olhos estão de alguma forma atraídos por ele. Eu vejo quando ele puxa uma chave inglesa de debaixo do capô de seu carro, endireita-se e fecha o capô com um baque forte. Quando ele se vira, a maneira como ele se comporta é como sexo com pernas. Percebo que ele não parece arrogante ou cheio de si como a maioria dos caras poderia ser com sua aparência, mas ele tem um senso de autoconsciência e poder na maneira como se move.

Eu atraio meus olhos de volta para os dele e ele dá um passo à frente. O sorriso que ele me dá me deixa com os joelhos fracos. Deus, o que está acontecendo comigo? Aria, acalme-se. Ele é apenas um homem.

"Gostou da vista?" Ele pergunta, sua voz rouca com um charme sulista que eu não esperava. O som se infiltra em mim, no espaço entre nós, na minha pele superaquecida.

Abro a boca para falar, mas acabo apenas suspirando e tentando organizar meus pensamentos. Ele me observa em silêncio, seus olhos treinados apenas no meu rosto. Tento raciocinar comigo mesma para entrar no carro e me afastar dele, mas não consigo realmente pensar em nada que me faça correr.

Ok, ele é apenas um homem pecaminosamente belo e tem olhos que atraem você como uma mariposa para uma chama...

"Oh... hum, sim. Isto é seu?"

Ele acena com a cabeça e dá um passo à frente, me assustando um pouco quando ele pega minha mão suavemente na sua. O simples toque é como uma faísca entre nossos corpos, enviando arrepios na minha pele.

"Ela é," ele diz, aquele meio sorriso iluminando as profundidades de seu rosto. Posso ver a barba marrom de pelo menos um dia em sua mandíbula, meus dedos coçam para levantá- lo e tocá-lo, sinto a aspereza que sei que encontrarei ao longo de sua mandíbula. Eu sem saber mordo meu lábio enquanto ele me admira com aqueles olhos dele. Deus, seus olhos são tão profundos, tão cheios de travessuras.

"Ela?" Eu inclino minha cabeça para o lado em confusão.

"Sim, isso te surpreende?" Ele me provoca, seus olhos se estreitando um pouco.

Minha boca se estende em um sorriso tímido e sinto meu coração palpitar enquanto ele olha para mim. "Deixe-me adivinhar, você a nomeou também?"

"Eu nomeei. Jasmine, depois da garota que quebrou meu coração anos atrás. Espero que a história não se repita. Não consigo imaginar que ela vá fugir com um estudante francês de intercâmbio. Você acha?"

Isso me faz rir, ele ter um nome para seu carro, mas também me entristece saber que ele sentiu o coração partido. Eu posso definitivamente relacionar. Coração partido é algo que conheço intimamente, mas não é todo mundo que tem o coração partido em algum momento?

"Espero que não." Não tento tirar minha mão da dele. O contato com a pele é muito intenso para eu querer. Ao meu lado, Kel puxa meu braço e sorri com conhecimento de causa enquanto olha para nossas mãos unidas. Oh, Deus, o que ela tem em mente?

Inclinando-se mais perto de mim, ela sussurra em meu ouvido: "Devo convidá-lo esta noite?"

Eu estreito meus olhos para ela e rapidamente balanço minha cabeça, embora eu queira vê-lo novamente. Minha irmã insistiu em dar uma festa para comemorar minha formatura hoje à noite.

Kel dá um passo na minha frente, provavelmente para me bloquear de sua visão quando ela olhar para ele. Eu a vejo se inclinar para sussurrar em seu ouvido e vagamente me pergunto como ele deve cheirar.

"Claro que estarei lá. Obrigado." Eu encontro seus olhos intencionalmente, me perguntando o que ele deve estar pensando sobre ela ter gostado dele rapidamente. Seus olhos brilham com o que eu só posso imaginar que seja travessura, e eles não deixam os meus enquanto ele fala com minha irmã.

Meu coração está acelerado pela primeira vez na vida e é por causa desse homem. Eu tenho que me lembrar de me concentrar em algo diferente de sua beleza ou na velocidade do meu coração no meu peito. Ele é apenas um homem. Eu continuo dizendo isso a mim mesma.

"Você não precisa ir, Kel está apenas sendo

legal," eu meio que sussurro enquanto ele dá um passo mais perto de mim. Eu juro que o calor em seu olhar poderia me queimar em duas.

Balançando a cabeça levemente, ele me dá um sorriso que quase derrete meu coração. Eu me pergunto, ele poderia querer me ver de novo? Eu quero isso?

"Eu realmente gostaria de ver você de novo. Você é linda e misteriosa e me intriga." Linda e misteriosa? Deus, o que estou fazendo...?

Ainda assim, encontro-me balançando a cabeça e me viro para o meu KIA antes de dizer algo mais. Meus pensamentos estão agitados e tudo que consigo pensar é em como seus lábios parecem macios e como aqueles olhos cativam os meus.

De repente, ele pega minha mão novamente e imediatamente meu coração acelera quando os cabelos da minha nuca se arrepiam. Seu toque ressoa através de mim e quando vejo a sinceridade em seus olhos, ofego audivelmente.

"Posso pelo menos ter o seu nome?"

A fala arrastada deste homem faz meu coração acelerar novamente, seus olhos procurando os meus por longos segundos. Eu me pergunto o que ele está pensando enquanto fixa seus olhos intensamente no meu rosto.

Uma mecha do meu cabelo voa na frente do meu rosto e ele habilmente a levanta e a coloca atrás da minha orelha. Quando seus dedos mergulham na minha bochecha, onde um rubor se espalhou pela minha pele, fogos de artifício brilham sob o toque.

"Aria," eu sussurro alto o suficiente para seus ouvidos, meu nome um sussurro em meus lábios.

Ele acena com a cabeça, seus olhos aquecendo com algo que eu gostaria de ter um nome enquanto seu dedo roça minha bochecha e meus olhos nunca deixam os dele.

"Gavin," ele murmura, dando-me seu nome. Eu mordo meu lábio com o som disso e me encontro querendo me inclinar para seu toque. O nome se encaixa muito bem nele. Gavin.

"Vejo você esta noite, Gavin." Eu suspiro, me sentindo mais leve quando ele sorri aquele sorriso torto para mim e pega minha mão na sua mais uma vez, não soltando até que a distância afaste nossos dedos um do outro.

"Hoje à noite," ele diz.

"Você está corando, Ari. Puta merda," minha irmã diz, rindo enquanto nos afastamos do meio-fio, onde ainda posso ver Gavin encostado em seu carro. Seus olhos encontram os meus no espelho retrovisor e eu suspiro interiormente. Não consigo parar de pensar na maneira como ele parecia se concentrar completamente em mim. Um homem que nunca conheci. Nunca senti isso com ninguém com quem namorei. Atenção não dividida.

"Aquilo foi... intenso." Murmuro para minha irmã ainda corada enquanto ela liga o carro.

"Eu diria. E aquele carro tinha que ser caro. Como algo saído de um filme."

Viro à esquerda e olho para ela com um sorriso. Era um Jaguar. É uma das marcas automotivas estrangeiras mais caras que existem. Quando eu explico isso para ela, ela me olha como se eu tivesse duas cabeças e balança a cabeça.

"Esqueça o carro, ele era lindo! Você deveria ter dado a ele seu número, querida. Ele estava olhando para você como se estivesse com sede e você fosse água."

Eu comecei a rir com isso e ela se juntou a mim quando entramos no estacionamento do nosso apartamento.

"Você é horrível, Kel. Juro que não sei de onde você tirou seu senso de humor."

Ela sorri para mim, me dando aquele olhar novamente. Ela sabe que estou atrasando o que ela quer falar comigo. Sobre o homem misterioso que conhecemos hoje. Sobre como me sinto por vê-lo novamente.

"Oh, vamos lá, você não conseguia tirar os olhos dele. Nunca vi você reagir a um homem assim. Acho que você deveria voltar lá, Ari. Você não acha que está na hora?"

Eu suspiro, me sentindo apavorada e animada com a ideia de vê-lo novamente.

"Eu não sei, Kel. Faz apenas quatro meses e, honestamente, não tenho ideia de como me colocar nisso novamente. Eu não estou preparada."

"Eu sei, mas se você não tentar, pode realmente se arrepender de não ter se arriscado." Seus olhos brilhantes imploram para que eu diga algo, mas estou sem palavras. Eu não - não, eu não poderia - me permitir pensar em começar algo novo desde que acordei no hospital, quatro meses atrás. Eu não posso me machucar novamente. Eu não vou deixar isso acontecer. Mas Gavin... ele olhou para mim como nenhum outro homem e isso me confunde. Eu estou pronta?

"Eu não sei. Foi como se ele me visse, a minha verdadeira eu. Não a dançarina de balé, a garota rica ou a jovem de coração partido que todo mundo vê quando olha para mim. Mas você o viu, Kel. Ele provavelmente tem namorada ou esposa! Não posso competir com Deus sabe quem."

Ela não me responde, apenas balança a cabeça e sai do carro, então se inclina pela janela para encontrar meu olhar cauteloso.

"Eu não vi um anel em seu dedo. E você é linda e misteriosa, lembra?"

Eu cruzei meus dedos no meu colo, tentando limpar meus pensamentos. Ela está certa. Ele disse isso. Os pensamentos e emoções dentro de mim me enredam, confundem, hesitam. Não sei se estou pronta, algum dia estarei?

"Nós duas sabemos que não estou pronta para nenhum tipo de relacionamento agora!" As palavras saem de mim, minhas próprias inseguranças expressas. Meus olhos ardem de emoção e eu desvio meu olhar da janela.

Eu saio do carro e dou a volta na parte de trás para encontrá- la na frente do meu carro. Espero que talvez ela simplesmente esqueça isso, por favor, deixe isso ir, Kel. Mas sinto seus olhos castanhos em mim enquanto subo as escadas. Pegando minhas mãos, ela me puxa para sentar no degrau de cima com ela. Minha irmã determinada como o inferno olha para mim, implorando para que eu ouça, e não é a primeira vez hoje.

Suspirando, aperto suas mãos nas minhas para que ela saiba que estou ouvindo.

"Ari, nunca foi sua culpa o que Bryce fez com você, e isso não significa que você não seja tão merecedora de amor quanto qualquer outra pessoa neste mundo."

Não. Com o som de seu nome, minha voz morre na minha garganta. Não quero pensar nele. Meu peito dói com as memórias que me inundam com o som do nome de um homem que não ouço há semanas.

Kel não desiste, no entanto. Ela segura meus pulsos e desliza pela manga do meu moletom até que os hematomas amarelados na minha pele sejam revelados, junto com os cortes marcando a pele pálida ali. A vergonha toma conta de mim e meus olhos se fecham brevemente enquanto luto para afastar a tristeza que tenta fazer seu caminho em meus pensamentos. Quando a dor começou a ser demais, quando acreditei que era tão inútil quanto ele me fazia sentir, encontrei uma maneira de tirar a dor do meu próprio jeito.

Foi o ponto mais baixo da minha vida e eu não conseguia ver meu próprio valor quando estava com ele. Eu vejo agora, no entanto.

"Olhe para mim." Kel tem lágrimas nos olhos enquanto limpa o lado da bochecha. Em seus olhos, vejo o quanto ela se preocupa comigo. Ela sabe o quanto eu passei, quanto tempo levei para me sentir completa novamente.

"Você. É. Linda. Aria. Não foi sua culpa o que ele fez com você e você nunca deve deixar o medo de se machucar de novo impedi-la de ir atrás do que você quer, querida. Já se passaram quatro meses, e o fato de você estar dançando de novo me diz que está superando a dor que Bryce infligiu. Apenas mantenha seu coração aberto, ok? Você merece felicidade. Eu encontrei com Lucas e sei que você também pode."

Eu aceno, incapaz de falar enquanto meu coração se enche de amor por minha irmã. Kel beija minha testa e aperta minha mão, me dando força neste momento. Respirando fundo, decido me dar uma chance. Uma chance de felicidade. Um encontro nunca matou ninguém. Certo?

"Vamos nos preparar para essa festa, hein?" Eu pego suas mãos e a puxo para se levantar, enganchando meu braço no dela enquanto subimos as escadas para planejar uma celebração.

~

Quando viramos a esquina e perto do apartamento, vemos Lucas, o noivo da minha irmã há três dias, encostado na nossa porta. Com cabelo loiro bagunçado e piercing no lábio, olhos verde-oliva e um sorriso torto, ele é o sonho de qualquer garota e posso ver o quão feliz ela está com ele. Ele olha para cima e sorri ao nos ver.

"Ei, querida." Imediatamente Kel vai para seus braços e ele beija sua testa.

"Você não tem sua chave?" Ela pergunta, sorrindo enquanto olha para ele com seus olhos de cílios grossos.

"Sim, só pensei em esperar por vocês. Como foi, Aria?"

Lucas envolve um braço em volta do ombro da minha irmã e, em seguida, a libera para me dar um de seus conhecidos e amados abraços de urso, me levantando facilmente. Eu sorrio, rio e limpo a umidade dos meus olhos antes que ele veja.

"Foi ótimo," Kel diz por mim enquanto

Lucas pega minhas chaves para destrancar nossa porta. No minuto em que chego ao sofá, coloco minha bolsa de dança no chão e me jogo na poltrona, onde Kel se junta a mim.

"Você foi incrível," disse Kel, obviamente vendo minhas dúvidas após essa apresentação. Eu sei que ela está certa, mas às vezes não consigo deixar de duvidar de mim mesma. Depois daquela noite, não sei se algum dia serei capaz de me amar e acreditar em minhas habilidades novamente.

~

QUATRO MESES ATRÁS

O som de um estrondo vindo da cozinha faz meus olhos se abrirem em uma mistura de surpresa e pânico. Bryce volta fielmente para casa todos os dias às seis. Por que ele voltaria para casa às duas e meia da tarde? Minhas mãos tremem enquanto me levanto, sabendo o que está por vir. A única razão possível para ele ter voltado para casa mais cedo é porque está bêbado. Eu vou em direção à porta do quarto com um buraco em meu estômago; medo de ter chegado a viver com a imobilização do meu corpo no lugar dele.

"Onde você está?" Bryce grita, me fazendo pular quando vejo seus olhos frios e punhos cerrados, pronto para por fim quando a raiva o atinge. Eu levanto minha cabeça e procuro por qualquer sinal de emoção ou humanidade em seus olhos, mas tudo que vejo é raiva. Isso é tudo que eu sempre vejo. Olhos frios e escuros de raiva e possivelmente ódio.

"Eu... eu estava dormindo, Bryce. Eu sinto muito." Minha voz treme involuntariamente.

Ele estreita os olhos para mim, levanta a garrafa vazia de uísque em sua mão e a joga na minha cabeça, me fazendo estremecer e pular para trás.

"Você sabe o quanto estou preocupado?"" Ele pergunta, veneno em suas palavras enquanto ele me encosta em um canto e me força a olhar em seus olhos avermelhados. Sua mão agarra meu queixo e seu punho aperta contra ele, me fazendo choramingar com a força de seu aperto.

"Eu sinto muito... eu..." Ele não me deixa terminar quando seu punho desce com força na lateral do meu rosto e a dor se espalha pela minha pele. Eu grito e caio para trás, minha cabeça batendo no chão de madeira com um golpe duro. Sinto o sangue escorrer pelo meu rosto e meu corpo treme de medo do que está por vir. Ele olha para mim com seus olhos castanhos quase pretos de raiva enquanto ele xinga e me chuta no estômago. Uma, duas, três vezes... Eu perco a conta enquanto cada golpe se molda ao outro, queimando a dor no meu abdômen enquanto eu tremo com lágrimas caindo com meu rosto. Eu luto para respirar, e quando ele agarra meu cabelo com o punho direito, meus olhos se fecham e a escuridão me oprime enquanto a dor cessa e eu desmaio.

A dor me acorda quando me vejo deitada de barriga para cima na cama king-size do quarto de Bryce. Minhas roupas estão em uma pilha bagunçada no chão enquanto sinto minha calcinha deslizando pelas minhas pernas e sua boca mordendo meu pescoço. Não, Deus, não! Ele não pode estar fazendo isso. Isso não pode acontecer...

"Não... Não... Por favor... Pare..." Eu imploro, não tendo forças para lutar contra suas mãos me prendendo contra o colchão. Bryce sorri contra minha pele e esfrega contra meus quadris, fazendo meu corpo tremer de medo. Houve um tempo em que pensei que o amava. Eu faria qualquer coisa para agradá-lo. Mas agora eu sei que isso era apenas um jogo para ele. Este é o homem que conheci. Eu sinto mãos ásperas e impiedosas cavando em minha cintura enquanto seu joelho pressiona contra meu lado. O resto da minha calcinha sai da minha perna e eu puxo meu joelho para cima e tento empurrá-lo de cima de mim.

"Não!!" Eu grito, fazendo contato com seu estômago, em vez de suas regiões inferiores. Eu continuo tentando em vão empurrar contra seu aperto, chutar minhas pernas é inútil.

"Oh, eu adoro quando você luta comigo, princesa. Tão agressiva." Sinto a fricção de seus lábios contra minha mandíbula, minha clavícula, meu pescoço e, em seguida, minha boca. Um gemido me escapa quando ele enfia a língua na minha boca e pega.

"Você. É. Minha. Ari." Ele grunhe cada palavra para o espaço entre nossas bocas. Sua risada é vazia e cruel contra meus ouvidos. Ainda estou lutando, forçando minha cabeça para o lado para tentar escapar de seu peso, sua voz, suas mãos frias e úmidas segurando minhas coxas.

E quando ele toma, não há ninguém lá para ouvir meus gritos de agonia. Os soluços quebram em meu peito e eu choro silenciosamente, desejando que isso seja um pesadelo. Minha pele se arrepia com uma sensação horrível de sujeira e meus olhos se fecham, desejando morrer em vez de viver através dessa tortura.

"Aria, querida, abra os olhos," a doce voz da minha irmã sussurra enquanto eu forço meus olhos a abrirem contra a dor em meu corpo. Ela está sentada ao meu lado, beijando e apertando minha mão na dela. Quando vejo seu rosto coberto de lágrimas e ouço os bipes de uma máquina ao meu lado, percebo onde estou.

"O que aconteceu?" Eu engasgo com as palavras através da garganta seca. Minha cabeça está latejando e mal consigo abrir os olhos para ver minha irmã e um homem desconhecido ao lado dela.

Kel se inclina para frente e beija minha testa. Eu ouço sua respiração e espero que ela me diga o que aconteceu. Por que estou aqui? Em um hospital?

"Papai encontrou você em seu apartamento esta manhã. Você foi espancada... e..." Sua voz some, como se ela não pudesse terminar a frase. Eu vejo lágrimas mais escorrendo em seus olhos e o pior é quando sua voz falha. "Você se lembra do que aconteceu?"

Respiro fundo, tentando levantar meu

corpo que está entorpecido com a medicação que devem ter me dado. A dor me atinge no peito enquanto me lembro de seu rosto, meus gritos para ele parar e a dor lá embaixo e por todo o meu corpo. Só não entendo como não o vi como ele realmente era até aquele momento. Eu estava tão cega. Cubro meu rosto com as mãos em um esforço para reunir meus pensamentos dispersos.

"Ele voltou para casa com muita raiva... Tentei falar com ele, mas depois ele me bateu e devo ter desmaiado porque quando acordei estava na cama dele. Ele... Oh, Deus..." Minha voz falha quando percebo as três palavras que não consigo entender. Ele me amava, eu sei que sim, mas na noite passada, Deus, ele era apenas... um monstro.

Kel aperta minha mão e, com os olhos cheios de simpatia e amor, insiste para que eu continue.

"Ele me estuprou, Kel," eu digo com uma voz trêmula, agarrando-me a ela enquanto ela envolve seus braços em volta de mim e me abraça com força, permitindo-me finalmente deixar as emoções esmagadoras que ameaçam me sufocar.

~

DIAS ATUAIS

Minhas mãos estão tremendo com a força das memórias, a escuridão que paira sobre mim do meu passado. Lucas aperta meus ombros por trás, me trazendo de volta ao presente.

"Você está bem, Aria?" Lucas pergunta sobre a borda de sua segunda Corona. Eu pisco, balançando a cabeça para limpar todos os pensamentos do passado. Olho para ver Kel arrumando as travessas de festa, pendurando fitas no teto e colocando baldes de garrafas de cerveja nas mesas da sala de estar. Isso me faz sorrir. Ela está em seu elemento agora. Planejar uma festa, fazer os pratos individuais e arrumar a decoração, isso é algo que ela adora fazer.

"Uau, ela está animada."

Ele ri, um som leve que eu não ouço há muito tempo. Quando ele me entrega uma Blue Moon do refrigerador, eu olho para ele e sorrio.

"Ela adora uma festa, hein?"

"Ela não seria a Kel se não amasse isso, certo?" Seus olhos vão para minha irmã, suavizando quando Kel pisca para ele do outro lado da sala. Ele é tão bom para ela. Exatamente o que ela merece.

Eu aceno, levando a cerveja aos meus lábios.

"Nós convidamos alguém hoje. Nós o conhecemos no estúdio." Lucas está invadindo nossa geladeira quando olha para cima, levantando uma sobrancelha para mim. Seus olhos se estreitam para mim. Ele acha que estou brincando, já que na maior parte do tempo em que me conhece, recuso-me a pensar em homens. Mas agora eu quero. Quero estar aberta para o futuro, se esse feliz para sempre ainda for uma possibilidade para mim.

"O quê?" Sua voz é incrédula, mas ele já tem aquele sorriso no rosto. E então, ele irrompe em um sorriso largo. Um que eu nunca vi antes. Colocando sua cerveja na mesa, Lucas me envolve em um abraço e aperta com força.

"Você está finalmente voltando! Isso é ótimo, Aria. Quem é ele?"

Eu coro e olho para longe, não querendo pensar sobre o quanto gosto de Gavin, o quão perto estive de me inclinar para seu toque hoje. É uma loucura e me assusta o quanto reagi a ele quando nos conhecemos.

"O nome dele é Gavin. Eu não sei... depois do que aconteceu com Bryce, eu não sei..." Ele se aproxima de mim e aperta meus ombros. É uma garantia.

"Qualquer cara teria muita sorte em ter você, Aria. Ok?"

Eu aceno, dando a ele um sorriso, e corro para alcançar Kel enquanto ela equilibra duas bandejas em suas mãos. Eu rapidamente pego uma dela e coloco na mesa da cozinha.

"Cuidado, mana."

"Você está pronta, Kel?" Lucas chama da sala, já em sua terceira cerveja.

Ela sorri para ele, estreitando os olhos. Ela nunca vai dizer isso, mas ela está totalmente apaixonada por esse homem.

É apenas uma hora depois que temos tudo arrumado e o DJ que contratamos para hoje à noite chega. Eu faço o meu melhor para colocá-lo na mesa perto do bar em nossa sala de estar e encontro Kel no sofá com Lucas, em uma discussão profunda. Precisando de um minuto de ar fresco, abro as portas da varanda e as fecho atrás de mim, respirando fundo. Então meu telefone toca.

"Olá?" É um número desconhecido, o que me deixa nervosa, como se Bryce fosse me ligar depois de todas essas semanas. Ele iria? Ele voltaria e me procuraria depois de todo esse tempo? Deus, o que eu faria...?

"Olá, meu nome é Peter Piers. Estou com a Grayson Dance Academy. Estou ligando para falar sobre uma vaga em nosso programa. Como você está hoje, Srta. Morgan?" Alívio e euforia me invadem. Esta é a chamada pela qual estou esperando, orando. A excitação acelera meu pulso. Estou esperando por esta ligação há semanas. Fiz o teste para sua companhia de dança, a mesma companhia que é conhecida no mundo das artes performáticas como a companhia de dança mais estimada do país.

"Sim, obrigada por entrar em contato comigo. Eu estou bem. Como você está?"

Tenho orgulho de que minha voz não falhou com o nervosismo que estou sentindo neste momento.

Lembro-me de como fiquei nervosa durante toda a temporada com esse programa. É uma bolsa de dança moderna e no final dela eu poderia possivelmente ter um cargo em qualquer um de seus estúdios de renome mundial. É meu sonho desde o colégio, inferno, desde a primeira vez que dancei.

"Eu queria falar com você sobre esta posição. Você ainda está interessada em uma vaga em tempo integral em nosso programa de Dança Moderna?"

Eu sorrio com empolgação, praticamente pulando nos saltos que estou usando.

"Claro." São todos os sonhos que já tive. Minha dança.

"Bom, estamos honrados em ter você. A filmagem que vi de você foi fenomenal. Você é uma dançarina muito talentosa, Srta. Morgan." Sua voz está cheia de admiração e sei que ele entende cada palavra. Ter o elogio do Peter Piers significa muito.

"Obrigada, Sr. Piers," eu digo, fechando os olhos com força por causa da picada que sinto pelas lágrimas que ameaçam cair.

"Vou enviar a papelada de orientação para você assim que puder. Bem-vinda ao programa!"

"Obrigada. Você não vai se arrepender disso." É uma promessa.

Eu desligo e pulo quando vejo Kel na porta. Ela sorri com tanta felicidade e eu sei que ela ouviu tudo.

CPSIA information can be obtained
at www.ICGtesting.com
Printed in the USA
BVHW080831081121
621074BV00001B/84